हमर गाँव चकौती

डॉ. पंकज कुमार झा

NOTION PRESS

NOTION PRESS

India. Singapore. Malaysia.

ISBN: 979-889-556-932-0

PRICE:- INR 399/- ONLY (Paperaback)
INR 599/- ONLY (Hardcase)

विषय-सूची

❍❍❍

मनोभावाक दू आखर

अति प्रसन्नता भेल ई जानि जे डॉ. पंकज कुमार झा द्वारा “हमर गाँव चकौती” नामक छठम पुस्तक पुष्प माँ मैथिलीक खोंइछमे समर्पित भऽ रहल अछि। ई पोथी मूलतः ऐतिहासिक परिदृश्यके उद्घाटित करैत अछि। वस्तुतः ऐतिहासिक तथ्यक वर्णन अत्यन्त दुष्कर कार्य अछि, किएक तऽ एहि कार्यमे बहुधा वैयक्तिक मनोदशा लेखकके प्रभावित करए वला प्रबल कारक रहैत छैक। इएह कारण रहैत छैक जे एकहि कालखण्डक घटनाक लिपिबद्धतामे भिन्नता भऽ जाइत अछि। मुदा डॉ० झा अपना भरिसक तटस्थ भावेँ चकौतीक प्राचीन आ अर्वाचीन तथ्यके निरुपण एहि पोथीमे करबाक प्रयास कयलन्हि अछि।

ई सर्वथा मान्य तथ्य अछि जे गामक नवतुरियाके प्रायः नहिए बुझल होएतन्हि जे हमर गाम ‘चकौती’ चकवा वन चन्दनवना आ चक्रवर्तीपुरसँ पूर्वमे जानल जाइत छल, तहिना गामक मूलवासी आदि केर विषयमे। एहि पोथीमे समकालीन विद्वानकेँ साक्ष्य मानि एहि तरहक अनेको गूढ़ विषयके प्रतिपादन भेल अछि। अस्तु एकरा पढ़ला सन्ता गामक वसिन्दाके सांगोपांग ज्ञान सहजहि सुलभ भए जाइत अछि। वर्तमान काल-खण्डमे गामक वेसी आदमी आजिविकाक कारणेँ

प्रवासी भऽ गेल छथि, परिणामत: हुनक सन्ततिकेँ गामक बहुतो बात नहि बुझल होएतन्हि। तेँ विशेष कऽ हुनका लोकनिक वास्ते ई पोथी अपन गामक प्राचीन स्थिति-परिस्थिति, लोक-वेद आ विशिष्टताके बुझए वास्ते एक अप्रतिम स्रोत सिद्ध होएतन्हि।

एतवे नहि, एहि पोथीमे गामक चौहद्दीमे बसल आनो आनो गामक संक्षिप्त परिचय प्रस्तुत कएल गेल अछि आ अपन गामक सभ धार्मिक स्थलके विशद् वर्णन सेहो। खास कए कऽ दुर्गा स्थानक विषयमे विस्तृत व्याख्या एहि पुस्तकके विशिष्टता प्रदान करैत अछि। सारांशत: कहि सकैत छी जे "हमर गाँव चकौती" बस्तुत: चकौती केर सांस्कृतिक व धार्मिक कोष थीक जे सभ ग्रामवासी हेतुएँ अति उपयोगी सिद्ध होयत।

अंतमे हमर अशेष शुभकामना अछि जे पुस्तकके सफल लोकार्पण हो आ डॉ० झा केर कलम फेरि अगिला साहित्यानुसंधानमे लागि जाइन्ह।

शुभकामनाक संग,

अरविन्द कुमार झा

से.नि. उप निदेशक (शिक्षा), झारखण्ड

बधाई

डॉ. पंकज कुमार झा द्वारा लिखित पुस्तक “हमर गाम – चकौती” कैं आद्योपांत पढलँहु अछि। पंकज जी एतेक टा विशाल जनसंख्यामे यथासाध्य बेशी सँ बेशी परिवारकैं प्राप्त ज्ञानानुसार समायोजन करक सफल चेष्टा कयलन्हि अछि। यद्यपि किछु महत्वपूर्ण परिवारक विवरण छुटल अछि।एतदर्थ हमर बहुत बहुत बधाई।

नागेंद्र नारायण झा,
पूर्व मुखिया, चकौती

Compliments to the Author

Dear Pankaj, my compliments to you on writing and scripting book on history of Chakauti. The details and collection you have compiled will be treasure for the future generations. Congratulations on this unique edition.

Shubh Chandra Jha
Foreign Exchange Officer (Retd)

साहसिक काज

एखन हमरा हाथमे एकटा इतिहासक पोथी आयल अछि। जकर नाम अछि "हमर गाँव चकौती" आ रचनाकार छथि डॉ० पंकज कुमार झा। इतिहासक प्रयोजन भेलैक अतीक साक्षात दर्शन करायब मुदा भारतमे एकर अभाव बुझना जाइछ। ओना भारतमे एकसँ एक पैघ इतिहासकार भेलाह मुदा हुनकर रचनाकेँ तत्कालीन शासक द्वारा गौण कऽ देल गेल। एहिठाम प्रचलित अछि विदेशी अक्रान्ताक लिखल इतिहास अर्थात मुगल वा अंग्रेजक लिखल इतिहास जे गुलामी के भाषा गावि रहल अछि। देशक आजादी के बाद सेहो एहि दिशामे विषेश प्रगति नहि भेल। ताहिठाम डॉ० पंकज कुमार झा अपन गाम चकौतीक इतिहास लिखि बहुत साहासिक काज कयलन्हि अछि। साहसिक एहि लेल जे गामक किछु लोक जे अपनाकेँ दवंग बुझैत छथि, से दोसरके नीक नहि देखि सकैत छथि आ ने सुनि सकैत छथि। हुनका अवश्य एहिसँ मिरचाइ लगतन्हि आ ओ एहि नव इतिहासकारके अदखोइ-बदखोइ अवश्ये करताह। एकटा इहो प्रमुख कारण रहल होयतैक कोनो गामक इतिहास नहि लिखेवाक आ गामसँ पढ़ल-लिखल लोकक पलायनक।

डॉ० पंकज कुमार झा एहि पोथीमे विन्यास पूर्वक सभ तथ्यके सजौलनि, से अवश्य प्रशंसा योग्य एवं अनुकरणीय अछि।

हमर सुझाव अछि जे रचनाकार पोथीक प्रकाशनक पश्चात एहि पर अन्य व्यक्तिक/ग्रामिणक विवेचना आमंत्रित करिथ आ ताहि पर विमर्श करैत पुनः दोसर पोथीमे तथ्यक समावेश करथि। एहिसँ साहित्यिक संवर्धनक सङ्ग तथ्य सेहो संकलित होयबाक गुंजाइश अछि आ सभ वर्गक संतुष्टता सेहो।

हमरा बुझने ई साहित्यकारक छठम पोथी थिकन्हि। डॉ० झा सतत अक्षर ज्ञानक उपासनामे लीन रहि निरंतर आगाँ बढ़थि। सएह हमर शुभकामना।

मधुश्रावणी
07-08-2024

नन्द कुमार मिश्र
उफरदाहा
दरभङ्गा
मो०
8986261756

A Foreword

"कपिला गो सहस्रेषु, यो ददाति दिने-दिने।
तत्फलम् समवाप्नोति, जन्मभूमेः शुभदर्शनात्॥"

The book "Hamar Gao Chakauti" is the sixth one in the series of books authored by Dr. Pankaj Kumar Jha, a Senior Bihar Public Sevice Officer in cooperative sector. As a Bank Officer in UBG Bank I have come to know Mr. Jha since 1997 when he was posted as District Cooperative Officer in Saran (Chapra). We had an opportunity to undertake a joint family trip to holy pilgrim "Naimisharannya" (A Non Kaliyuga Place).

The journey ended on a very memorable note. In due course of time, the memories almost faded. Meanwhile came the book "Khadyatra" in my hand written by Dr. Pankaj Kumar Jha. In one of the six travelogues here, his pen on the 'Naimish' Chapter took me live to the days of journey of the place, many years back. I could, then, foresee a writer in Dr. P.K. Jha of worthy level of writing. The current work by him is a testimony to my early belief in him as a good composer.

The present work by Pankaj jee deserves our appreciation formerly for the selection of the subject and finally for the depth of efforts made by him to make this book a family hand book whosoever lives in Chakauti, loves Chakauti and has even left Chakauti. This is an exhaustive work which touches not only the geographical and genealogical hostory of the clan rather focuses on the academically and intellectually famous villagers in various walks of life in Mithilanchal and abroad as well. The book covers, at large, the cultural past of the village which till date fills the village with religious fervour in the annual Durga Puja in the village made Durgasthan. The writer has also rendered passing refrence to his own biography in particular and family in general. Also the vicinity of Chakauti like Gautamkund, Ucchaith, Bhairavsthan etc find proper space in the book, making it comprehensive.

In a nutshell, 'Hamar Gao Chakauti' is almost an encyclopaedia on Chakauti. In degenerating so called modern society, Mr. Jha, as author calls for the new youths esp, to feel proud of their long pedigrees. Today's families unaware of their neighbours even, are requested to know their glorious motherland -forefathers- their golden heritage and overall, a sense of contribution to its wellness as inspired by the precious contents of the book. To me it is a'Must Kept Book' for every Chakautiwala.

अपि स्वर्णमयी लंका, न मे लक्ष्मण रोचते।
जननीजन्मभूमिश्च स्वर्गादपि गरीयसी॥

Suresh Kumar Chaubey
Senior Bank Manager
(Retd.) Chapra.

शुभकामना संदेश

ई सुनि अपार हर्ष भ' रहल अछि जे मित्र पंकज बाबू मैथिलीमे अपन छठम पुस्तक "हमर गाम चकौती" मे अपना गामक इतिहास आ ओकर विशिष्टताके लिपिबद्ध कय प्रकाशित करय जा रहल छथि। हिनका गाममे जतेक ब्राह्मण आ अन्य जाति बेरादरके लोक जे बसल छथि तिनकर इतिहासक जानकारी हासिल करब हुनकर मूल गोत्र के संकलन कय प्रकाशित करब गामक लोकक लेल एक धरोहर एक महान कृति संग अपूर्व कीर्ति कार्य होयत।

औ बाबू! ई कोनो मामूली बात होयत। हम एकरा समुद्र उपछब कहब। मुदा हँ, ई काज निश्चय रूपसँ भगीरथ प्रयास थीक। ताहि लेल पंकज बाबूक जतेक प्रशंसा करी कम होयत। गाममे तँ बहुतो पढ़ल लिखल विद्वान हेतनि भेल छलाह किनकहु ध्यान कहाँ एहि दिस गेल छलनि। कतेक लोक अपना गामक इतिहास लिखैत अछि? मुदा लिखबाक चाही जाहिसँ बहुत जानकारी जे बहुतो बात लोकके नहि बूझल छैक से लोक बूझि सकत। गामक लोकक लेल ई पुस्तक एक धरोहर साबित होयत से हमरा पूर्ण विश्वास अछि।सब गामक नाम कोना परल ओ कोना बसल तकर कोनो ने कोनो इतिहास त' जरूर छै। मिथिलाक हरेक गाममे पोखरिक भरमार रहै एखनो छै बहुत भथि गेलै, देवस्थानक महत्व छै। बहुतो भगिनमान दोसर गामसँ आबि बसल छै। डीही

भगिनमानक पुर्वजक इतिहास संकलित करब अत्यंत दुरूह कार्य थीक। मुदा पंकज बाबू सन भगीरथ एहि पाछू परि गेलाह तखन ओ काज संपन्न होयत कोना नहि।

हम हिनक प्रकासित कविता संग्रह 'गंगाक किछोर सँ', 'षडयात्रा, 'पढ़लाक बाद हालहिमे मैथिली साहित्यमे "मिथिलाक सामाजिक जीवन" के पढ़ल अछि। एहि पुस्तकके पढ़लाक बाद जे पंकज बाबू एहि पुस्तकमे जतेक पुस्तकक उद्धरण देने छथि एतेक पुस्तक संकलित कोना कयलनि ताहि लेल फोन केलियनि, कहला; की पूछै छी; ताहि लेल हम सैकड़ों पुस्तक जेना तेना जमा कयने रही।

एहने जिज्ञासु लोक इतिहास लिख सकैत अछि।सामग्री जुटेबाक लेल मेहनत चाही तकरा लिपिबद्ध करब। तखने लोक महान साहित्यकार बनैत छथि ने।

अस्तु, मित्र पंकज बाबू के अपन गाम 'हमर गाम चकैती' पर लिखल इतिहासके हम अपन अनेकानेक शुभकामना दैत छी। गामक लोकक लेल ई पुस्तक एक अमर कोष सिद्ध होयत अन्य पाठक वृंद लेल मनोरंजक, उपयोगी ओ प्रेरणादायक सिद्ध होयत से आशा करैत छी।

अनंत शुभकामनाक संग अपनेक मित्रः-

विनोद कुमार झा
बिहार, (उत्पाद एवं मद्य निषेध सेवा)
मणिकमल कूँज
अशोकनगर, कंकरबाग पटना
मो नं. 7004656137

दू शब्द

डॉ. पंकज कुमार झा द्वारा संकलित पुस्तक "हमर गाँव चकौती" वर्तमान एवं आने वाली पीढ़ी के लिए एक दुर्लभ कृति है। शीर्षक से स्पष्ट है कि पुस्तक में गाँव की संस्कृति, सामाजिक संरचना, परिस्थिति का चरित्र चित्रण किया गया है। पुस्तक के उपरी आवरण पृष्ठ अत्यन्त ही सुन्दर, मनोरम एवं आकर्षक है। आवरण चित्र से गाँव का रहन-सहन, प्राकृतिक वातावरण, हरियाली, सुखद एवं मनोरम जीवन शैली का अनुभव कराता है। ऐसा प्रतीत होता है कि डॉ० झा ने अपने जीवन की सम्पूर्ण साहित्यिक क्षमता का उपयोग करते हुए अपने गाँव एवं ग्रामीण परिवेश का सजीव चित्रण किया है। चकौती गाँव को केंद्र बिन्दु में रखते हुए चौहद्दी के क्षेत्रों की चर्चा के साथ ही उपलब्धियों का वर्णन भी स्पष्ट एवं सरल ढ़ंग से किया गया है। पुस्तक में गाँव एवं क्षेत्र की ऐतिहासिक, सामाजिक, सांस्कृतिक, आर्थिक, भौगौलिक, राजनीतिक एवं धार्मिक विन्दुओं पर विस्तार से वर्णन किया गया है। हमें विश्वास है कि यह पुस्तक गाँव के लोगों के लिए अत्यन्त ही उपयोगी सिद्ध होगा, इसका अध्ययनकर पाठक अपने गाँव के जीवन शैली, अपनी संस्कृति, पारिवारिक संरचना, अपने पूर्वजों के विषय में जानकारी तो प्राप्त करेंगे ही साथ ही गाँव की सांस्कृतिक एवं आपसी समन्वय की अवधारणा से भी अवगत होंगे।

चकौती में दुर्गा पूजा एक सौ वर्ष पूर्व से होता आ रहा है। इसके सम्बन्ध में डॉ० झा के द्वारा बड़े ही विस्तार से एवं रोचक तरीके से वर्णन किया गया है। इस माता से अनेकों व्यक्तियों को मन्नतें पूरी हुई है, उसका भी जिक्र इस पुस्तक में किया गया है। चकौती के चारो ओर धर्म स्थल है जिसपर भी प्रकाश डाला गया है। इस पुस्तक का ऐतिहासिक दृष्टिकोण से आने वाले समय में बहुत महत्व होगा।

अन्त में हम ग्राम्य देवी चक्रेश्वरी माता को नमन करते हुए डॉ० पंकज कुमार झा के स्वस्थ, सुखद एवं दीर्घायु जीवन की कामना करता हूँ ताकि वे अपने साहित्यिक क्षमता को इसी प्रकार बनाकर समाज कल्याण में लगाते रहें। जय चक्रेश्वरी।

डॉ० शत्रुघ्न प्रसाद
ग्राम – राढ़ी

भूमिका

कवि कर्म काव्यरचना थिक। काव्यरचना सहज काज नहि थिक। कोनो साहित्यके सृजनके पाछू ओहि साहित्यकारके पूर्ण तप आओर साधनाके शत प्रतिशत फल ओहि कृतिमे नीहित रहैत अछि। रचनाके पूर्व मानस पटलपर ओकर एक सुन्दर नक्शा बनैत अछि जाहिके आधार बना ओ पुस्तकके मूर्तरूप प्रदान करैत छथि। साहित्यकार कखनो निर्थक अपन समय नहि व्यतीत करैत छथि। सदिखन हुनक मस्तिष्कमे किछु नव सृजनके लेल शोध चलैत रहैत अछि। एकहु क्षण एहिसँ ओ विमुख नहि रहि सकैत छथि। कहलो गेल अछि –

"काव्यशास्त्र विनोदन कालो गच्छति धीमताम्।"

वस्तुत: जे व्यक्ति जाहि क्षेत्रमे अभिरुचि रखैत छथि ओ अपन क्षेत्र विशेषमे सफलताके लेल तत्पर रहैत छथि।

वर्ष 2013 ई०मे 'मैथिली साहित्यमे मिथिलाक सामाजिक जीवन' पुस्तकके प्रकाशित भेलाके साथ हमर साहित्यिक यात्रा शुरू भेल। बस्तुत: ई पुस्तक हमर पीएच डी वास्ते लिखल गेल थेसिस छल। पीएच डी डीग्री तिलकामाँझी विश्वविद्यालय सँ प्राप्त भेलाक बाद एकरा ओहि वर्ष हम पुस्तकाकार रुप देल। जकरा देखि तत्कालीन कुलपति हर्ष भय हमरा सम्मानित कयने छलाह। ई पुस्तक एकहि सङ्ग संघ लोक सेवा आयोग एवं बिहार लोक सेवा

आयोगमे मैथिली रखनिहार छात्र हेतु उपयोगी अछि तऽ दोसर दिसि मैथिली साहित्यक सभ विधाक एक डिसनरी अछि। एहि पुस्तकके Central Institute of Indian Languages Madurai द्वारा एक सए प्रति क्रय कयल गेल छल।

एहि साहित्यिक यात्रा सँ आत्मप्रेरित भऽ 'परिश्रान्ता' पुस्तकके रचना स्वत: स्फूर्त भेल जे मोटिवेशनल अछि। 'परिश्रांता' माता गायत्रीके नाम अछि।एहि पुस्तकमे नओ लेख अछि जकरा पढ़ला सन्ता एक अलग अलखके अनुभूति होइत अछि।

कविताके माध्यम सँ कोनो बातके कहब बहुत प्रभावकारी होइत अछि। अस्तु तेसर मैथिली काव्य साहित्यमे 'गंगाके किछोर सँ कविता संग्रह' प्रकाशित भेल। एहि पुस्तकमे कुल 163 कविता अछि जकरा चारि खण्डमे विभाजित कयल गेल अछि।

प्रथम धर्म खण्ड अछि, दोसर संस्मरण खण्ड, तेसर मर्म खण्ड एवं चारिम कर्म खण्ड अछि। प्रत्येक खण्डमे नामानुरूप कविता विरचित अछि।

चारिम पुस्तक 'षड यात्रा' अछि जे एक यात्रा वृत्तांत अछि। एहि पोथी मध्य छओ गो यात्राके वृहत वर्णन कयल गेल अछि। एहि पुस्तकके लिखवाक मुख्य उद्देश्य अछि - समाजमे अनेको व्यक्ति एहन छथि जे विभिन्न कारणसँ तीर्थ यात्रा नहि कऽ पवैत छथि ओ व्यक्तिके एहि पुस्तककेँ पढ़लासँ लगतनि जे हम ओहि तीर्थके यात्रा कऽ लेलहुँ।

विगत वर्ष हमर गाँवके दुर्गा पूजाके सए वर्ष पूर्ण भेल। एहि उपलक्ष्यमे एक स्मारिका सेहो प्रकाशित भेल जकर नाम राखल गेल 'दुर्गा स्मृति स्मारिका, चकौती।'

भगवतीके कृपासँ एकर मुख्य सम्पादनक भाड़ हमरे भेटल। एहि स्मारिकामे कुल 19 गो विभिन्न विद्वानके अत्यन्त ज्ञानोपयोगी लेख अछि।

हमर छठम पुस्तक "हमर गाँव चकौती" अपने लोकनिक हाथमे अछि। ई पुस्तक मुख्यरुपसँ गाँवके ऐतिहासिक पृष्ठभूमि पर आधारित अछि। साधारणत: एहन देखल जाइत अछि जे पढ़ल लिखल व्यक्तिके सेहो अपन परिवारक पूर्वजके नाम याद नहि रहैत छनि। परपितामह तकके नाम नहि बुझल रहैत छनि। संगहि अपन स्थानके विषयमे सेहो नहि पता रहैत छनि। अपन

पारिवारके बीजी पुरुष अथवा ओहि मध्य केओ जे कोनो कृति कयने छथि ताहि विषयमे जानकारी नहि रहैत छनि। एहि सभके जानकारी तत्कालीन समयमे बाबा, बाबी, दाईलोकनि खिस्साके रुपमे जिज्ञासु पुत्र- पौत्रके कहैत छलीह। मुदा आधुनिक समयमे एकल परिवार (पति पत्नी सन्तान) जिविका लेल गाँव घर छोड़ि प्रदेशमे रहैत छथि जाहि कारणे एहि सभक जानकारी हुनकालोकनिके अपन दादा दादीसँ नहि भेटैत छनि। हम बचपन गाँवमे व्यतीत कयने छी। अपन गाँव एवं खानदानके विषयमे जानकारी लेल सतत प्रयत्नशील रहलहुँ। खिस्साके रुपमे हम अपन गाँवक विषयमे अथवा अपन पूर्वजके विषयमे परम पूज्य आदरणीय कका श्री युगल नारायण झासँ ज्ञान प्राप्त कयल जिनका एहि सभ विषयमे अपन पितासँ समग्र जानकारि भेटल छल। एकर अतिरिक्त गाँवक अनेको व्यक्ति छथि जिनका सँ अनेको सूचना भेटल। हम ओहि सभगोटेके आभारी छी एवं हृदयसँ हुनका धन्यवाद दैत छियनि। मनमे आकांक्षा भेल जे किएक ने एकरा एक पुस्तकाकार रुप देल जाय जाहिसँ भविष्यमे जिज्ञासुजन एहिके माध्यमसँ अपना विषयमे जानि सकताह। कतेको हमर गाँवके एहन व्यक्ति एवं परिवार अछि जिनका विषयमे हम एहि पुस्तकमे चर्चा नहि कऽ सकलहुँ तकर मुख्य कारण भेल जे हुनकर सूचना देनिहार नहि भेटेलाह।अगर बादमे किनको द्वारा अपन वंशावली वनाकऽ देल जायत तऽ दोसर अंकमे ओकर स्थान देल जायत। जे सूचन देल गेल अछि ओहिमे त्रुटिक संभावनाक गुंजाइश अछि। अस्तु त्रुटि सुधार हेतु विचार आमंत्रित कयल जाइत अछि।

एहि पोथिके रचनाके पाछू अनेकोलोकनिक योगदान छनि जाहिमे सबसऽ बेशी हम अपन ककाके आभारी छी जे सतत जानकारी देवा लेल तत्पर रहलाह। हम आभारी छी स्व० प्रो० अरुण ठाकुर, विभागाध्यक्ष, वोटनी विभाग, माड़वाड़ी, महाविद्यालय, दरभंगा, श्री प्रकाश चन्द्र मिश्र, पूर्व प्रधानाध्यापक, श्री गिरीन्द्र मिश्र, वरीय लेखापाल(से.नि.)श्री परमेश्वर मिश्र, स.अभि.(से.नि.) स्व यज्ञी मिश्र, श्री नागेन्द्र नारायण झा, पूर्व मुखिया, श्री राधाकान्त झा, (IFS) श्री शुभ चन्द्र झा, अवकाश प्राप्त फोरेन एक्सचेंज आफिसर सेन्ट्रल बैंक आफ इण्डिया, श्री अमरनाथ झा, श्री विनोद कुमार झा (LIC), श्री राजीव कुमार झा, वाणिज्य पदा०, रेलवे पटना, श्री सुबोध झा, श्री बालबोध झा, थल सेना(से.नि.), श्री पंकज कुमार ठाकुर, अभियंता, पं० मदन कुमार झा, मो० सोन

दाइ, श्री अजय ठाकुर, वरीय बैंक प्रबंधक (से.नि.), श्री वेचन झा, श्री जितेन्द्र कुमार झा, श्री मिथिलेश कुमार झा, अधिवक्ता, प्रसादी टोल, श्री बाबू साहेब झा आदि के।

हम सबसऽ अधिक कृतज्ञ छी अग्रज श्री अरविन्द कुमार झा, अवकाश प्राप्त उप निदेशक शिक्षा विभागके जिनकर प्रेरणासँ हमरा लेखनीमे गति आयल। एहि पोथीके आवरण पृष्ठके निर्माता छथि चिरंजीवी साकेत सौरभ, I.T. Engineer हमर कनिष्ठ पुत्र, एहिसँ पूर्व "दुर्गा स्मृति स्मारिका, चकौती" के आवरण पृष्ठके डिजाइन हिनके द्वारा बनाओल गेल छल। हम हिनका आशीर्वाद दैत छियनि जे ई एहिना अपन क्षेत्रमे देशके नाम विश्वमे रौशन करैथ। हिनक अग्रज चिरंजीवी निशान्त सौरभ एवं चिरंजीवी कीर्ति सौरभ दुनू कम्प्यूटर इंजीनियर चि० साकेतके प्रेरणा श्रोत छथि हुनको लोकनिके एहि पुस्तकके रचनामे अमूल्य योगदान रहल। अस्तु इहो दुनू पुत्र आशीर्वादके पात्र छथि।

आजुक लैपटोट, मोबाइल, राकेट आ सैटेलाइटके युगमे पुस्तकके तरफ ध्यान बहुत कम पाठकके जाइत छनि। अस्तु आब रचनाकार ई अपेक्षा राखि पुस्तकके सृजन नहि करैथ जे एकरा पाठक क्रय कऽ अध्ययन करताह अपितु स्वान्तःसुखाय एकर मुख्य उद्देश्य राखथि।

अन्तमे एहि पोथीके हम ग्राम देवी चक्रेश्वरी माताके चरणमे समर्पित करैत एतबा जरुर कहब जे प्रत्येक चकौती वासीके एहि पुस्तकके एक प्रति अभिलेखके रुपमे जरुर अपना सङ्ग रखबाक चाही।

रक्षाबंधन

दिनांक 19-08-2024 **डॉ पंकज कुमार झा**

डॉ. पंकज कुमार झा

(अवकाश प्राप्त बि०स०से०)

पिता :- स्व. कमल नारायण झा

(रेलवे स्टेशन मास्टर)

माता - स्व० चन्द्र कला देवी

पत्नी - स्व० संजुला कुमारी मिश्रा

(एम.ए.)

जन्म :- 06 जुलाई, 1962

स्थाई पता :- ग्राम+पोस्ट-चकौती (ड्योढ़ी)

थाना-नानपुर, जिला-सीतामढ़ी पिन कोड - 847307.

पत्राचार पता :- रूपं उत्सव हॉल, मिथिला कॉलोनी,

नासरीगंज, दीघा, दानापुर, पटना – 801503.

सँपर्क सूत्र :- +91-7004405453, +91-8210413097,

+91-821093764.

ई-मेल :- pkjha391@gmail.com

शिक्षा/दीक्षा :-

स्नातकोत्तर, पटना विश्वविद्यालय, (1985ई.)

नेट/जे.आर.एफ़ (मैथिली) 1987ई.

पी.एचडी. :- तिलकामांझी विश्वविद्यालय, भागलपुर (2013ई.)

बिहार लोक सेवा आयोगक 35वीं सँयुक्त प्रतियोगिता परीक्षा उतीर्ण (1989ई.)

सँप्रति :-

उपनिबंधक, सहकारिता विभाग, बिहार, पटना (अवकाश प्राप्त)

प्राप्त सम्मान :-

1.बेस्ट एचीवर्स एवार्ड फ़ॉर को-ऑपरेटिव बैंकिंग, ऑल इण्डिया बिजनेस डेवलपमेंट एसोशिएशन नई दिल्ली (29 अप्रैल, 2013)

2.राष्ट्र विभूषण अवार्ड, फेस, नई दिल्ली (28 अप्रैल, 2014)

3.एशिया पैसेफिक एचीवर्स अवार्ड ताशकंद, उज़्बेकिस्तान, (15 जून, 2014)

4.राजीव गाँधी गोल्ड स्टार अवार्ड, इण्डियन सॉलिडेरिटी काउंसिल, नई दिल्ली (15 नवम्बर, 2015)

5.ज्वेल ऑफ़ इंडिया अवार्ड ईएम, नई दिल्ली (20 जुलाई, 2015)

6.विजय रत्न गोल्ड मेडल अवार्ड ईएम, नई दिल्ली (20 जुलाई, 2015)

7.इंटरनेशनल गोल्ड स्टार मिलेनियम अवार्ड, बिश्केक, कीर्गीस्तान (21 मई, 2016)

अभिरूचि :-

साहित्य सृजन, संगीत, बांसुरीवादन, श्री दुर्गा सप्तशती सस्वर पाठ
(यूट्यूब पर उपलब्ध)

प्रकाशित पोथी :-

1.मैथिली साहित्यमे मिथिलाक सामाजिक जीवन

2.परिश्रांता

3.गंगा के किछोर सँ

4.षड यात्रा

5.दुर्गा स्मृति स्मारिका, चकौती (मुख्य संपादक) – मैगज़ीन

अध्याय 01. चकौती गाम के पृष्ठभूमि

चकौतीके चौहद्दी

पूर्वमे चकौती चकवा वनके नामसँ प्रसिद्ध छल। पं० अम्बिका शर्मा, ग्राम रत्तनपुर शिक्षक ब्रह्मपुर उच्च विध्यालयके अनुसार - ई चकवा वन नहि आपितु ई चन्द्रवना नामसँ जानल जाइत छल। एहि वनमे भारी संख्यामे चन्दनके वृक्ष छल तैं एकर नाम चन्दनवना परल। कालक्रमे शब्दके उच्चारणमे भेल परिर्वतनसँ लोक एकरा चकवा वन कहए लागल होएत। पुनः शब्दमे परिर्वतन होइत होइत वर्तमानमे ई ग्राम चकौतीके नामसँ प्रसिद्ध अछि।

पं० मदन झा चकौतीके अनुस्वार एकर नाम चक्रवर्तीपुर छल। जकर प्रमाण लिखित रूपमे भेटैत अछि। हिनका द्वारा कहल गेल जे शिद्धान्तशिरोमणिक खृष्टामे उल्लेख अछि जे चक्रवर्तीपुर गामक दुर्गा स्थानमे संस्कृत इसकुल चलैत अछि। एहिके पं० लोकनाथ झा अपन स्वहस्तसँ लिखने छलाह। पं० मदन झा कहलाह जे हम एकरा पढने छी। बहुत दिन धरि ओ खृष्टा हमरे लग छल। किन्तु आब ओ समाप्त भ' गेल।

एहि तरहे चकौती गामक नाम पूर्वमे चकवावन, चन्द्रवना, चक्रवर्तीपुरसँ जानल जाइत छल। परंच अखन चकौती नामसँ प्रसिद्ध अछि। र्वतमानमे ई ग्राम सीतामढी जिलामे परैत अछि। किन्तु दरभंगा जिलाके सीमा सेहो एहि ग्रामके पूरव दिशासँ जाइत अछि। एतऽसँ दरभंगा नजदीक अछि। लगभग 35 कि. मी. पुरवमें दरभंगा अछि जखन कि मुजफ्फरपुरके दूरी करीब 72 कि. मी. अछि। ग्रामके पुरवमे पक्की सड़क अछि जे जालेसँ विठौली चौक पर मुजफ्फरपुर दरभंगा 4 लेन मुख्य मार्गसँ मिलैत अछि। एहि सड़क पर अखन अनेको बस टैक्सी चलैत

अछि, जाहिसँ आवागमनमे कोनो असुविधानहि अछि। गाँवके निकटतम रेलवे स्टेशन जोगियारा तथा कमतौल अछि, जकर दूरी लगभग एतयसँ 12 कि. मी. होएत।

चकौती ग्रामके पूरवमे प्राचीन कालमे कमला नदी बहैत छल। एहि नदीके छारण अखनो विद्यमान अछि जकरा नाशी कहल जाइत अछि। किंबदन्ति अछि जे गोनू झा भरवाड़ा वासीके कारण कमला नदी एतयसँ प्रस्थान क' गेलीह।

भीषम टोल एवं बिहारी

चकौती गाँवके पुरव दिशामे भीषमटोल अछि। एहि ठाम नथुनी मिश्र छलाह जे अपन सच्चरित्रताके कारण जानल जाइत छलाह। हिनका दुई गोट पुत्र भेलनि। एकके नाम नरेश चन्द्र मिश्र छलनि जे 1951 ई०मे मैट्रिक प्रथम श्रेणीमे उतीर्ण भेल छलाह। जिला अभियन्ता, टेलीफोनसँ सेवा निवृत्ति भेलाह। हिनके पौत्र UPSC परीक्षा उत्तीर्ण क' DRM छथि। नथुनी बाबूके दोसर पुत्र श्री देवचन्द्र मिश्र छथि जे ADM पदसँ सेवा निवृत्ति भेलाह अछि। हिनक एक मात्र पुत्र श्री राजीव मिश्र सेहो Dy. Collector छथि। श्री देव चन्द्र मिश्र द्वारा भीषम टोल पर अपन घरक समक्ष भव्य भोला बाबाके मंदिर बनबाओल गेल अछि। एहि मंदिरक सुन्दरता देखिते बनैत अछि। हुनका द्वारा ई बाबा मंदिरके निर्माण कार्य सेवा निवृत्तिके उपरान्त कएल गेल अछि। एकर अतिरिक्त एहि टोल पर श्री बैद्यनाथ मिश्र, प्रख्यात शिक्षक छथि। ई ब्रह्मपुर उच्च विद्यालयमे गणित शिक्षक छलाह। श्री शंभू नाथ झा, बजार समितिमे लेखापाल छलाह। ई एक पैघ साधक छथि। ई प्रति वर्ष चकौती दुर्गा पूजाके निशा पूजा कालमे एक पएर पर ठाढ़ भऽ कऽ दुर्गासप्तशतीके तेरहो अध्यायके पाठ करैत छथि। स्व० योगी झा, स्व०भोगी झा एवं स्व० उमेश झा पंडित छलाह। ई लोकनि पुरोहितके कार्य करैत छलाह। पं उमेश झाके मृत्यु वर्ष 2023ई०के मार्च महिनामे अत्यंत अद्भुत भेल। ओ जहिया मृत्युके प्राप्त भेलाह ओहिसँ एक दिन पूर्व पुरोहिति कार्य कय क' घर गेलाह आओर दोसर दिन प्रात: काल ओ स्वर्ग लोकके वासी भ' गेलाह। तीनू भाईके स्वभाव खूब नीक छल।

भीषम टोलके बगलमे बिहारी गाँव अछि। एहिठामके लोकक परिवारसँ चकौतीके अनेको परिवारके बीच वैवाहिक सम्बन्ध अछि। दुनू गाँवके बीच सांस्कृतिक एवं धार्मिक सम्बन्ध अति प्राचीन समयसँ चलैत आबि रहल अछि। भॉली बॉल खेलके क्षेत्रमे दुनू गाँवके खेलाड़ी सम्मलित रुपसँ टीम बना कऽ अन्य गाँवसँ मैच खेलैत छलाह। स्व० नवीन ठाकुर पश्चिमवाड़ी टोल ओहि टीमके सेन्टरसँ खेलाइत छलाह। चकौतीमे जहिया कहिओ अष्टयाम एवं नवाह भेल ताहिमे बिहारीवासी भाग लैत छथि। दुर्गा पूजाके बिहारी वासी अपन पूजा मानैत छथि तथा बैढ़ चढ़ि कऽ भाग लैत छथि। तहिना बिहारीके काली पूजामे चकौतीवासी भाग लै छथि।

जजुआर एवं बठौल

चकौतीके पश्चिम दिशामे ब्रह्म स्थान एवं बठौल, ग्राम अवस्थित अछि। चकौती सीमा बठौलके सीमासँ सटल अछि।यदा कदा दुनू गाँवके बीच फसल काटि लेबाक मुद्दा पर विवाद होइत रहैत अछि। वर्ष 73 ई०मे एहि बातके लऽ कऽ दुनू गाँवके बीच जबर्दस्त लड़ाइ ढ़नि गेल। एहि लड़ाइमे इन्द्रदेव ठाकुर के तेसर पुत्र विजय ठाकुर शहीद भऽ गेल छलाह।एकरे बगल मे जजुआर गाव अवस्थित अछि। एहि गाममे ब्राह्मणक जनसंख्या बहुत वेशी अछि।

राढ़ी

उत्तर दिशामे पकटोला एवं राढ़ी गाम अछि। एहि ठाम व्यवसायी वर्ग वेशी छथि। कतेको विद्वान एतय भेल छथि। काशी नाथ झा, अभियन्ता अपन पढ़ाई सिन्दरी सँ कयने छलाह। श्री हरिश्चन्द्र गामी खूब प्रतिभावान व्यक्ति छथि जे अपना समयमे ब्रह्मपुर उच्च विद्यालयमे सदा प्रथम करैत रहलाह। बादमे ओ SBI मे पदाधिकारी पद सँ सेवानिवृत्त भेलाह। एतहि स्व० राम बहादुर महतो मुखिया भेल छलाह। हुनक तेसर पुत्र डॉ० शत्रुघ्न प्रसाद छथि जे पिताके परोक्ष भेला उत्तर स्वयं शिक्षण कार्य करैत बिहार लोक सेवा आयोगके माध्यमसँ शिक्षक भेलाह। शिक्षक कार्य करैत ओ पीएचडी के डिग्री प्राप्त कयलनि। हुनक पत्नी सेहो

पीएचडीके डिग्री प्राप्त कयलनि। ओहो + टू इसकुलमे शिक्षिका छथि। एहि ठाम हिनका लोकनिक सहयोगसँ धर्मशालाके स्थापना होमय जा रहल अछि।

प्रसादी टोल एवं कछुआ

जखन कि चकौतीके दक्षिणमे प्रसादी टोल अछि। एहि टोलके सम्बन्ध चकौतीसँ सदासँ रहल अछि चाहे सांस्कृतिक, धार्मिक, राजनीतिक किम्बा पौराणिक हो

सभ क्षेत्रमे एहि टोलक लोक चकौतीके सङ्ग बढ़ि चढ़ि कऽ हाथ बटेलक। चकौती दुर्गा मन्दिरके निर्माणमे एहि टोलक प्राय: प्रत्येक घर सँ सहयोग राशि भेटल अछि। किछु गोटे तऽ एहन छथि जे जमीन वास्ते या शौचालय वास्ते मोटगर राशि देलनि।

एहि टोल पर स्व०अभय चन्द्र मिश्र स्वतंत्रता सेनानी छलाह जे हमेशा देशके चहुमुखी विकासके लेल कृत-संकल्प छलाह। अभय बाबू MLA के लेल पाँच बेर ठाढ़ भेलाह मुदा ओ जीत नहि सकलाह। ओ मलिकपुर पंचायतके लगातार तीन बेर मुखिया रहलाह। प्रसादी टोल पर कछुआ पाँजिके पाँचगो मिश्र पट्टी छल। जाहिमे एक पट्टिमे अभय चन्द्र मिश्र भेलाह। दोसर पट्टीके श्याम चन्द्र मिश्र भेलाह। तेसर पट्टीके नथुनी मिश्र, भीषम टोल भेलाह। चारिम पट्टी श्री मिथिलेश कुमार झा, अधिवक्ता, पटना उच्च न्यायालयके मुख्य छलखिन। पाँचम पट्टी अपन निज घड़ारी मिश्रक टोलमे रहलाह एवं एक पट्टिके सखा सन्तान पँजिकार लोकनिक घर भेल।

एहि टोल पर जतेक घर अछि ओहिके प्रत्येक घरमे विद्वान भरल अछि 1950के दशकमे श्री जितेन्द्र मिश्र दुर्गा पुर स्टील फेक्ट्री के GM पद पर कार्यरत रहि सेवानिवृत्त भेलाह। श्री जितेन्द्र मिश्र जी बहुत सुन्दर बाँसुरी वादन करैत छथि। तहिना 1980के दशकमे BIT सिन्दरीमे श्री सदय कुमार मिश्र प्रध्यापक छलाह। श्री प्रकाश चन्द्र मिश्र 36वीं बिहार लोक सेवा आयोगके परीक्षा उत्तीर्ण कऽ Dy S.P. भेल छलाह। श्री मिथिलेश कुमार झा, अधिवक्ता के अनुज श्री

अखिलेश कुमार झा भारत सरकारके रक्षा अनुसंधान विकास संगठन, बैंगलोरमे वरीय वैज्ञानिक छथि। ओहि टोल पर अधुना शताधिक डाक्टर एवं इंजिनियर छथि। मुदा वर्तमान समयमे ई लोकनि अपन अपन कर्मभूमि मे रहैत छथि। प्रसादी टोल पर ई सभ गोटे विवाह उपनायन अथवा कोनो समारोह आदिके अवसरपर अबैत छथि। संगहि अपना इच्छानुसार जतय जिनका नीक लगलनि ओतय अपन आवास बना कऽ रहि रहल छथि।

प्रसादी टोल पर कोनो सांस्कृतिक उत्सव यथा उपनायन, कोजागरा, ब्राम्हण भोजन अथवा कोनो विशेष यज्ञ प्रयोजन होयत अछि तऽ ओहिमे निश्चित रुपसँ एक दोसराके निमन्त्रण देल जाइत अछि। चकौती सँ पुरा समाज ओहिमे हर्षपूर्वक भाग लै छथि। तहिना प्रसादी टोलसँ सभ केओ चकौतीमे भोज हो अथवा कोजगरा हो ओहिमे जरुर भाग लै छथि।

प्रसादी टोल पर प्राचीन समयसँ कृष्णाष्टमी मनाओल जाइत अछि। ई पूजा टोल मध्य अवस्थित पोखरिक भीड़ पर मनाओल जाइत अछि। जाहिठाम खूब मेला लगैत अछि। चकौती गाँवमे हरिमोचन झाके ओहिठाम सेहो कृष्णाष्टमी मनाओल जाइत अछि। हिनका ओहिठाम देवता लोकनिक मूर्ति स्वयं निर्माण कयल जाइत छल। एहिके पाछू की रहस्य अछि से नहि जानि। प्रसादी टोलके एहि पूजामे चकौतीके अबालवृद्ध भाग लैत छथि।

अस्तु चकौतीके उतर दिशामे नवटोली विद्वानक टोल अछि तहिना दक्षिण दिशामे प्रसादी विद्वानके टोल अछि। दुनू टोल अपन विद्वताके प्रभासँ चकौतीके आलोकित कयने रहैत अछि।

प्रसादी टोलके सटले कछुआ ग्राम अवस्थित अछि।ई गांव जनसंख्या एवं रकवा दुहू दृष्टिकोणसँ नमहर अछि। कछुआके उतरबारी तरफ ब्राह्मणक बस्ती अछि जे चकौतीसँ सटल अछि। कछुआमे कतेको व्यक्ति छलाह जे भारतके स्वतंत्रता संग्राममे बढ़ि चढ़ि कऽ हिस्सा लेलाह।

चकौती ग्रामके रक्षा पुरवमे माँ भगवती दुेगा, पश्चिममे माँ चक्रेश्वरी एवं बाबा सीतेश्वरनाथ, उत्तरमे राजा सलहेस एवं दक्षिणमे राजा रामचंद्रजी करैत

छथि। माँ चक्रेश्वरी एहि गामक ग्रामदेवी छथि। चकौती ग्रामके संबंधमे कहल जाइत अछि जे पूर्वमे एहि क्षेत्रमे लोकक अभाव छल। वन प्रदेश रहवाक कारणे विषेश रूपसँ किछु घर लोहार एवं मुसहर एवं मल्लाह जातिक लोग एहिठामक मूल वासी छलाह। होहियारे विक्रमपुर मूलक जंगल सिंह एवं मंगल सिंह नामक ब्राह्मण एहि ठाम विक्रमपुरसँ आवि वास कयलनि। ग्रामके मध्यसँ एक सड़क जाइत अछि जे उत्तरमे महदइ चौक पर मिलैत अछि एवं दक्षिणमे कछूआ एवं लखनपुर - सनहपुर जाइत अछि।

भौगौलिक बिशेषता

एकर रकवा लगभक 2500 एकड़ अछि। जाहिमे 2200 एकड़खेती योग्य भूमि अछि। एहि गामक किसान आब बहुत कम खेती करै छथि बेशी जमीन पर अन्य व्यक्ति खेती करैत छथि तथा कठाके अनुसार जमीन मालिकके राशि भुगतान करैत छथि। सरकारी समर्थन मूल्य पर अपन फसलके पैक्सके माध्यम सँ बेचैत छथि।

ग्रामक आवादि लगभग 10000 अछि। चकौतीमे ब्राह्मण, क्योट, दुसाध, मल्लाह, मुसहर, बढई, आमात, तेली, हजाम, चमार, दुसाध एवं हलुवाई जातिक लोक निवास करैत अछि।र्वतमानमे गामक सड़कसँ पूरव एवं पश्चिम ब्राह्मणक टोल अछि। गावक उत्तर पश्चिममे क्योटक बस्ती अछि। दक्षिण पश्चिममे मल्लाहक बस्ती अछि। पश्चिम मे मुसहर जातिक वास अछि। गाँवक मध्यमे हजाम, अमात, हलुवाई, तेली एवं बढई लोकनिक बास अछि।

खेती योग्य भूमि मुख्यतः सड़कके पुरव एवं पश्चिममे अछि। एहि गावमे मुख्य रूपसँ धान, गहूँम, चना, मकई, सरसों, खेसारी, मुंग, केराउ, आलू, प्याज, आम, लिची, केला आदि उपजाओल जाइत अछि। खेतीके वास्ते सिंचाई लेल कतेको गोटे बोरिंग गरवौने छथि र्वतमानमे एहि गाँवमे 6 गोट पोखरि अछि।

गंगेश्वरबाबाके उत्पत्तिके कथा

चकौतीके दक्षिण दिशामे बाबा गंगेश्वर स्थान छथि। जे साक्षात बाबा बैद्यनाथ छथि। एकर दुरी करीब २ कि. मी. अछि।बाबा गंगेश्वर नाथके विषयमे कहल जाइत अछि जे गंगा नाथ नामक एक व्यक्ति कछुआमे (मिश्रक टोल) रहैत छलाह। हुनका पुत्र नहि छल जाहि कारणसँ गंगा नाथ बहुत दुखित रहैत छलाह। केओ कहलकनि जे अहाँ बाबा बैद्यनाथ धाममे एक महिना अनशन करु त' अहाँकेँ पुत्र प्राप्त होयत। फेर की छल शुरू क' देलनि। किछु समय बितलाके बाद एक दिन रातिमे गंगाके स्वप्नमे बाबा बैद्यनाथ कहलखिन, गंगा अहाँ आब बैद्यनाथ धाममे अनशन नहि करु। हम स्वयं सवापहड़ लेल अहाँके बगलमे जे जंगल अछि ओतहि एकटा इनारमे रहैत छी। अहाँ ओहि इनारके साफ कराऊ हम ओहिमे भेटि जायब। एतहि हमर पूजा कयल करु, सभ मनोकामना पूर्ण भ' जायत। गंगाके नींद खूजल। ओ शीघ्र बाबाधामसँ ओहि स्थान पर गेलाह जे स्वप्नमे देखने छलाह। ओतय गेलाह तऽ हुनका ओ इनार भेटल। इनारके साफ करय लगलाह त' बाबा प्रगट भ' गेलथिन। वएह बाबा गंगेश्वर स्थानमे बैद्यनाथ बाबा छथि। बादमे गंगाके पुत्र रत्न प्राप्त भेलनि। अस्तु प्रत्येक रविदिन एहि ठाम पैघ मेला लगैत अछि। एहि स्थान पर दिव्य मन्दिर निर्मित भेल अछि। बगलमे एक सुन्दर सन पोखरि अछि, जकर जलसँ भक्तलोकनि बाबाके अभिषेक करैत छथि। एहि स्थान के लगभग एक किलोमीटरके अन्तरालमे घर दुआरि नहि अछि। चारुकात घनघोर जंगल अछि। आब ओहि स्थलपर किछु विकासक रुपरेखा भासित भऽ रहल अछि। प्राथमिक विद्यालयके स्थापना सरकार द्वारा कयल गेल अछि। आङ्गन वारी केन्द्र तथा किछु दुकान स्थानीय नागरिक लोकनि आरम्भ कयलनि अछि। पहिने गंगेश्वर स्थान लेल कोनो आबा गमनके सुविधा नहि छल। मुदा आब टेम्पू, ई रिक्शा आदि चलब आरम्भ भेल अछि।

गौतम कुण्डक महात्म्य

पूरब दिशा मे गौतम कुण्ड एवं अहिल्या स्थान अछि। चकौती सँ एकर दूरी 4 कि. मी. अछि। गौतम कुण्डमे गौतम मुनिक आश्रम छल। गौतम मुनि गायत्रीक उपासक छलाह। वरुण देव हुनका सँ प्रसन्न भ' गौतम मुनिके आश्रममे

तीन कुण्डके स्थापित कयलनि जाहिमे तीन नदीके जल सर्वदा विद्यमान रहैत अछि। ओ तीन कुण्ड अखन सेहो विद्यमान अछि। तीनू कुण्डक जल तीन रंगक अछि। एकर जल कहियो नहि सुखाइत अछि।

वाल्मीकि रामायणके बालकाण्ड के अध्याय 48 एवं 49 मे गौतमकुण्डके प्रसंग आयल अछि। एहि आश्रमके विषयमे ब्रह्मर्षी विश्वामित्र द्वारा पूरावृतान्त प्रभु रामके बताओल जाइत अछि।

वर्ष 1910 ई०मे म.म.परमेश्वर झा रचित मिथिला तत्वविमर्श नामक पोथीमे एकर चर्चा कयल गेल अछि। अहिल्या गौतम मुनीके अर्धांगिनी छलीह। ओ देखैत खूब सून्दर छलीह। हुनक सुन्दरतासँ प्रभावित भ' एकबेर इन्द्र गौतम मुनिके रुप धारण कए हुनक आश्रममे आबि अहिल्या संग रमण कएलनि। ई घटना तखन भेल जखन मुनि गंगा स्नान लेल गेल छलाह। जखन मुनि गंगा स्नानसँ लौटलाह तऽ अपन आश्रमसँ इन्द्रके निकलैत देखलनि। मुनिके सभ बात बुझबामे आबि गेलनि। ओ तुरत हाथमे जल ल' इन्द्र के साप देलनि जे अहाँके शरीर अण्डकोष रहित भऽ जायत। चुकि अहिल्या सेहो एहि कार्यमे रुचि लेने छलीह तैं हुनको साप देलनि जे अहाँ पत्थर भ' जाउ। ओहि पत्थरके श्री राम चन्द्र जी द्वारा चरण स्पर्शसँ अहिल्याके उद्धार भेलनि।अखनो ओ पत्थर अहिल्या स्थानमे राखल अछि जकर दर्शन कयल जा सकैत अछि। रामनवमीमे एतय पैघ मेला लगैत अछि। गौतम कुण्डक विकास 2009 सँ ब्रह्मपुरके डॉ० भारद्वाज (मुन्ना) सुपुत्र श्री नरेन्द्र शर्मा शिक्षक, ब्रह्मपुर उच्च विद्यालय द्वारा प्रयास कयल जा रहल अछि। मुदा सरकारके नजरि अखनो एहि क्षेत्र पर नहि परल अछि।

उच्चैठक महात्म्य

उत्तर दिशा मे माताक शक्ति पीठ उच्चैठ अछि।एहि ठाम भगती शतीके वामस्कन्ध खसल अछि। अस्तु 51 शक्ति पीठमे एकर स्थान अछि। गीता

प्रेस गोरखपुरसँ प्रकाशित तीर्थाङ्कके पृष्ठ संख्या 518 पर एकर उल्लेख अछि। एतय जे भगवती छथि हुनक नाम उमा छनि तथा भैरवके नाम महोदर अछि। एहि ठाम कलिदासके भगवती सिद्धी प्रदान कएने छलखिन। एकर दूरी करीब 32 कि. मी. अछि। वर्ष 1987-88 ई०मे बेनीपट्टीके पहाड़पुरी नामक अनुमण्डल पदाधिकारी उच्चैठके स्थानीय व्यक्तिके सहयोग सँ किछु विकास कार्य कयलनि। मुदा तकर बाद सँ कोनो परिवर्तन देखवामे नहि आयल अछि। ई भगवती शक्ति पीठके रूपमे जानल जाइत छथि। दुर्गा पूजामे एहि स्थल पर खूब भीड़ होइत अछि। कालियासँ कालिदास कोना बनलाह तकर वर्णन हमर स्वरचित एहि कवितामे देखल जाय-

हम नमन करी कवि कालिदासके।
जे भेलाह पति विदुषी विद्योत्माके।।
हारि शास्त्रर्थमे कतेको कवि जहाँ।
खोज कएल मूर्ख कलियाके तहाँ।।

लाबि करौलक शास्त्रर्थ विदुषी सँ।
होमए लागल चर्चा तत्र अजनबी सँ॥
विद्वतमंडली मध्य देखि आङ्गूर एक।
देखा आङ्गूर दुई अछि हमर विवेक॥

सोचि विदुषी विद्योतमा सिन्दुर लेल।
पाबि एकान्त पतिकेँ सम्मुख भेल ॥
ई छथि महामूर्ख देबैनि ने हम खर्चा।
मारि लात भगेलनि घरसँ भेल चर्चा॥

आयल उचैठ बनल सेवक पाठशालामे।
भोर - साँझ भाग लिया काली पूजामे॥
एक दिन आयल बाढि ओतय भयंकर।
कलियाके सौंपल आरती भार तदन्तर॥

डुबैत परैत पहुँचल काली माताके द्वारि।
कय आरती सोचल कारिख लगाबू हारि॥
प्रकट भेलीह माता माँगू आहाँ वर न्यारि।
दिअ ज्ञान मा विनती अछि हृदय अजवारि॥

जाऊ आहां छुबू बहुग्रन्थ आइ भरि राति।
होएब महाज्ञानी दिन- दिन बढत ख्याति॥
रचि रघुवंश अभिज्ञान शाकुन्तलम् खास।
भेलनि आब प्रियतमक हृदयमे सहबास॥

भेटल विक्रमादित्यक राजपुरोहितक मान।
नवरत्नक हिस्सा भ' पयलनि मान सम्मान॥
अछि गर्व भारतके पाबि कालिदास महान।
मिथिलाक हमर रत्न ओ आन -मान -शान ॥

एहन जे उच्चैठ शक्ति पीठ अछि हुनकर दर्शन अवश्य करवाक चाही।

पश्चिम दिशा मे भैरव स्थान अछि जे एतयसँ करीब 25 कि. मी. पर अवस्थित अछि। भैरव स्थानमे मवेशीके बड पैघ मेला लगैत अछि।

पूर्व समयमे चकौतीमे एकहि संग नैयायिक, ज्योतिष एवं व्येयाकरणक विद्वानक वास छल। गाँवक दक्षिणमे ज्योतिषाचार्य लोकनिक वास अछि। जाहिमे प्रमुख रूपसँ रधुनन्दन झा, लोकनाथ झा इन्द्रकान्त झा, मोतीकान्त झा, भीमनाथ झा, पं० गणेश झा शास्त्री व्याकरणाचार्य, काव्यतीर्थ, डॉ० नरेश झा, साहित्याचार्य, साहित्यरत्न, काव्यतीर्थ, विद्यावारिधि, पूर्व प्रचार्य रानीचन्द्रावती महाविद्यालय, काशी एवं पं० मदन झा, संस्कृत शिक्षकके नाम लेल जा सकैत अछि। पं० रधुनन्दन झा बनैलीस्टेटक महराज कुमार गंगानन्द सिंहके रोजनामचा

लिखि-लिखि पठवैत छलाह जाहिके अधार पर ओ अपन निति निर्धारित करैत छलाह।

लगभग 200 वर्ष पहिने चकौतीके आचार्य श्रीनाथ झा राजा रंजीत सिंहके राज्यमे अनुदान मंत्री छलाह। जाहिसँ चकौतीके नाम खूव भेल। पं० दुलार झाके नाम मध्यप्रदेशके टिक्कमगढ़ सँ लय राजस्थानके नाथद्वार धरि फैलल छल। ई काशीके सभसँ पैघ पंडितक रुपमे जानल जाइत छलाह।

गाँवके मध्य भागमे नैयायिक लोकनिक वास अछि। जाहि मे प्रमुख छलाह ऋद्विनाथ झा, चुम्बन झा, गंगाधर झा, सहदेब झा। ऋद्विनाथ झा, एवं चुम्बन झाके विषयमे मिथिला तत्व विमर्ष मे लिखल अछि जे ई लोकनि महराज सर लक्ष्मीश्वर सिंहके दरबारमे सम्मानित होइत छलाह। गाँवके उत्तर तरफ पंडित टोल अछि जाहि ठाम व्याकरणक विद्वानक वास अछि। एहिठाम अनेक महामहोपाध्याय भेल छथि।पं० प्राणनाथ झा, म०म० के पदवी सँ सम्मानित भेल छलाह। हिनक पुत्र हिआलाल झा सेहो महामहोपाध्याय सँ सम्मानित भेल छलाह। हिनका सात पुत्र छल। सभ एकपर एक विद्वान छलाह। हिनक ज्येष्ठ बालक जिनक नाम पं० परमेश्वरी दत्त झा छल, ओहो म० म० छलाह। दोसर पुत्र चुम्बन झा छलाह जे नैयायिक छलाह। ई महराज लक्ष्मीश्वर सिंहके राजमे नैयायिकके रुपमे प्रतिष्ठित छलाह। प्रमुख व्यायकरणाचार्यमे गंगाधर झा, लक्ष्मीधर झा एवं धनुर्णर झा छलाह।

दक्षिणवारि टोल

कोनो गाममे टोल दिशाके अनुरूप होइत अछि। चकौतीमे सेहो दक्षिवारी टोल गामक दक्षिण तरफ अवस्थित अछि। एकर सीमा उतरमे मुख

लाल ठाकुरके धर धरि कहल जा सकैत अछि। दक्षिण दिशामे एकर अंतिम सीमा राम मन्दिर कहि सकैत छी। तकर बाद कछुआके सीमा आरम्भ होइत अछि।

जेना कि उपर कहल गेल अछि जे होहियारे विक्रमपुर मूलक शाण्डिल गोत्रीय किछु ब्राह्मण एतय आबि वास करय लगलाह ताहिमे जंगल सिंह आओर मंगल सिंह दुई भाई छलाह। मंगल सिंहके सखा सन्तान राम बच्चन ठाकूर एवं दक्षिणवारि टोलक ठाकुर पट्टीलोकनि भेलाह। जखनकि जंगल सिंहके सखा सन्तान पश्चिमवारि टोलके ठाकुर पट्टी लोकनि छथि।

दक्षिणवारि टोलमे रामवच्चन ठाकुर धनार्जनक लेल मशहुर भेलाह। हिनक पिताक नाम अमोली ठाकुर छल। अमोली ठाकुरके पिता बद्री ठाकुर एवं बाबा सोने ठाकुर छलाह। बद्री ठाकुर के चारि पुत्र छलनि। प्रथम पुत्र के नाम राम वच्चन ठाकुर, दोसर पुत्रके नाम घुरन ठाकुर छल तेसर पुत्र झूना ठाकुर के पिता छलाह एवं चारिम पुत्रके नाम सुखदेव ठाकुर छल।

अमोली ठाकुरके वंशावली

अमोली ठाकुरके चारि पुत्र भेलनि। प्रथम पुत्रके नाम रामवचन ठाकुर रहनि। दोसर पुत्रके नाम केदार ठाकुर छलनि। तेसर पुत्रके नाम राम अक्षयवर ठाकुर छलनि एवं चारिम पुत्रके नाम ब्रह्म देव ठाकुर रहनि।

रामवचन ठाकूर 1918 ई० मे असामके कर्म भूमि बनौलनि तथा ओतय रहि अपार धन अर्जन कएलनि। लगभग 1925 ई०के आस पासमे अपन सभ भाइक वास्ते नीक नीक मकान बनबौलनि। विशालकाय दरवाजा बनबौलनि। अपन पिताके नामसँ चकौतीमे 1955 ई० मे अमोली मध्य विद्यालयके स्थापना कएलनि। कमतौलमे निर्मित होस्पीटलके आउट डोरके स्थापना 1960 ई०मे

रामवचन ठाकुरके मृत्युके बाद कएल गेल। असाममे सिनेमा घरक स्थापना कएलनि। अपन टोलक बी. ए. पढयवला लड़का सभके खर्चक वहन करवाक घोषणा कयलनि। अपन टोलक विवाह लायक लड़कीके विवाहक खर्च देलनि। जखन ओ आसामसँ चकौती अवैत छलाह त' जोगियारा रेलवे स्टेशनसँ चकौती धरि हुनका द्वारा रूपैआ लूटाओल जाइत छल। जाहि कारणे हिनक ख्याति खूब बढल। हिनका लग ओहि समयमे कार, हाथी, घोड़ा छल। अपन सभ बाल बच्चाके जाति पाँजिमे विवाह करौलनि।मुदा ओ दीर्घजीवी नहि भ' सकलाह।ओ खूब जमीन अरजलनि।

रामवचन ठाकुरके तीन पुत्र भेलनि। 1.लक्ष्मी ठाकुर, 2.ललन ठाकुर एवं 3. कर्ण ठाकुर।

केदार ठाकुरके पाँच पुत्र भेलनि। ई गामहिमे रहलाह। हिनका द्वारा किसानके आर्थिक उन्नति बास्ते दूधसँ मक्खन निकालवाक मशीनके स्थापना कयल गेल। ओहिठाम गामक अनेको किसान अपन दूध दैत छलाह जकरासँ मक्खन निकालल जाइत छल। जाहि कारणे किसानके वेशी आमदनी होइत छल।हुनक पुत्रक नाम एवं प्रकार अछि।

1.पुरुषोत्तम ठाकुर 2.कपिलेश्वर ठाकुर 3.श्री राजकुमार ठाकुर 4.श्री दिलीप ठाकुर 5.श्री संजीव ठाकुर (कुलदीप ठाकुर)

राम अक्षयवर ठाकुर सेहो गामहिमे रहलाह। मोहन कुमार झाके संग हिनक खूब घनिष्टता छल।हिनका पाँच पुत्र भेलनि।

1.श्री राम नगीना ठाकुर 2.बल्ली ठाकुर 3.कुँवर ठाकुर 4.अमर ठाकुर 5.श्री अशोक ठाकुर।

ब्रह्मदेव ठाकुर BHU सँ अंग्रेजी मे एम.ए. प्रथम श्रेणीमे पास कएने छलाह। हिनक मृत्यु 1959 ई०मे रहस्यपूर्ण ढ़ंगसँ भेल। हिनका एक मात्र पुत्र भेलनि जिनकर नाम श्री आशा ठाकुर अछि।

चारु भाईके सखा- सन्तान अपना - अपना क्षेत्रमे लागल छथि। पुरुषोत्तम ठाकुर के दू पुत्र छनि जेठ श्री पंकज कुमार ठाकुर, अभियंता छथि जे हमर मित छथि। श्री पंकज कुमार ठाकुर के पुत्री सुश्री अनुशा ठाकुर चकौतीके पहिल M.Phil कयनिहार छथि। ई UGC के JRF/NET परीक्षा उत्तीर्ण कयने छथि। वर्तमान मे AIMS मे Research Scholar (Clinical Psychology) छथि। हिनका घरमे कतेको बच्चा लोकनि नीक नीक पद पर कार्यरत छथि।

घुरन ठाकुरके वंशावली

घुरन ठाकुरके चारि पुत्र भेलनि।

प्रथम पुत्रके नाम केशव ठाकुर छल। ई नाबल्द छलाह। दोसर पुत्रके नाम त्रिवेणी ठाकुर छल। हिनका चारि पुत्र छल।

जेठ पुत्र स्व० गजाधर ठाकुर भेल छलाह जे गाँवके मुखिया रहैथ। ई MLA वास्ते ठाढ़ भेल रहैथ मुदा नहि जीत सकलाह। गजाधर ठाकुर दुर्गा पूजाके अध्यक्ष सेहो छलाह। हिनके समयमे 101रुपैआ आजीवन सदस्य बनेवाक विधान शुरु भेल छल। मुदा ई बहुत कम उम्रमे स्वर्ग वासी भऽ गेलाह।

दोसर पुत्रके नाम श्री स्त्रवण ठाकुर अछि। ई गाँवमे निज व्यवसायरत छथि। तेसर पुत्र श्री घनश्याम ठाकुर छथि तथा चारिम पुत्रके नाम श्री राधेश्याम ठाकुर छनि। ई दुनू भाइ बाहरमे कमाइ छथि।

मुशहर ठाकुरके तेसर पुत्रके नाम भोगी ठाकुर छलनि। हिनका पाँच गो पुत्र छनि।

1.श्री सृष्टिधर ठाकुर 2.श्री सुदिष्ट ठाकुर 3. श्री बशिष्ठ ठाकुर 4.स्व० सुशील ठाकुर 5.स्व० सुधीर ठाकुर। श्री सृष्टि धर ठाकुर कारजमे बैसि गेलाह। सुदिष्टके एक पुत्र छनि जखन कि श्री बशिष्ठ ठाकुर नाबल्द छथि।

बालबोध ठाकुर (गिरगिट) अपन पिताके चारिम पुत्र छलाह। हिनका तीन पुत्र छनि। जेठ पुत्रके नाम श्री जय नारायण ठाकुर छनि। दोसर पुत्र के नाम श्री कृत नारायण ठाकुर छनि एवं तेसर पुत्र के नाम श्री प्रदीप ठाकुर छनि।

झूना ठाकुरके पूर्वजक वंशावली एवं सुखदेव ठाकुरक वंशावली प्राप्त नहि भऽ सकल तकर अफसोस अछि।

पं० दुलार झाके वंशावली

एहि टोलमे पं० दुलार झा छलाह जे अपन विद्वताके लेल बनारसमे विख्यात छलाह।

हिनक पूर्वज काशी नाथ झा, मूल जजुआरे भरगाँव छल, गोत्र शाण्डिल्य छल। ई चकौतीमे आबि बसलाह। हिनक पुत्रके नाम बालक झा छल। बालकझाके पुत्र सदावर्त नन्द झा छल। सदावर्तके उपाधि साधारण उपाधि नहि छल। तत्कालीन समयमे सदावर्त सँ सम्मानित व्यक्ति कोनो कोनो गाममे होइत छल। हिनक पुत्रके नाम गुणानन्द झा छल। गुणा नन्द झाके एक पुत्र छल जिनकर नाम छोकड़ी झा छल। हिनक पुत्र विरु झा भेलाह। विरू झाके पुत्र मुसरी झा छलैथ। हिनक पुत्र फकिरण झा भेलाह जिनकर पुत्र पं० दुलार झा छलाह।

पं० दुलार झाके तीन पुत्र छल।

1. अनन्त झा 2. सन्त लाल झा 3. बुच्चन झा

अनन्त झाके एक पुत्र भेल जिनकर नाम रामेश्वर झा छल।

रामेश्वर झा के पाँच पुत्र छल।

1. पं० धनुर्धर झा 2. गणेश झा 3. उमेश झा 4. महेश झा 5. डॉ नरेश झा।

पं० धनुर्धर झा सेहो अपन विशिष्ट विद्वताके लेल जानल जाइत छलाह। हिनका तीन पुत्र भेलनि

1.श्री राजेन्द्र झा, 2.श्री देवेन्द्र झा, 3.श्री विरेन्द्र

झा। हिनका लोकनिक शाखा सन्तान नीक नीक पदपर कार्यरत् छथि।

श्री बी के झाके सखा सन्तानके जानकारी नहि भटि सकल। श्री देवेन्द्र झा SAIL Bokaro मे कार्यरत छलाह। सभ भाइके स्वभाव अत्यन्त मृदुल अछि। श्री विरेन्द्र कुमार झाके दू पुत्र श्री बंकिम चन्द्र एवं श्री बंदिश चन्द्र छथि। ई दुनू भाइ बैंकमे कार्यरत छथि।

SBI के शाखा, चकौती श्री विरेन्द्र कुमार झाके भवनमे चलैत अछि।एहि शाखाके स्थापना राढ़ीके श्री हरिश्चन्द्र गामीजीक सहयोग सऽ भेल छल। आइ ई शाखा एहि क्षेत्रके विकासमे अहम भूमिका निभा रहल अछि।

सन्तलाल झा कुसहरमे वास कयलनि।

वुच्चन झाके तीन पुत्र भेलनि।

1. रामभद्र झा 2. उपेन्द्र झा 3. सिखुज झा

रामभद्र झाके एक पुत्र नोखेलाल झा छलाह। हिनका चारि पुत्र - उग्र मोहन झा, चन्द्र मोहन झा, राश मोहन झा।

उपेन्द्र झाके एक पुत्र श्री प्रेम कुमार झा छथि।

सिखुज झाके दू पुत्र छनि।

श्री बाबू साहेब झा तथा श्री दिग्विजय झा

श्री बाबू साहेब झाके सेहो दू पुत्र छनि जेठ श्री राजमोहन झा तथा कनिष्ठ श्री विनित झा छथि।

महेश झाके दू पुत्र छनि। जेठ पुत्र बोकारो स्टील प्लांट सँ सेवा निवृत छथि। हिनक पुत्र सेहो बैंकमे कार्यरत छथि। दोसर पुत्र श्री कामोद झा छथि। हमरा जनैत हिनका पढ़ाईमे मोन नहि लगनि जाहि कारणे ई मिडिल इसकुल तक पढ़ि कऽ बाबाके सेवामे लागि गेलाह। ई भोला बाबाके अनन्य भक्त छथि। हिनक स्वरूपके देखलासँ भोला बाबाके दर्शनके फल भेटत। कारण हिनका कण्ठमे एक हजार रुद्राक्षक माला रहैत अछि। माथ पर त्रीपुण्ड भस्मके चन्दन रहैत अछि। सदा प्रसन्न चेहरा भेटत।ई नित्य सीतेश्वरनाथ महादेवके पूजा करैत छथि। जकर सद्यः फल हिनक दुनू पुत्र अछि। हिनकर प्रथम पुत्र डॉ विपिन चन्द्र झा एवं द्वितीय पुत्र डॉ विवेक चन्द्र झा Ph.D कयने छथि तथा दुनू प्रोफेसर छथि।

जेठ भाइ पं० गणेश झाके पुत्र श्री जितेन्द्र झा छथि जे SIAL मे कार्यरत छलाह। हिनका तीन बालक छनि। सभ उच्च पदपर आसीन छथि। डॉ० नरेश झा, प्राचार्यके सखा संन्तान नहि छलनि। ई चकौतीके प्रथम व्यक्ति छलाह जिनकर लगभग दशसँ वेशी पुस्तक प्रकाशित अछि। 1934 ई०के भूकम्पके सजीव चित्रण अपन पुस्तक “चकौतीके इतिहास” मे वर्णन कयने छथि। हिनक ई

पोथी मैथिली गद्य साहित्यके विकासमे अहम् स्थान रखैत अछि। ई रानीचन्द्रावती महाविद्यालय, बनारसके प्रिंसिपल छलाह। मानस मन्दिरके निर्माणके समय तुलसीकृत रामचरित मानस जे ओकर दिवाल पर लिखल अछि तकर एडिटिंगके काज हिनके द्वारा भेल छल। हिनका द्वारा रचित संस्कृत व्याकरणके बनारसमे खूब यश भेटल। परन्तु हिनका शखा सन्तान नहि छल।

श्री नागेन्द्र नारायण झाके वंशावली

श्री नागेन्द्र नारायण झा, पूर्व मुखियाके पितामह स्व० मुकुन्द झा छलाह। मुकुन्द झाक पिता बाबू झा छलाह जिनक गोत्र भारद्वाज छलनि। हिनक मूल बेलौंचे छल। ई चकौतीमे कहिया अयलाह आ कतय सँ अयलाह एकर विवरण नहि भेटि सकल। पं० मुकुन्द झाके पढ़ाई काशीमे भेल। एहिठाम ओ संस्कृत साहित्य एवं न्याय मिमांसक विद्वान भेलाह। पं० मुकुन्द झाके विवाह विद्याबाचस्पति मधुसूदन ओझाक छोट बहिनसँ भेल छल। विद्या वाचस्पति मधुसूदन ओझाके गाँव गाढा (मानेचौक) जिला सीतामढ़ी छलनि। विद्या वाचस्पति मधुसूदन ओझा वेदक विद्वान छलाह। ओ 250 पुस्तक लिखने छलाह। हुनक एहन विद्वताके देखि जयपुर महराज हुनका अपन दरबारमे राजपंडितके पद पर सुशोभित कयने छलाह। स्व० मधुसूदन ओझाके प्रभाव सँ अपन बहनोई पं० मुकुन्द झाके जयपुर महराज ओहिठाम मीमांसा शास्त्राक आचार्यके कार्य हेतु भार देल गेलनि। ओहिठाम रहैत तत्कालीन समयमे पं० मधुसूदन झा साठि रुपैआ के मासिक वेतन प्राप्त करैत छलाह। मुदा हुनक अकाल मृत्यु भऽ गेल। हिनका एक मात्र पुत्र ताराकान्त झा भेल। जिनका चकौती मे भुट्टू बाबूके नाम सँ लोक जनैत छलाह। हिनके पुत्र श्री नागेन्द्र नारायण झा छथि।

नागेन्द्र नारायण झाके जन्म 05-11-1935 ई०मे भेल छल। आदरणीय मुखिया जी वर्ष 1955 ई०मे मैट्रिक पास कएलनि। एल.एस.कालेज मुजफ्फरपुरसँ स्नातक कएलाके बाद रेडियो स्टेशनमे नौकरी भेलनि मुदा गामक सेवा वास्ते ओ कृतसंकल्पित छलाह। जाहि कारणे नौकरीके प्राथमिकता नहि देलनि। वर्ष 1956 ई०मे चकौती गामक मुखिया चुनल गेलाह। काँग्रेश पार्टीके प्रखण्ड अध्यक्ष छलाह। ओहि पद पर रहैत हिनका बाजपट्टीसँ काँग्रेश पार्टीके विधायक पदक उम्मीदवार लेल चयन कएल गेल छल। मुदा तकरा ई अस्वीकार कएलनि। बादमे ई जनसंघ पार्टीमे आबि गेलाह। जे.एम.आई.टी. दरभंगाके स्थापना कालसँ सचिव रहैत ओकर सरकारीकरण लेल ई खूब संघर्ष केलाह। बादमे भ्रष्टाचारके बोलबाला देखि ओहि पद सँ त्याग पत्र द' देलनि। तकरबाद गाम रहि मुखिया जी धर्मशास्त्रके अध्ययनमे लागल रहैत छथि। मुखियाजीके एक मात्र पुत्र राजू छथि जे गामहिके अपन कर्म भूमि बनौलनि।

हिनके बगलमे गोदाई झा एवं गुलाब झा दुनू भाइके वास अछि।सीतेश्वरनाथ महादेवके द्वारा गोदाइ झाके चाँदीके सिक्का देल गेल छल। गुलाब झा के पुत्र श्री अशोक कुमार झा छथि।

श्री नागेन्द्र मुखिया जीक बगल मे बालकृष्ण झा (बाबाजी)क दू बालक वेदाचार्य छथि। एक भाई के नाम श्री नारायण झा, वैदिक छनि त' दोसर भाईक नाम डॉ अभय कुमार झा छनि। श्री नारायण झा, वैदिक शिक्षकके उच्च कोटिक गुणवत्ता लेल वर्ष 2013 ई० मे महामहिम राष्ट्रपति द्वारा सम्मानित कयल गेल छलाह। अधुना ई अयोध्या धाममे रहि सन्त जीवन व्यतीत कऽ रहल छथि। डॉ० अभय चंद्र झा जखन बनारसमे छलाह तऽ पाँच वर्ष धरि बिहार लोक सेवा आयोगक मैथिलीके कॉपी देखलनि। बादमे ई देवघरक संस्कृत महाविद्यालयमे प्राचार्य पद पर कार्य करैत सेवा निवृत्ति भेलाह। अखन देवघरमे रहि रहल छथि। श्री श्री 108 सार्वजनिक दुर्गा पूजा समिति, चकौतीके शताब्दी वर्ष पर प्रकाशित

स्मारिकामे दुनू भाईक लेख देखल जा सकैत अछि। डॉ० अभय चंद्र झाके झारखण्ड राज्य हिन्दू धार्मिक न्यास पर्षद द्वारा झारखण्डमे वैदिक शिक्षाके पढ़ाइ लेल एक शैक्षिक समितिके गठन कयल गेल अछि जाहिमे हिनका सदस्यके रुपमे नामित कयल गेल अछि।

एहि आंगनमे हेम चन्द्र झा भेल छलाह। हिनक जन्म सँ पूर्व हिनक पिताजीके मृत्यु भऽ गेल छल। बहुत संघर्ष कऽ कए अध्ययन कयलनि। मैट्रिकमे प्रथम श्रेणीमे उतीर्ण भेलाह। ट्यूशन कय कऽ ई बी.ए. कयलनि। 1983ई० मे हिनका SBI मे Clerk cum cashier के पद पर नौकरी भेलनि। हिनक दुनू बालक श्री सुभाष चन्द्र झा एवं भूषण झा सेहो SBI बैंकमे सेवारत छथि। मुदा ई अल्पजीबी भेलाह। सेवा निवृतिके किछुए वर्षके उपरान्त वर्ष 2018 ई०मे हृदयघातसँ हिनक मृत्यु भ' गेल।

स्व० सहदेव झा, नैयायिकके नाम मिथिलामे के नहि जनैत अछि।हिनके पुत्र स्व० भवेश झा इसकुल निरीक्षक छलाह।हिनके पुत्र श्री सतीश झा एवं श्री रतीश झा छथि।

हालहिमे श्री देवानन्द ठाकुरके पुत्र श्री अनिकेत ठाकुर SSC परीक्षा उत्तीर्ण कऽ केन्द्रीय सचिवालयमे कार्यरत छथि।

चकौतीमे अखनहु विद्वान पर्याप्त अछि। एहि गाँवक श्री सुरवेन्दु ठाकुर संघ लोक सेवा आयोगके फरीक्षा पास कऽ IRS के पद पर कार्यरत छथि, हिनक पिता श्री नवल ठाकुर दिल्लीमे पर्यावरण संरक्षणके क्षेत्रमे वृक्षारोपण कार्यमे लागल रहैत छथि। ई केजरीवालके आप पार्टी कार्यालयक कार्यभार सेहो देखैत छलाह। श्री नवल ठाकुर जीके पिता स्व० महराज ठाकुर चकौतीके डाकघर के डाक-बाबू छलाह। ओ वर्ष 1993-95 ई० धरि दुर्गापूजा समितिके कोषाध्यक्ष रहल छलाह। एहि टोलमे आओर कतेक परिवार अछि जिनकर सूचना हमरा नहि

भेटि सकल जाहि कारणे हुनक विस्तृत वर्णन हम नहि कऽ सकलहुँ अछि संगहि एहिमे कतेक त्रुटि सेहो होयत।हम आशा करैत छी जे एकरा अन्यथा नहि लेल जाय। अपितु त्रुटि सुधार हेतु लिखित सूजना देल जाय।

पश्चिमवारि टोल

एहि टोलके क्षेत्र दक्षिणमे मुखलाल ठाकुरके घर सऽ उत्तरमे गुमास्ता के दरबाजा धरि तथा पूरबमे गामक मुख्य सड़क सँ पश्चिममे मुसहर टोली धरि मानल जा सकैत अछि। एहि टोलके पश्चिमवारि टोल एहि द्वारे कहल गेल जे गामक मुख्य सड़कसँ एक सहायक सड़क पश्चिममे गेल अछि जाहिके कात घनी आबादी ब्राह्मण सभक अछि। एहि कारणसँ पश्चिमवारी टोल कहल जाइत अछि।

भत्तन ठाकुरके वंशावली

जेना कि शुरूमे कहने छी जे होहियारे विक्रमपुरसँ दू भाइ जंगल सिंह एवं मंगल सिंह चकौती आयल छलाह। जंगल सिंहके सखा सन्तान पश्चिमवारी टोलक सभ ठाकुर पट्टी लोकनि छथि।जेना कि आदरणीय श्री अजय ठाकुर MBA, वरीय प्रबंधक पंजाब नेशनल बैंक (से.नि) सँ जानकारी भेटल जे हुनक पूर्वज स्व० भत्तन ठाकुर छलखिन।हुनक पुत्र स्व० गोपाल ठाकुर भेलाह। स्व० गोपाठाकुरके पुत्र स्व० रतिदेव ठाकुर छलाह। रतिदेव ठाकुरके तीन पुत्र भेलनि।

1.स्व० हरिदेव ठाकुर 2. स्व० जयदेव ठाकुर 3.स्व० इन्द्रदेव ठाकुर।

हरिदेव ठाकुर धनौर स्टेटके Manager (गुमास्ता) छलाह। तत्कालीन समयमे गुमास्ताके ओहिना शक्ति होइत छल जेना कोनो बैंकके मुख्य प्रबंधकके।

हरिदेव ठाकुर गाममे सेहो ओहिना प्रभावकारी छलाह। हिनका द्वारा कयल गेल पंचायतके दुनू पक्षके मानऽ परैत छल। जे कोनो पक्ष हिनक बात नहि मानैत छल ओकरा हरिदेव ठाकुरसँ व्यक्तिगत लड़ाई ठनि जाइत छल। धनौर स्टेटके गुमास्ता रहैत ई नीक धनार्जन कयलनि। गामक मुख्य सड़कके कातमे लगभग 1955ई०के आस पास कोठाके मकान बनौलनि। ओहि समय गाममे मात्र दक्षिण दिशामे रामवचन ठाकुर लोकनिक कोठा छल आ बीचमे हरिदेव ठाकुरके। ई अत्यंत सात्विक जीवन व्यतीत कयलनि। जकर परिणाम भेल जे ई 100 वर्षसँ वेशी आयु धरि जीवित रहलाह। हिनक दरवाजा रोडके पूरब तरफ छल। जाहि ठाम ई रहैत छलाह।

हरिदेव ठाकुरके दू पुत्र छलनि।

1.स्व० बच्चा कान्त ठाकुर 2.स्व०.रत्तन कान्त ठाकुर

स्व० बच्चा कान्त ठाकुरके एकमात्र पुत्र छथिन श्री आनन्द मोहन ठाकुर। श्री आनन्द मोहन ठाकुर पंजाब नेशनल बैंकमे प्रबंधक छलाह। ओहिठामक कर्मचारी संगठनके महामंत्री/ अध्यक्ष रहलाह। अधुना दरभंगामे निज आवासमे रहैत छथि।

हिनको एक पुत्र छनि जिनकर नाम डॉ० आलोक कुमार ठाकुर छनि। ई PGDM(XLRI) मे Ph.D.के उपाधिसँ अलंकृत छथि। अधुना जमशेदपुरमे XLRI मे प्रोफेसर पद पर कार्यरत छथि।

हरिदेव ठाकुरके दोसर पुत्रके नाम स्व० रत्न कान्त ठाकुर छलनि। राष्ट्रीय बैंकमे मनैजर पद सँ सेवानिवृत्त भेल छलाह। हिनका दू पुत्र छनि। जेठ पुत्रके नाम श्री अजय ठाकुर छनि। ई पंजाब नेशनल बैंकमे वरीय प्रबंधक पदसँ सेवा निवृत्त भेल छथि। MBA के डीग्रीसँ अलंकृत छथि।

हिनक पुत्र श्री अंकित आयुष B.Tech के डीग्री प्राप्त कऽ विप्रोमे Software engineer छथि। हिनक पुत्री श्रीमती दिव्या Axis Bank मे उच्च पद पर कार्यरत छथि।

रत्न कान्त ठाकुरके दोसर पुत्र डॉ० संजय कुमार ठाकुर छथि। ई एकहि सङ्ग LLB, Ph.D. एवं MBA के डीग्रीसँ विभूषित छथि। अधुना ललित नारायण मिथिला विश्वविद्यालयमे एसोसिएट प्रोफेसरके पद पर पदस्थापित छथि।

जयदेव ठाकुरके दू पुत्र छलनि।

1.स्व० भोगेन्द्र ठाकुर 2.स्व० नवीन ठाकुर।

भोगेन्द्र ठाकुर बैंकमे कार्यरत रहलाह। सेवानिवृत्तके उपरान्त चकौतीमे वास कयलनि। हिनका तीन पुत्र छनि।

1.श्री कृष्ण मोहन ठाकुर 2.श्री रमन ठाकुर 3.श्री सुमन ठाकुर।

दोसर पुत्र नवीन ठाकुर गामहिमे रहलाह। ई भॉली बॉलके चैम्पियन छलाह। हिनक खेल बहुत सुन्दर होइत छल। ई सदा सेन्टरके खेलाड़ी रहलाह। दुर्गा पूजाके सचिव पदके सुशोभित कयलनि तथा दुर्गा मन्दिर निर्माण समिति, चकौतीके आजीवन स्थायी सदस्य रहलाह। हिनका चारि पुत्र छनि।

श्री अनिल ठाकुर, कलकत्तामे इण्डियन पेट्रोलियममे कार्यरत छथि। दोसर श्री सुनील ठाकुर एवं अन्य दू भाइ छथि।

इन्द्रदेव ठाकुर - अपना समयके एक नम्बरके पहलवान छलाह। कतेको कुस्तीमे हिनका विजय श्री भेटल छल। तत्कालीन समयमे एहि एरियामे हिनक जोड़ नहि छल। हमर बाबा(शिवचन्द्र झा) हिनक पहलवानी देखि प्रसन्न भऽ अपन मुङ्गदल प्रदान कयने रहथिन, जकर वजन 20 किलो छल।

हिनका चारि पुत्र छल।

1.नरेश ठाकुर (बैंक सऽ सेवानिवृत्त छलाह) 2.श्री संतोष ठाकुर (राजनीतिके पोषक छथि)

3.विजय ठाकुर (बठौल चकौती के लड़ाइमे शहीद भेलाह)

4.नाम नहि पता (अकाल मृत्यु भेलनि)

हिनका लोकनिक वास ओहि आङ्गनमे अछि। घर पोखरिया पाटन अछि।जाहिमे सभक हिस्सा भेटल अछि।

हिनके दियाद बल्ली ठाकुर एवं बुद्रूक ठाकुर छलाह। बूद्रूक ठाकुरके दू पुत्र छलनि

1.जय नारायण ठाकुर जे प्रदेशमे रहि नीक अर्जन कयलनि। हिनक पुत्र श्री सुनील ठाकुर सनदी लेखाकार छथि। हिनकर दुर्गा मन्दिरके निर्माणमे जबर्दस्त सहयोग रहल।

दोसर पुत्र दुर्गा नन्द छलाह जे गामहिमे रहि खेतीवाड़ी करैत छलाह। हिनकर घरसऽ पश्चिम ठक्कन ठाकुर छलाह जे भोला बाबाके अनन्य उपासक छलाह। ओ प्रातः काल हर हर महादेव के जयकारा लगवैत छलाह जे गाममे चारुकात सुनाइ दैत छल। हिनक सभ पुत्र पौत्र आनन्दित छथि। एहिठाम श्री चन्द्र किशोर जीके घर सेहो अछि। भॉली बॉल नीक खेलैत छलाह। विष्णु देव ठाकुरके पुत्र हरिमोहन ठाकुर छथि जे दुर्गा पूजाके सचिव पद सुशोभित कयने छलाह, महारुद्र ठाकुरके पुत्र श्री दिनेश ठाकुर एवं श्री विनोद ठाकुर छथि।श्री अरुण ठाकुर डीलर दुर्गा पूजामे सदा सक्रीय रहलाह। बाजार व्यवस्थाके कार्य पूर्ण रूपसँ हिनके जिम्मा रहल चाहे कोनो कमीटी हुअ। हिनका लोकनिक परिवारक

विस्तृत जानकारी नहि भेटि सकल जाहि कारण एतय उल्लेख नहि भऽ सकल अछि। ताहिलेल हम क्षमा प्रार्थी छी।

राम नरायण ठाकुर, हारमोनियम एवं नाटकक सिद्धहस्त कलाकार छलाह। तहिना श्री शिवनाथ झाके पुरा परिवार रामलीलामे संलग्न छलाह। मुदा आधुनिक कालमे सभ केओ अपन रोजी रोटी लेल अन्य क्षेत्रमे कार्यरत छथि।

चुल्हाइ ठाकुरके पुत्री पान दाइ छलीह जिनकर विवाह कोइली (नानपुर) स्व० जगदीश झासँ भेल छल। हिनकर मूल करमहे अनलपुर एवं गोत्र वत्स छनि। स्व० पान दाइ पूर्व परम्पराके अनुसार चकौतीमे रहली। हिनका तीन पुत्र भेल।प्रथम स्व० शिव शंकर झा, दोसर श्री राधा कान्त झा एवं तेसर श्री बालबोध झा भेलनि। श्री बालबोध झा सैन्य क्षेत्रमे देशक सेवा कयलनि।ई पुपरीमे अपन मकान बनौने छथि। हिनक पुत्र नीक पदपर कार्यरत छथि।हिनक पुतहु Air India मे Pilot छथि। तहिना स्व० जय भद्र झाके पुत्र श्री अमरलाल झा देशके वायु सैनिकमे अपन सेवा देलनि। तदुपरान्त पटनामे IIBM मे Dean छथि।हिनक दुनू पुत्री एवं पुत्र नीक पद पर कार्यरत छथि।

उतवारि टोल

गामक उतारबारि टोलमे अबस्थित सरिसबो मूलक ब्राह्मण ड्यौढ़ीके भगिनमान छथि। एहि परिवारमे तिरपीत झा अपना समयमे सबसँ बलिस्ठ छलाह। ई बहुतो दिन तक दुर्गा महरानीके माथ पर लऽ कऽ भसेलैथ। श्री गोखुल झा बहुत मेहनती किसानके रुपमे जानल जाइत छथि। श्री गोखुल झा वर्ष 1966ई०सँ वर्ष 2014 ई० धरि दुर्गा महरानीके माथ पर लय जल प्रवाह

कयलनि तदुपरान्त अधुना हुनके पुत्र श्री ललित कुमार झा द्वारा माता रानीके माथ पर उठा कऽ सफलता पूर्वक जल प्रवाह प्रति वर्ष कयल जा रहल अछि।

हिनक पुत्र श्री विजय कुमार झा चिकित्सा क्षेत्रमे रहि जनताके सेवा क' रहल छथि। वर्तमान मे दुर्गा पूजा के अध्यक्षक पदके सुशोभित कऽ रहल छथि। वेदानन्दके भाई सदानन्द झा वर्ष 1985ई० धरि बलिकट्टा रहलाह।तकर बाद हुनक सभ सँ छोट पुत्र श्री देवेन्द्र झा बलिकट्टा छथि।

विभिन्न जातिक टोल

चकौतीमे कियोट जातिक जनसंख्या ब्राह्मणक बाद अछि। एहि मे देवनारायण कामत भारतीय रेल मे टी.टी.ई छलाह। वर्तमान मे हुनके पुत्र मुखिया छथि जिनक नाम श्री अशोक कामत अछि। श्री आश नारायण कामत एक नम्बर के ठोलकिया छथि। हिनक भातिज श्री मनोज कामत नाल बजावयमे इलाकामे जानल जाइत छथि। व्यास जी गायन मे सिद्धहस्त छथि। राजेश्वर एवं कामेश्वर कमतके स्वभाव सन आदमी भेटब कठीन अछि। ताहिना दुखी कामतके भक्ति परायण स्वभाव के नहि विसरल जा सकैत छथि।

श्री शिवनाथ राउत कीर्तनमे सभसँ अगिला पंक्तिमे रहलाह।ई ब्रह्मपुर उच्च विद्यालयमे अनुसेवक पद पर कार्यरत रहि सेवा निवृत्त भेलाह। हिनक एक पुत्र श्री सुधीर कुमार केन्द्रीय विद्यालय मे शिक्षक रहैत बिहार लोक सेवा आयोगके परीक्षा पास क' BDO छथि जखन कि दोसर पुत्र बैंकमे कार्यरत छथि।

दुसाधक टोलमे श्री रामप्रसाद पासमान अपना जाति मे पहिल मैट्रिक भेलाह। वेलाई पासमान केहनो भूत के झाड़ि क' भगेवामे माहिर छलाह। श्री

उपेन्द्र पासमान दू टर्म मुखिया पदके सुशोभित कयलाह। वर्तमानमे ओ पुपरीमे रहि स्टील आलमीराक फैक्ट्री चलबैत छथि। हिनक दुनू बालक सेहो ओहि कार्यमे लागल छथि। नागेश्वर पासवान सन ईमानदार मजदूर भेटब कठीन अछि। पासवान टोलक किछु व्यक्ति दरिमा पर बैसि गेल छथि।

सहनाई वादनके क्षेत्रमे चकौतीके चमारलोकनि बहुत लोकप्रिय छलाह। अखनो दुर्गा जीके पूजामे इएह लोकनि शहनाई बजा कऽ भगवतीक सेवा करैत छथि। स्व० जुलमी एवं श्री सोने लाल बैन्ड बजावयमे खूब यश प्राप्त कयलनि। अधुना हिनकर पुत्र लोकनि एक नम्बर के कलाकार छथि। श्री पंकज दास आठमे वर्ष सँ अपन गायनसँ इलाका भरिक लोकके मन मोहित कयने छथि।

चकौतीके पश्चिममे मुशहर जातिक लोकके निवास स्थान अछि। ई लोकनि बहुत मेहनती होइत छथि। दुर्गा जीके निर्माणमे हिनका लोकनिक अहम योगदान रहैत अछि। हिनके टोलक बच्चा सभ चऽर सँ भगवतीके लेल माटि अपन माथा पर उठा कऽ लवैत छथि।ओहि माटिसँ कुम्हार भगवतीके निर्माण करैत छथि। एहि टोलक रामाशीष माझी सदैव भगवतीके टहल टिकोरामे लागल रहैत छथि। मुशहरटोलीके श्री ललित माँझी चकौती के मुखिया रहल छथि। मुशहर टोलक बच्चा लोकनि दुर्गा माताके लेल माटि माथा पर लगभग 4 कि.मी. दूर चऽरसँ लाबैत छथि जाहिसँ भगवती बनैत छथि।

मलहटोली के स्व० जागेश्वर सहनी अपन नेतृत्व क्षमताके लेल जानल जाइत छलाह। आब एहि ठामक सभ मलाह अपन मेहनत सँ आर्थिक रुप सँ सशक्त भऽ चुकल छथि। मोहन एवं सोहन मलाह अपन हाथक हुनर लेल जानल जाइत छलाह। वर्तमानमे रामू मलाह दुर्गा पूजामे दशोदिन भगवतीके सेवामे अहर्निश लागल रहैत छथि। हिनकर खासियत अछि जे ई सतत प्रसन्नचित रहैत छथि। भगवतीके प्राङ्गनके साफ सुथरा रखवाक जिम्मेदारी हिनके रहैत छनि। कीर्तन मण्डलीके आसन, साज समान आदि के व्यवस्था इएह करैत छथि। एकर

अतिरिक्त खुट्टा गारनाइ, मेहरावक व्यवस्था आदि कार्यके लगातार सफलतापूर्वक कऽ रहल छथि।

हजाम मे खट्टर, मुनि लाल, तत्कालीन समय मे बाल दाढी बनेबाक कार्य करैत छलाह। मुदा हिनक बाल बच्चा लोकनि शहरमे सैलून एवं अन्य व्यवसाय खोलि नीक अर्जन करैत छथि।

बढई लोकनि पूबारि टोल मे छथि। ई लोकनि लकड़ीके समान बनेबामे निपुण छथि। सीरी चन्द्र, रामशरण (माइजन), सरुप एवं सीताराम चारि भाई छलाह एकर अतिरिक्त रामवृक्ष एवं रामुदार दू भाई बढईक घर अछि।आब हिनक सखा सन्तान सभ अपन-अपन कार्य मे लागल रहैथ छथि। ताहि दिन हिनके सभक इनारक जल एहि टोलक लोक पीबैत छल। आब त' घरे घर चापाकल भ' गेल अछि।

सीरी चन्द्र लकड़ी के उपर फूल आदि बनेबा मे निपुण छलाह। हिनका दू पुत्र अछि। जेठ श्री सोगारथ शर्मा एवं श्री रामेश्वर शर्मा। रामेश्वर अन्यत्र बैस गेलाह। सोगारथमे कार्य करबाक ढ़ंग उत्तम अछि। हिनका एक मात्र पुत्र छनि जे बाहर रहि लकड़ीके कार्यमे संलग्न छथि।

रामशरणके एक पुत्र विलटा छलाह जे कम उम्र मे दुनिआ सँ चलि बैसलाह। हिनका दू पुत्र छनि। राम बाबू एवं दोसर बोका छथि। राम बाबू अपन प्लाइके क्षेत्रमे अपन हुनर लेल ओहि क्षेत्रमे विख्यात छथि।

सरुपके एक पुत्र श्री रघुनाथ शर्मा छथि। रधुनाथ लकड़ीके नीक कार्य करैत छथि। हिनका दू पुत्र छनि। जेठ पुत्र श्री मुकेश शर्मा छथि जे वर्ष 2020 मे मुखियाके उम्मीदवार छलाह। मुदा ओहि मे सफल नहि भऽ सकलाह। दोसर भाइ श्री राजेश कुमार शर्मा छथि। दुनू भाइ ग्रेजुएशन कयने छथि।

सीतारामके दू पुत्र श्री रामनाथ शर्मा एवं श्री प्रेम नाथ शर्मा छथि। श्री राम नाथ शर्मा के पुत्र श्री संजीत कुमार शर्मा छथि जे बैंक मे कार्यरत छथि।

विदेशमे चकौती के बाल बच्चा

भारतक विदेश मे सेहो चकौतीक धियापूता दनदना रहल छथि। अमित कुमार, विक्रम झा, अर्पणा झा, आभा झा, मिनाक्षी झा — इंजीनियरिंग क्षेत्र मे तथा मृदुला झा, (USA), प्रियम (UK) डाक्टरी क्षेत्र मे अपन प्रखर प्रतिभाक बल पर यशक भागी बनि रहल छथि। कानाडा मे निशांत सौरभ, अभिषेक झा, आस्ट्रेलिया मे, अविरल झा, फ्राँस मे, निकेत ठाकुर, तथा विकास कुमार झा, विक्रम कुमार झा, प्रीती झा स्वेडेन आओर केन्या मे गामक झंडा लय ठाढ़ छथि। तहिना जर्मनी मे सुश्री शिवांजलि मिश्रा भाषा विज्ञान मे गामक नाम रौशन क' रहल छथि।सुश्री संचिता मिश्रा IIM Gayaके छात्रा छथि। एहि तरहे चकौतीके पृष्ठभूमिसँ ज्ञात भऽ रहल अछि जे एहि ठाम सभ वर्ग मिल जुलिकऽ रहै छथि। सामाजिक, सांस्कृतिक, धार्मिक, राजनैतिक क्षेत्रमे सभ जाति मिलि जुलिकऽ एक साथ जीवन यापन करैत आबि रहल छथि।जाहि कारणे एहिठाम सभ जातिमे आपसी मेलमिलाप बनल रहैत अछि।एकर उदाहरण अछि एहि गामक दुर्गा पूजा, चक्रेश्वरी पूजा, सलहेस पूजा, भूइयां बाबाके पूजा, गणेश पूजा, महादेव पूजा तथा ठकुरबाड़ीमे राम पूजा। एहि पूजा विशेषमे सभ जातिक लोक हिल मिलकऽ पूरा उत्साह एवं उमंगसँ भाग लै छथि।

दुर्गा मन्दिरके निर्माण पुरा गामक आर्थिक सहयोग सऽ भेल।

दुसाध जातिके द्वारा राजा सलहेशके मन्दिर निर्माण कराओल गेल जाहिमे सभजातिक लोग चन्दा देलनि, तहिना कियोट लोकनि महादेव मंदिरके निर्माण

जनसहयोगसँ कयलनि। चक्रेश्वरी माताके जिर्णोद्धार सेहो कराओल गेल अछि। एवं प्रकारे चकौती गामक प्राचीन इतिहास रहल अछि जे एहिठाम सभ वर्णक लोक एक दोसर सँ भाइचाराके संबंध रखैत स्नेहपूर्ण वातावरणमे समय व्यतीत करैत छथि। सभ केओ एक दोसराके सामाजिक, सांस्कृतिक एवं धार्मिक कार्यमे तन मन धनसँ भाग लै छथि।

अध्याय 02. हरिपाणि मिश्रक अदम्य साहसके परिचय

पुर्वमे मिथिलाञ्चलके समस्त क्षेत्र पर दरभंगा महाराजके अधिकार छल। एक समयके बात अछि। महाराजके अचानक मुगल सैनिक समय पर कर चुकता नहि करबाक आरोपमे कैद कए कऽ मुजफ्फरपुर जेल मे लऽ गेलनि। उक्त घटना लगभग 1600 ई. के आसपासक अछि। दरबारमे हाहाकार मचि गेल छल। प्रातः काल हरिपाणि मिश्र सौहसा वासी जे राजपरिवारमे कार्य करैत छलाह। स्थितिके प्रतिकूल देखि अपन शौर्यके देखवैत महारानीके एक गोट आंकुस तथा पैघ रस्सीके माँग कयलथि तथा आशा प्रकट कयलनि जे ओ महाराजके मुजफ्फरपुर कारावाससँ मुक्त करा पुनः दरभंगा लऽ अयताह। हरिपाणि मिश्र मुजफ्फरपुर पहुँचलाह तथा महाराजक पता लगौलनि। निश्चित स्थान पवि ओ अपन आकुंश तथा रस्सीके सहायतासँ कारावासके अन्दर प्रवेश कयलनि एवं महाराजके अपन पीठ पर बाँधि किलाके पार कयलनि। कतेको दिन चललाके बाद ओ महाराजके कुशलतापुर्वक चंदवना वन अथवा चकवा वनमे (चकौती) आनि रखलनि। हरिपाणि मिश्र शरीरसँ काफी वलिष्ठ व्यक्ति छलाह। कालक्रम महाराजके अयवाक सूचना दरभंगा गेल तथा ओहिठामसँ डोली लायल गेल जाहि पर सवार भऽ महाराज दरभंगा आनल गेलाह आ पुनः राज सिंहासन पर आसीन भेलाह। हरिपाणि मिश्रके एहन पैघ उपकारके बास्ते महाराज किछु उपहार

मांगबाक आदेश देलनि। पंरच हरिपाणि मिश्र किछु मांगबासँ इनकार कऽ देलनि। मुदा महराजाके दबाव देखि हरिपाणि मिश्र चन्दवानाके देवाक आग्रह कयलथि। महाराज हरिपाणि मिश्रके चन्दवना लिखि देलनि। आब हरिपाणि मिश्र 2500 बीघा जमीनके मालिक भऽ गेलाह। हरिपाणि मिश्र दू भाई छलाह। दोसर भाईके नाम सिवदास मिश्र छल। हिनक मुल दरिहरे डीह, गोत्र काश्यप छल। दुनू भाई चकौतीमे अवि वास कयलनि। उपर्युक्त घटनाके बाद महाराज हरिपाणि मिश्रके खूब स्नेह करैत छलथि। हरिपाणि मिश्रके वास स्थान वएह छल जे काशी बाबूके वर्तमान वास स्थान अछि। सिवदास मिश्रके वास स्थान वर्तमान ड्योढ़ी छल।

शिवदास मिश्रके वंशावली

कालक्रममे शिवदास मिश्र के चारि पुत्र भेल।

(1)उमा मिश्र, (2)गुंजन मिश्र, (3) कन्त मिश्र तथा (4) रघु मिश्र।

उमा मिश्र

उमा मिश्र बचपनसँ संस्कारी व्यक्ति छलाह। ई काफी लगनशील एवं कर्तव्य निष्ठ रहलाह। अपने तऽ शुद्ध रूपसँ जयवार ब्राह्मण छलाह किन्तु हरिपाणि मिश्र के संग राज दरवार जाइत छलाह जाहि कारणे धीरे-धीरे हुनक कोनो कार्य के प्रति निष्ठा ओ लगन देखि महाराज उमा मिश्र सँ प्रभावित भऽ गेलाह। महाराजके कृपाके कारण उमा मिश्रक प्रगति होमय लागल। हरिपाणि मिश्रके पुत्र नहि रलाक कारणे अपन भातिजेके पुत्र रूपमे देखैत छलाह। दरभंगा महाराजके ओहिठाम उमा मिश्रके पद एवं प्रतिष्ठा दिआवऽमे हरिपाणि मिश्रके अहम योगदान रहल। हरिपाणि मिश्र जखन निज ग्राम सौंहसासँ आयल छलाह तऽ शिवदास मिश्रके 500 बीघा जमीन देने छलखिन। स्वयं 2000 बीघा जमीन रखलनि।

हरिपाणि मिश्रके खानदानमे पुत्रक घोर अभाव रहल। यदि पुत्र भेवो कयल तऽ ओ काल कलवित भेल। मुदा एहि मामलामे शिवदास मिश्र भाग्यशाली छलाह हुनकर चारु पुत्र दीर्घजीवी भेलाह। गूजन मिश्र, कन्त मिश्र तथा रघु मिश्र सभके महाराजके दरवारमे स्थान नहि भेटि सकल। किएक तऽ हिनकालोकनिमे ओ प्रतिभा आ काविलियत नहि छल जे काविलियत उमा मिश्रमे छल। शिवदास मिश्र अपन चारु भाईके समान रूप सँ अलग-अलग वास देलनि।

उमा मिश्रके मूल वास स्थान वर्तमान ड्योढ़ी भेटल। गूजन मिश्र, कन्त मिश्र एवं रघु मिश्रके ड्योढ़ीके सटले उतर तरफ वास देल गेल। आगूसँ गूजन मिश्रके वास देल गेल छल। तकर बाद कन्त मिश्रके वास छल। ओकर पाछू रघु मिश्रके वास स्थान छल। सभ केओ मिल जुलि कऽ रहऽ लगलाह। कन्त मिश्र तथा रघु मिश्रके दरभंगा महाराज ओहिठाम कोनो पद नहि भेटल जाहि कारणे हिनका सभहक आर्थिक स्थिति ओहन नहि भऽ सकल जेहन स्थिति उमा मिश्र वा हुनक सखा सन्तानके छल। स्वभाविक छल कन्त मिश्र एवं रघु मिश्रक सखा सन्तान पैतृक सम्पत्ति सँ प्राप्त उपजा पर निर्भर छलाह। तत्कालीन समयमे खेतीके लेल वर्षा पर निर्भर लोक रहैत छल। समय पर वर्षा नहि भेलासँ उपजा नहि होइत छल। यदि उपजा भइओ गेल तऽ आधुनिक समय जकाँ बाजार नहि छल जतयसँ नगद भेटय सकय। तैं ई लोकनि कोनो तरहे जीवन कटलनि।

उमा मिश्र के दू पुत्र छलनि। सीता मिश्र तथा धीरा मिश्र। दुनू भाई काफी प्रतिभावान छलाह तथा हुनका दुहू भाईके महाराज दरभंगा तथा अन्य राजवाराके ओहिठाम मोसाहेवके पद पर कार्य करवाक मौका भेटल। जाहिसँ हिनका लोकनिक ख्याति बढल तथा आर्थिक स्थिति वनिस्पत सुद्दढ़ रहल। उमा मिश्रके चारि बेटी सोहो छलनि। सभ बेटीके नीक-नीक मूलक ब्रह्मण ओतए विवाह करौलनि तथा सभ बेटीके चकौतीमे वसौलनि।

तत्कालीन समयमे पाँजिक महत्व बहुत अधिक छल। अस्तु उमा मिश्र अपन दुनू पुत्रके सेहो उच्च कुलमे विवाह करौलनि। उमा मिश्रके सात पुस्तधरिक सखा सन्तान नीक जाति पाँजिमे विवाह कयलनि। फलत: उमा मिश्रक नामसँ पाँजिक निर्माण भेल। मिथिलामे सर्वप्रथम मैथिल ब्राह्मण और कर्णकायस्थ के पंजिबद्ध महाराज हरिसिंह देव **1326** ई० मे कयने छलाह। ओहि क्रममे नियम बनायल गेल छल जे निम्नकोटिक ब्राह्मण सेहो यदि अपन आबय वाला सात पुस्तके पुत्र एवं पुत्रीक विवाह जाति पाँजिमे करताह तऽ ओहि बीजी पुरुषके नाम सँ पाँजि कायम होयत। उमा मिश्र दरिहरेडीह मूलक निम्न कोटिक ब्राह्मण छलाह। मुदा उपर वर्णित कर्म कयला सन्ता उमा मिश्र पाँजि कायम भेल। एहि संबंध मे अलग सँ मैथिल ब्राह्मण एवं कर्ण कायस्थके पँजि व्यवस्थाके पुस्तकमे विस्तृत वर्णन भेटत।

सीता मिश्रके पुत्र देवी दत्त मिश्रके कृति

सीता मिश्रके एक पुत्र छल जिनकर नाम देवीदत्त मिश्र छल। देवीदत्त मिश्र सेहो दरभंगा महाराज ओतए मोसाहेवके पद पर कार्यरत छलाह। देवीदत्त मिश्र देखैत अत्यंत सुन्दर छलाह। गौर वर्ण तथा नमछर शरीर छल। देवीदत्त मिश्रके बफादारी एवं इमानदार छविके देखि महाराज हुनका एहि क्षेत्रक तहसीलदार सेहो बना देलनि। रुपैआ ढ़ोबय लेल हाथी छल। एहन कहल जाइत अछि जे एक गोट हाथी रुपैआ ढोबैत-ढोबैत मरि गेल। ओहि समय चकौती ड्यौढ़ी टक्सालके रुपमे सेहो जानल जाय लागल। करमे वसूल कयल गेल राशिके चकौतीसँ दरभंगा लऽ जायल जाइत छल। एहि पद पर रहैत ओ अपार सम्पति अर्जित कयलाह। हिनका अनेक मौजे छल, जाहिठामसँ हिनका मालगुजारी प्राप्त होइत छल। मालगुजारीके हिसाब लेल एक लाला जी लेखा संधारित करैत

छलाह। देविदत्त मिश्र अनेक पैघ-पैघ कीर्ती कयलाह। ई चक्रेश्वरी स्थान लग अपनी पोखरि खूनबौलनि। सभ मौजेमे सेहो एक-एक पोखरि खूनबौलनि। अपनी पोखरि जे चकौतीमे अछि ओकर जल ग्रहण एवं भीड़ क्षेत्र मिला कऽ 9 एकड़ अछि। एहि पोखरिके यज्ञके विषयमे कहल जाइत अछि जे एहन यज्ञ बहुत कम होइत अछि। ताहि दिन एहि यज्ञमे सवा लाख रूपया खर्च भेल छल। ओहि यज्ञके विषेशता छल जे मुगंवा तौला भरिक बनल रहए। खाजा एक हाथक जकर नाम केहुनिया खाजा छल। प्रत्येक मौजेके लोगके भोजन कराओल गेल छल। सभ ब्राहमणके धोती डोपटा देलगेल। एकर अतिरिक्त मौजेसँ आयल कुकरोके नांगरिमे डोपटा बान्धल गेल। ओहि भोजमे ओरिकासँ घी वाँटल गेल छल। देविदत्त मिश्र एकर अतिरिक्त आओर कतेक पोखरि इनार खुनबौलनि।

सीतेश्वरनाथके स्थापना एवं महिमा

देविदत्त मिश्र द्वारा 1780 ई० के आसपास अपन पिता के नाम पर तथा हुनक समाधि पर सीतेश्वर नाथ महादेवके स्थापना कयलनि। सीतेश्वर नाथ महादेवके लिंग सदृश्य आन लिंग नहिं देखल। अतेक वर्ष व्यतीत भेलाक वादो हुनक सुन्दरतामे कनेको कमी नहि आयल अछि। आपितु दिनानुदिन सुन्दरतामे आर निखार देखल जाइत अछि। बाबा कृपाके विषयमे श्री नागेन्द्र नारायण झा दाक्षिणवारि टोलसँ दिनांक 12.03.2023 क' भेल बात चितके अनुसार" एक वेरि हम, गोदाई झा एवं रामचन्द्र झाके संग बाबाके इर्द गिर्द जनमल घासके हटबैत रही। बाबा हुनका लोकनिक बाल जनित निश्छल आ निर्लोभ सेवा देखि चानी के रुपैआ अपन लिंगक जलधरी वला नीचला भाग सँ देलनि। तीनू बच्चा के उम्र नौ- दस वर्षक रहल होयत। दू गोटे ओ रुपैआ लेलक एतबे मे झगड़ू ठाकुर ओतय आबि गेलाह आ हुनका सँ रुपैआ छीन' लगलाह। झगड़ू ठाकुर एकटा चानी के रुपैआ छीन लेलाह। मुदा हुनका हाथ मे अबिते चानी के रुपैआ

परिवर्तित भऽ ताहि दिनक प्रचलित छेदवला पैसा भ' गेल। एहि घटना के साक्षी नागेन्द्र मुखिया जी छथि। ई घटना वर्ष 1936 ई०के अछि। एहि तरहक घटना जानि चारू कात सँ लोक सब ओतए आवि गेल। मुदा तकर बाद पुनः रुपैआ नहि निकलल अछि। अखनहु ओ रूपैआ गोदाइ झाके घरमे अछि।

एकर अतरिक्त दोसर महिमा सुनू वर्ष1998 ई. मे एक आओर घटना भेल। बाबा परिसरके बगलमे एकटा विशाल पिपरक गाक्ष छल। एहि गाछ पर अनेको पक्षी घोसला बना क' रहैत छल। जखन कखनो कोनो राहगीर ओहि द' क' जाइत छलाह त' ओहि गाछके नीचामे जरूर बैसत छलाह आ बाबाके प्रणाम कयलाक बादे आगू जाइत छलाह। कतेको बेर बिहारि आयल मुदा एहि गाछके किछु नहि होइत छलैक। परंच एक बेरके बात अछि ओ गाछ बिहारिमे खैसि परल। बहुत दिन धरि ओ गाछ खसल रहल। धीरे-धीरे गाछ सुखा गेल। पिपरक गाछक उपयोग त' कोनो हिन्दु द्वारा नहि कयल जाइत अछि। तैं ओकर किननिहार नहि छल अंतमे ओकरा एक मुस्लमानक हाथे बेच देलक। पिपरक गाक्षके क्रेता सभ ठाढि काटि-काटि क' ल' गेल। कतेक दिन धरि ओहि गाछके काटय एवं ढोबयमे लगलैक। गाछक प्रायः सभ ठारि कटि गेल। अंतमे एक ठाढि बांचल छल। आब ओकरा कटबाक प्रक्रिया शुरू भेल। किन्तु ओ अंतिम टाढि जखने काटल गेल त' ओ खसल गाछ पुनः अपने आप अपन स्थान पर खुब तेजि सँ ठाढ भ' गेल। कालक्रमे ओहि गाछमे पुनः हरियर पत्ता आबि गेल। एहि घटना के बाद बाबा परिसरक ओहि गाछके देखबा लेल लोक दूर-दूर सँ आबैत रहल। गाछ जहिया ठाढ़ भेल छल तकर बाद ओहि ठाम अष्टयाम भेल छल।

तेसर महिमा बाबाके एहन अछि- जहिया कहियो चकौतीमे रौदी परल तहिया-तहिया बाबाके अपनी पोखरिक जल सँ हुनका डुबाओल गेल। तदुपरान्त बाबा खूब बरषा करौलनि। एहि प्रकारे सीतेश्वर नाथ महादेव औढरदानी थिकाह अथवा ई कही जे साक्षात चकौतीक बैधनाथ छथि त' कोनो अतिशयोक्ति नहि।

सीतेश्वर नाथ महादेवके बगलमे भैरब नाथके स्थापना सेहो भेल अछि। ई दुनू महादेव श्मशान घाटमे अवस्थित छथि। सीतेश्वर नाथ बाबा खूला आकाशके नीचा अवस्थित छथि। कोन कारणसँ देविदत्त मिश्र बाबाके मंदिर नहि बनबौलनिसे नहि जानि। राम बच्चन ठाकुर चाहितैथ तऽ एहिठाम सुन्दर मंदिर बनबा सकैत छलाह। मुदा ओहो एहि तरफ ध्यान नहि देलनि। दक्षिणवारिटोलक नवयुवकसभ मंदिर निर्माण वास्ते प्रयास कयलनि परंच ओहिठाम अखन धरि मंदिर निर्माण नहि भ' सकल अछि। नहि जानि कहिया बाबाके मंदिर बनतनि। हमरा लगैत अछि आब निकट भविष्यमे बाबाके मंदिर बनबाक चाही। बाबाक गर्भ गृह 25'×25' अछि। चारुकात 10' के वरामदाके आकृति बनल अछि। यानी कुल मंदिर क्षेत्र 1225 वर्गफीटमे बनत तऽ भव्य लागत। किछु वर्ष पूर्व एक भक्त द्वारा नन्दी एवं नाग सीतेश्वर नाथके समीप निर्माण कराओल गेल अछि। एहि परिसरमे वर्ष 2008 मे जबर्दस्त यज्ञक आयोजन भेल छल जाहिमे दूर दूर सँ श्रद्धालुलोकनि आयल छलाह।

लगभग 1735-45 ई० मे देविदत्त मिश्र द्वारा 9 बिघा मे घरारिक व्यवस्था कयल गेल। घरारिके चारू कात छहरदिवारी देल गेल। छहरदिवारीमे त्तकालिन समयक पाकल ईटाक प्रयोग भेल अछि। ईंटक आकार 2"चौ० 4"ल०एवं मोटाइ 1" अछि। हिनका द्वारा डयौढीमे पक्का मकान बनबाओल गेल। सभ मकान प्रायः दू महलके छल। ओहि समयक ईट अखनहूँ देखल जा सकैत अछि। आरंभमे ड्यौढीक आङ्गन वएह छल जे वर्तमानमे स्व० विश्वनाथ मिश्र संजय मिश्र प्रकाश मिश्र आदि लोकनिक वास अछि। यज्ञी मिश्र तथा गिरीजा नन्दन मिश्रके आङ्गन तत्कालीन समयमे दरवाजा छल बादमे श्री धीरा मिश्रके सखा संतान वास्ते ओकरा आङ्गन बनाओल गेल। डयौढीमे जेवाक वास्ते विशालकाय प्रवेश द्वार बनल छल, जकर नाम सिंह द्वार राखल गेल छल। उक्त द्वारमे किवाड़ लागल छल जकर उँचाई लगभग 20 फीट एवं चौराइ 16 फीट छल। एहि प्रवेश द्वारके उत्तर तरफ नम्हर सन दरवाजा छल जकर लम्बाई 60'

एवं चौड़ाई करीव 15' छल ओहि के दिवाल 20" मोट छल। आगू मे 15' चौड़ा असौरा छल। जाहिमे तत्कालीन युगक पंखाके व्यवस्था छल। ओहि पंखाके मजदूर द्वारा चलाओल जाइत छल। दरवाजाके छतके खपरासँ छारल गेल छल। दरवाजाके उत्तरबारी तरफ एक कोठरी छल जे दू महलके छल। उपर वला छत पर जेबाक लेल लकड़ीके सीढ़ी बनल छल। जाहिमे स्व० शिवनन्दन ठाकुर पुस्तकालय खोललनि। ओहि दरबाजके नाम सेहो सिंह दरबाजा राखल गेल छल। एकर नाम सिंह दरबाजा किएक परल तकर जानकारी प्राप्त नहि भ' सकल। एहि दरबाजाके खासियत ई छल जे केहनो गर्मीमे एहिके अंदर ठंढ रहैत छल। बिना पंखाके एहिमे रहि सकैत छलहु। तहिना जखन खूब सर्दी परैत छल त' ओहिके भीतर गर्मीके एहसास होइत छल। ओहि दरबाजामे हम एकर अनुभूति कयने छी। एकर निर्माण बलभद्र मिश्रके जमाय शिरी नन्दन मिश्र, भराम वासी करबौने रहैथ। 1934 ई० के भूकम्प मे एकर दिवाल फाटि गेल। तकर बाद धीरे-धीरे पछिला दिवाल खसि परल। वर्ष 2010 ई० मे प्रो० अरुण कुमार ठाकुर 18 लाख रुपैआ लगा कय एकरा पक्का करबौलनि अछि। मुदा नवका दरबाजाके चौड़ाई पूर्वके दरबाजासँ कम अछि। सिंह दरवाजाके दोसर तरफ नाच घर छल। जाहिमे बेसी काल नाच गायनक कार्यक्रम होइत छल। ओहि इलाकाक जतेक नामी नटुआ, गायक अथवा अल्लहा रूदल गावऽ वाला होइत छल से चकौती डयौढीक ओहि नाचघरमे अपन अपन कलाक परदर्शन करैत छल आ भरपुर बक्शीश लऽ कऽ जाइत छल। सिंह दरवाजासँ साहेब लोकनि हाथी पर चढले डयौढीमे प्रवेश करैत छलाह। सिंह दरवाजाके दुनू तरफ बनल छोट छोट कोठरीमे भिन्न भिन्न प्रकारक पक्षी यथा मोर, बत्तख, कबुत्तर आदि पोसल जाइत छल। दरवजा पर एक विशाल इनार छल जाहिसँ पानिक व्यवस्था होइत छल। दरवाजाक आगू फूलक बगान छल। जे लगभग 3 बिघामे अछि। डयौढीमे पानि पिवाक वास्ते सेहो एक इनार छल। जे स्व० मुनेश्वर मिश्रक अंगनाक पाछुमे छल। दुनू आगनक लम्बाइ एवं चौडाइ समान अछि। अंगनाक लम्बाइ 60 फीट एवं चौडाइ 40

फीट अछि। परंतु वर्ष 1934ई० मे आयल भूकम्प मे चकौती डयौढीक भवन सव नस्तनावुत भ' गेल। सिंह दरवाजा 20 फीट जमीन मे धैंस गेल। कतेको लोग दबि गेल। आङ्गनमे बनल पश्चिम तरफक दू महला मकान खैसि परल। जकर भानावषेश अखनो देखल जा सकैत अछि। पूबारी डयौढीक पक्का भवन सेहो खसि परल। डयौढी लेखे ई भूकंप महान विनाशकारी भेल। द्रष्टव्य डॉ० नरेश झा द्वारा लिखित चकौतीके इतिहास।

सदावर्त बबुए मिश्रके दान वृत्तिके कहानी एवं हुनक वंशावली

देविदत्त मिश्रके एक पुत्र स्व० बबुए मिश्र भेलाह जे बचप्पनेसँ खूब प्रतिभावान छलाह। ई दरभंगा महराज श्री लक्ष्मीश्वर सिंहक समयमे मोसहबक पद पर प्रतिष्ठित छलाह। एहि विषयमे महामहोपध्याय प्रमेश्वर झा अपन पोथि मिथिला तत्व विमर्श जे मैथिली अकादमी पटनासँ प्रकाशित अछिके पृष्ठ संख्या 192 पर एहि संम्बधमे लिखने छथि। महराज लक्षमेश्वर सहिं बहादुरक पिता सन. 1268 साल फसलि मो. सन 1860 ई. मे स्वर्गवासी भ' गेलाह। पितृ परोक्ष भेला पर 22 वर्षक अवस्थामे 25 सितम्बर 1880 ई मे बिहार बंगालक लेफिटनैंट गवर्नर सर असलेय इडेन साहेबक पटना दरबारमे महराजके राज्याधिकार समर्पण कएल गेल। एहि सँ सिद्ध होइत अछि जे बबुए मिश्र 1880 ई. मे 30 सँ 35 वर्षक रहल होयताह। अर्थात बबुए मिश्रक जन्म 1850ई-1855ई मे भेल होयत। बबुए मिश्र अत्यंत दान प्रवृतिक व्यक्ति छलाह। ओ अपन पिता द्वारा अर्जित धनके मुक्त हस्तसँ दान कएलनि। एक वेर बबुए मिश्र बैधनाथ धाम गेलाह। ओतय तीन दिन धरि रहलाह। ओहि मध्य जतेक तीर्थ यात्री आयल छल हुनकालोकनिक फूल एवं प्रसादक व्यवस्था हिनके तरफसँ करवाक घोषणा

कएल गेल छल। एहि मध्य गिद्धौर नरेशक सेहो बाबा धाम आगमन भेल। हुनको हरेक वस्तु मुफ्तमे लेवाक आनुरोध दुकानदार द्वारा कएल गेल। एहि व्यवस्थाके बारेमे जानि ओ आश्चर्यचकित भऽ गेलाह। ओ बबुए मिश्रके देखवाक आकांक्षा व्यक्त कएलनि। गिद्धौर नरेश हुनका अपन जनवासा पर बजौलनि आ स्वागतमे 500 स्वर्ण मुद्रा बबुए मिश्रके भेंट स्वरूप प्रदान कएलनि। तदुपरान्त गिद्धौर नरेश अपन देश जेवाक तैयारी करय लगलाह। बबुए मिश्र नरेशके बिदाई समारोह आयोजित कएलनि। बिदाई समारोहमे बबुए मिश्र नरेशके 1100 स्वर्ण मुद्रा प्रदान कएलनि। एहि प्रकारक बबुए मिश्रक दान जनित स्वभाव देखि बाबा धामक सब पंडा चकित भऽ गेलाह। किछु गोटेक कहब छनि जे गिद्धौर नरेश बबुए मिश्रके अपन गुरु स्वीकार कएलनि तथा दक्षिणामे बाबा धामक खर्चके बहन करवाक आदेश बबुए मिश्रसँ लेलनि।

बबुए मिश्रके 5 पुत्र भेलनि। पहिलपुत्रके नाम मुकुन्द लाल मिश्र दोसर पुत्र भिख्यिा लाल मिश्र तेसर पुत्र नरसिंह दत्त मिश्र चारिम पुत्र शत्रुघ्न मिश्र तथा पाँचम पुत्र हरिशचंद्र मिश्र छल।

मुकुन्द लाल मिश्रक उपनयनमे अष्टद्रव्यक मरवा श्री बबुए मिश्र द्वारा बनवाओल गेल छल। एहि उपनयनमे एक जर्बदस्त घटना घटल। उपनयनसँ किछु दिन पहिने डयौढीमे भयंकर आगि लागि गेल जाहिमे सम्पूर्ण उपनयनक सामान जरि गेल। बबुए मिश्र ओहि दिन दरभंगा गेल छलाह। जखन ओ गौतम कुंडके आसपास पहुचलाह तऽ एक विशालकाय ब्राह्मणसँ भेट भेलनि। ओ व्यक्ति बबुए मिश्रके प्रणाम कऽ कहलकनि जे महराज आइ अपनेहिक ओहि ठामसँ आबि रहल छी। बबुए मिश्र हुनकासँ स्वागत सत्कारक विषयमे पुछलथिन्ह। ब्राह्मण द्वारा कहल गेल जे महराज आव भगतमे कोनहु कमी नहि भेल। मुदा अन्तमे मुख सुद्धि नहि भेटि सकल। ताहि पर बबुए मिश्र अफसोस करय लगलाह। एतविहमे ओ ब्राह्मण अद्दश भऽ गेलाह। बबुए मिश्र ब्राह्मणके चारू कात ताकए

लगलाह मुदा ओ कतहु नहि देखाइ परलाह। बबुए मिश्रके बात बुझबामे आवि गेलनि। ओ कोनो व्यक्ति नहि अपितु ओ साक्षात अग्नि देव छलाह। तदुपरान्त बबूए मिश्र चकौती एलाह त' देखैत छथि जे डयौढीमे भीषण आगि लागल अछि।आगिमे उपनयनक सभ वस्तु जरि क' राख भ' गेल। बबुए मिश्र दरभंगासँ लाएल सुपारीके सेहो आगिमे रखवा देलनि। ई समाचार दरभंगा महराजके पता चललनि। पुनः उपनयनक सभ वस्तु दरभंगासँ आयल तथा धुम धामसँ मुकुन्द लाल मिश्रक उपनयन सम्पन्न भेल। अष्टद्रव्यक मरवाके लोक गाँव गाँवसँ आबि क' देखैत छल। प्रायः अष्टद्रव्यक मरवाके विषयमे पहिने अथवा बादोमे कतौ बनल हो तकर दृष्टांत देखवा अथवा पढवामे नहि भेटल अछि।

बबुए मिश्र बहुत सम्पति दानमे व्यय कएलनि। फलतः हुनक सखा सन्तानके समक्ष दयनीय स्थिति उत्पन्न भए गेल। बबुए मिश्रक जेठ बालक श्री मुकुन्द लाल मिश्रके बाल बच्चा नहि भेल तँ ओ नरसिंह दत्त मिश्रक एक पुत्र श्री रामा दत्त मिश्रके गोद लेलनि।

दोसर बालक भिख्यिालाल मिश्रके एक पुत्र एवं दू पुत्री भेलनि जिनकर नाम श्री महेन्द्र मिश्र राखल गेल। एक पुत्रीक नाम बालेश्वरी दाई एवं दोसर पुत्रीक नाम भूवनेश्वरी दाई राखल गेल। श्री महेन्द्र मिश्र महादेवक भक्त छलाह। द्रष्टव्य डॉ० नरेश झा रचित चकौतीके इतिहास।हिनका तीन पुत्र एवं दु पुत्री भेलनि। पहिल पुत्रक नाम शम्भूनाथ मिश्र दोसर पुत्रक नाम नबोनाथ मिश्र एवं तेसर पुत्रक नाम वासुकीनाथ मिश्र राखल गेल। पहिल बेटिक नाम बेला तथा दोसर बेटिक नाम मृदुल परल। शम्भूनाथ मिश्रके मृत्यु दिनांक 30 नवम्बर 2014 ई. क' भ' गेल। श्राद्ध कर्म पंचदान भेल तथा ब्राम्हण भोजन भरि गॉव कराओल गेल छल। ई अपना पाछु दू पुत्र एवं तीन पुत्री छोड़ि गेलाह। पहिल पुत्रक नाम श्री रमन मिश्र अछि जखन कि दोसर पुत्रक नाम अश्विनी कुमार मिश्र अछि। नबोनाथ मिश्रके मृत्यु सेहो पुर्व मे भ' गेल। ओ एक पुत्र एवं दु पुत्री छोड़ि

गेलाह। हिनक पुत्रक नाम कन्हैया मिश्र अछि। श्री वासुकीनाथ मिश्र भगवतिक उपासक छथि। ओ सतत बीज मत्रंक जप करैति देखल जाइत छथि। हुनका तीन पुत्र भेल। जेठ बालकक नाम श्री राजेश कुमार मिश्र @गोपाल छथि ओ भारत सरकारक उत्पाद विभागमे अधिकारी पद पर कार्यरत् छथि।हिनका दू पुत्र छनि। प्रथम पुत्रके नाम आर्यन मिश्र छनि तऽ दोसर पुत्रक नाम अक्षत मिश्र अछि।दोसर पुत्रक नाम श्री सुजित कुमार मिश्र छथि जे बिहार सरकारक सहकारिता विभाग मे सहकारिता प्रसार पदाधिकारीके पद पर कार्यरत छथि। हिनको दू पुत्र छनि। प्रथम पुत्र चि० अर्पित मिश्रा तऽ दोसर पुत्र चि० शिवांश मिश्र छनि।तेसर पुत्रक नाम श्री अजित कुमार मिश्र अछि जे दिल्लीमे प्राइभेट नौकरी करैत छथि। हिनका एक पुत्र छनि जिनकर नाम चि० अनिकेत मिश्र अछि।

बालेश्वरी दाईक विवाह बौना भेल। परन्तु ओ चकौतीमे रहली। दोसर पुत्रीक विवाह हरिटोलडीह भेल। बालेश्वरी दाईके एक पुत्र भेल जिनकर नाम श्री दिनेश चन्द्र मिश्र राखल गेल। हिनका एक मात्र पुत्ररत्न भेल जिनकर नाम श्री प्रकाश चन्द्र मिश्र अछि। ई अत्यन्त प्रखर एवं संस्कारी व्यक्ति छथि। हिनक जन्म 23 फरबरी 1947 ई मे भेल। वर्ष 1962 ई० मे प्रथम श्रेणीमे मेट्रीक उतीर्ण कएलाह, 1964 ई० मे आइ. एस. सी. कएलनि, तदुपरान्त एस. एस. उच्च विद्यालय वानोमे शिक्षक पदपर योगदान देलनि। 1967 ई मे बी. ए. पास कएलनि 1970 ई मे बी. एड. केएलनि 1972 ई० मे ई.डी.पी.एड. कएलनि। 1986 ई मे श्री मिश्र एम. ए. के डीग्री प्राप्त कएलाह। 1 मार्च 1990 मे संयुक्त प्रतियोगिता परीक्षा पास कय प्रधानाध्यापक भेलाह। 28 जुन 2005 मे उच्च विद्यायलय धकजरी सँ ई सेवानिवृत भेलाह। हिनका दू पुत्र भेल। पहिल पुत्रक नाम श्री धीरज अभिषेख अछि जे पुस्ताकालयध्यक्षके पद पर उच्च विद्यालय वाणेश्वर स्थानमे पदस्थापित छथि।दोसर पुत्र श्री धीरज कुमार छथि जे युनियन बैंकमे अधिकारीके पद पर अधुना मधुबनीमे कार्यरत छथि। एक पुत्री निधि विद्या नाम सँ जानल जाइत छथि। सम्प्रति ई कॉरपोरेशन बैंकक अधिकारी छथि। श्री

प्रकाश मिश्र लक्ष्मीसागर 52 वीघा पथ संख्या-5, दरभंगा 846009 मे आवास बनौने छथि।

तेसर पुत्र नरसिंह दत्त मिश्रके दू पुत्र एवं दू पुत्री भेल जिनक नाम रामा दत्त मिश्र एवं परमा दत्त मिश्र राखल गेल तथा पुत्रीक नाम जागेश्वरी दाई एवं सुखो दाई राखल गेल।रामा दत्त मिश्रके दू पुत्र तथा दू पुत्री सेहो भेलनि जिनकर नाम विभूति नाथ मिश्र एवं बोध मिश्र छल। विभूति नाथ मिश्र नेपाल सरकारके प्राथमिक विद्यालयमे शिक्षक पद पर कार्यरत छलाह। ई शतरंजके बहुत नीक खेलाड़ी छलाह। हिनका पॉच पुत्र भेल जिनक नाम श्री बिपिन कुमार मिश्र, श्री मनोज कुमार मिश्र, श्री अधर कुमार मिश्र, श्री सज्जन कुमार मिश्र एवं महन्त कुमार मिश्र छल। महन्त कालकलवित भऽ गेलाह। कोनो पुत्रके पढाई लिखाई स्तरीय नहि भेल। मुदा श्री मनोज कुमार मिश्रक दू पुत्र बनारसमे रहि संस्कृत शिक्षाक अध्ययन कयलनि अछि। प्रथम पुत्रीक नाम सुशीला एवं दोसर पुत्रीक नाम केवल राखल गेल। सुशीला दाई चकौतीमे रहलीह। हिनका एक मात्र पुत्र भेल जिनकर नाम श्री विनय ठाकुर अछि। हिनको एक मात्र पुत्र अछि जे श्री शंकर कुमार ठाकुरके नाम सँ जानल जाइत छथि। ओ नैनीतालमे कार्यरत छथि। बोध मिश्र कालकलवित भ' गेलाह।

परमा दत्त मिश्रके दू पुत्र एवं दू पुत्री भेल। प्रथम पुत्रक नाम श्री विश्वनाथ मिश्र अछि एवं दोसर पुत्रक नाम इन्द्रनाथ मिश्र @ राजा छल। पुत्रीक नाम घूरो दाई एवं फिरो दाई छल। श्री विश्वनाथ मिश्र चम्पारणक लौरियाके चीनी मीलमे कार्य करैत सेवा निवृत भेलाह। ई लगभग एक सए वर्ष धरि जिन्दा रहलाह। ई अपन मायक श्राद्ध बृषोत्सर्ग रूपे कएने छलाह। तथा ब्राह्मण भोजन भरि गाँवके करौने छलाह। विश्वनाथ मिश्रके निधन सेहो वर्ष 2018ई०मे भ' गेल। हिनका नाम सँ हिनक पैघ पुत्र श्री गिरीन्द्र मिश्र चकौती गामक उच्च विद्यालयमे एक सँ दशम स्थान बोर्डमे प्राप्त कयनिहार छात्रके प्रति वर्ष पुरस्कार

स्वरूप नगद राशि एवं प्रशस्ति पत्र प्रदान करैत छथि। एकर समारोह प्रति वर्ष दुर्गा पूजाके कलश स्थापनक दिन कयल जाइत अछि। एहि कार्यसँ छात्रमे पढ़बाक प्रति लगन जागल अछि। विश्वनाथ मिश्रके चारि पुत्र एवं दू पुत्रीभेल। जिनकर नाम क्रमश: श्री गिरिन्द्र मिश्र, श्री नागेन्द्र मिश्र, स्व. शैलेन्द्र मिश्र एवं श्री मदन मिश्र अछि। इन्द्रनाथ मिश्रके दु पुत्र भेल जिनकर नाम स्व० बिरेन्द्र कुमार मिश्र एवं श्री लाल मिश्र अछि। विरेन्द्र मिश्र जिनका वीरी सेहो कहल जाइत छल राजस्थान हाउसिंग बोर्डमे कार्यरत छलाह। हिनका दू पुत्र अछि। एक पुत्र JE तथा दोसर पुत्र जीम ट्रेनर छथि। लाल गाममे व्यवसायमे लागल छथि। हिनका एक पुत्र छनि।

श्री गिरीन्द्र मिश्र राजस्थान हाउसिंग बोर्डमे सिनियर एकाउन्टस आफिसरक पदसँ सेवा निवृत भेलाह अछि। हिनकामे नेतृत्व करवाक क्षमता अछि। सेवामे रहैत ई अनेक कर्मचारी संघक नेतृत्व केएलनि। ई एकहि संग राजस्थान आवासन मंडल कर्मचारी संघक प्रान्तीय अध्यक्ष, राजस्थान वन श्रमिक संघके प्रान्तीय अध्यक्ष, अखिल राजस्थन राज्य कर्मचारी संघके महामंत्री एवं राजस्थान वोर्ड निगमके संयोजक रहलाह।ई राजस्थानमे अपन मकान बनौने छथि। ई वर्ष 1990-91 ई० मे दू वर्ष दुर्गा पूजा के निर्वाचित अध्यक्ष रहलाह। श्री गिरीन्द्र मिश्रके मात्र दू पुत्र छनि। श्री दीपक मिश्र एवं श्री राकेश मिश्र।

श्री दीपक मिश्र व्यवसाय मे छथि जखन कि श्री राकेश मिश्र Law के शिक्षा ग्रहण कय न्यायालय मे अधिवक्ता छथि। श्री दीपक मिश्र के पुत्र श्री मंजेश मिश्र अभियन्ता छथि।

दोसर पुत्र श्री नागेन्द्र मिश्र विभिषण डाक्टर सँ डाक्टरीक अनुभव प्राप्त कएलनि तथा गाँवमे रहि जनताके सेवा केएलनि।ई वर्ष 2015ई० सँ 2017ई० धरि दुर्गा पूजाके अध्यक्ष रहलाह। हिनके समयमे दुर्गा माताके नाम जमीन क्रय कयल गेल। ई बहुत कम उम्र सँ भगवतीके सेवामे लागल रहलाह। स्व० मोहन

बाबू जखन दुर्गा पूजाके कार्य देखैत छलाह त' हुनक मुख्य सहयोगीके रुपमे श्री नागेन्द्र मिश्र रहलाह। स्व० यज्ञी मिश्रके बाद मंदिरके निर्माण संबंधी कार्य हिनके द्वारा कराओल जाइत अछि। मंदिरक नीचला छतके खपरा हो किम्बा पुरनका मंदिरक गर्भ गृह के हटा ओहि स्थानके पक्कीकरण वा प्लास्टर आदिक कार्य हिनके देख रेखमे भेल अछि। पुरना मंदिरक गर्भ गृहके हटेबाक कार्य वर्ष 2022 ई०मे करौलनि, जखन कि खपराके कार्य 2015 ई०मे करौने छलाह। प्रांगणके भरेबाक कार्य तथा समतलीकरणके कार्य हिनके देख रेखमे भेल। ई भगवतीके अनन्य भक्त छथि।

हिनका एक पुत्र एवं तीन पुत्री भेल। पुत्रक नाम श्री रवि मिश्र अछि। ई पारा मेडिकलक पढाई केलाक बाद अपन व्यवसाय शुरू केएने छथि। तीन पुत्री पूजा, माला एवं गुरिया छनि। हिनकासँ छोट भाईक नाम स्व० शैलेन्द्र मिश्र छल। ई बहुत सहाशी पुरुष छलाह। स्व० मिश्र राजस्थान हाउसिंग बोर्डमे कार्यरत छलाह।मुदा ई राजस्थानमे टैम्पू एक्सीडेंटमे घायल भ' गेलाह जाहिमे हिनक बाँया हाथ टुटि गेल। हिनक निधन 2013 ई० मे भ' गेल। हिनक एक पुत्र सोनू अभियन्ता छथि। पुत्री डोली तथा सोनी छनि। स्व० विश्वनाथ मिश्रके कनीय पुत्र श्री मदन कुमार मिश्र छथि। राजस्थानमे रहि व्यवसाय करैत छथि। हिनक दू पुत्र क्रमश: श्री अमन मिश्र एवं श्री मनीष मिश्र छथि। जे दुन MBA छथि। ओ दुनू बिप्रो कम्पनीमे कार्यरत छथि।

बबुए मिश्रक चारिम पुत्र शत्रुघ्न मिश्रके दु पुत्र भेल जिनकर नाम योगेश्वर मिश्र एवं दिगम्बर मिश्र राखल गेल। योगेश्वर मिश्र देखैत अत्यंत सुन्दर छलाह। हिनक उँचाई लगभग छओ फीट रहल होयत। वर्ण गौर छल। ई पचासी वर्षके उम्रमे दिवंगत भेलाह। ई जा धरि जीवित रहलाह अपन घर द्वारिके खूब साफ सूथरा रखलाह। हिनकामे कनभिंसिंग शक्ति खूब छल। राम वचन ठाकूर हिनका खूब सम्मान दैत छलाह। हिनक यारके रुपमे स्व० शिवचन्द्र झा छलाह।

हिनका पाँच पुत्र भेल। जिनक नाम क्रमशः स्व० गोपेश्वर मिश्र, ई पोस्ट आफिसमे कार्यरत रहि सेवानिवृत भेलाह। स्व० भोलानाथ मिश्र, राउरकिला इस्पात फैक्टरीसँ सेवानिवृत भेल छलाह। स्व० मुनेश्वर मिश्र गाँवमे रहलाह। स्व. रविन्द्र मिश्र इहो राउरकिला इस्पात फैक्टरीमे कार्य करैत स्वर्गीय भेलाह। स्व. राघवेन्द्र मिश्र सेहो गाँवमे रहलाह। तथा तीन पुत्री क्रमषः केसर दाई, मालती दाई एवं शान्ति दाई छलीह। गोपेश्वर मिश्रके एक पुत्र अछि जिनक नाम श्री अशोक कुमार मिश्र अछि। सम्प्रति ओ कटिहारमे MBBS डाक्टर छथि। भोलानाथ मिश्रके पाँच पुत्र भेल। जिनकर नाम श्री आनिल मिश्र, श्री सुनील मिश्र, श्री मिहिर कुमार मिश्र, श्री साहेब जी एवं स्व. बबलु मिश्र अछि। श्री अनिल कुमार मिश्र राजस्थानमे कार्यरत छथि। हिनका एक पुत्र छनि। श्री सुनील कुमार मिश्र दरभंगामे रहैत छथि। हिनका दू पुत्र अछि जिनक नाम श्री अनुराग मिश्र एवं श्री आशीष मिश्र अछि। दुनू पुत्र सरकारी सेवामे छथि एक भरत सरकारके CAG मे छथि। दोसर पुत्र PHD मे छथि। श्री मिहिर कुमार मिश्र राजस्थानमे हस्तरेखा एवं वास्तु विषेशज्ञ छथि। हिनका द्वारा अपन मायक श्राद्ध बृषोत्सर्ग कएल गेल तथा ब्राह्मण भोजन जैवार लक करौलनि। हिनका एक पुत्र अछि जिनकर नाम श्री आदित्य मिश्र छनि। ओ केनरा बैंक मे PO पद पर कार्यरत छथि। श्री सुधीर कुमार मिश्र @साहेब जीके एक पुत्र श्री रौशन कुमार मिश्र रेलवेमे कार्यरत छथि।बबलू के कम उम्र मे ट्रक सँ ठोकर लगलाक कारण मृत्यु भ' गेल।

स्व० मुनेश्वर मिश्रके एक पुत्र भेल जिनकर नाम स्व. चन्दन कुमार मिश्र छल। स्व. चन्दनक जन्म अप्रैल 1960 ई. मे भेल छल। ई खुब प्रतिभावान एवं तेजस्वी छलाह। ई वर्ष 1974 ई. मे ब्रह्मपुर उच्च विद्यालय सँ मैट्रिकमे प्रथम श्रेणी सँ उतीर्ण कएलाह। हिनका द्वारा बोर्ड परीक्षामे लायल अंक रेकार्ड अछि। 1975 ई. मे सी. एम. कालेज सँ प्रथम श्रेणीसँ ईन्टर कएलाह। वर्ष 1976 ई मे इन्जिनियरिंग प्रवेश परिक्षामे 35 म स्थान प्राप्त कए बि. आई. टी. सिन्दरी सँ Electronic and communication branch लए उतीर्ण भेलाह। मुदा

हिनका तीन वर्ष धरि नौकरी नहि भेलनि। जाहि कारणे ओ निराश रहय लगलाह। ई एहन प्रतिभाशाली व्यक्ति छलाह जे एकहिं संग बेंजो, हारमोनियम, बाँसुरी एवं माउथ हारमोनियम बजबैत छलाह। हिनक अक्षर खुब सुन्दर होइत छल। हिनकर स्मरण शक्ति गजब छल। जखन ई इन्जिनियरिंगके तैयारी करैत छलाह तखन प्रतिदिन एक कॉपीके खत्म करैत छलाह। हिनक विवाह सौराठ भेल ओहि समयमे ओ इन्जिनियरिंगमे प्रवेश केएने छलाह। विवाह मजबुरीमे कएल गेल किएक तऽ हुनका इन्जिनियरिंग कॉलेजक शुल्क वहन करवाक क्षमता नहि छल। पढाईक खर्चक वहन स्वसुर द्वारा कएल गेल। विवाहसँ चन्दन खुस नहि छल। शतरंज खेलक ओ अत्यधिक जानकार छल। नौकरी नहि भेलाक कारणे ओ पटनामे ट्यूशन पढा जीवन यापन करय लगलाह। 1988 ई. मे ओ दिल्ली प्रवासमे चलि गेलाह जाहि ठामसँ ओ हिन्दुस्तान फर्टिलाइजर कॉरपोरेशन आफ ईडिया, बरौनीमे नौकरी प्राप्त कएलनि। हुनक परम मित्र पंकज कुमार झा छथि। ओ सतत अपन मित्रक नीक नौकरी लेल चिन्तीत रहैत छलाह । ओ वर्ष 1996 ई. मे एक वाहन दुर्घटनामे एहि संसारसँ चलि गेलाह। दुर्घटना विजय दशमीक प्रात भेल छल। ओ अपना पाछू एक मात्र पुत्री छोरि गेलाह। हिनकर मृत्यूसँ पुरा गॉव शोकाकूल भ' गेल।

स्व० रविन्द्र मिश्रके दु पुत्र भेल जे राउर किला मे कार्यरत छथि। स्व० राघवेन्द्र मिश्रके तीन पुत्र भेल। जिनकर नाम पप्पू, छोटन एवं प्रभास अछि। पप्पू एवं प्रभास दिल्लीमे कार्य कए रहलाह अछि। जखन कि छोटन गाँवमे रहैत छथि।

स्व० दिगम्वर मिश्रके तीन पुत्र भेल जिनकर नाम स्व0 तारकेश्वर मिश्र, स्व0 राजेन्द्र मिश्र एवं श्री धिरेन्द्र मिश्र अछि। स्व0 तारकेश्वर मिश्र उर्फ खेली मिश्र खूब प्रतिभावान व्यक्ति छलाह। देखैत अत्यन्त सुन्दर छलाह। ओ दू टर्म दुर्गापूजाके अध्यक्ष रहलाह। हुनके द्वारा राष्ट्रीय स्तरक शास्त्रीय गायक कलाकार

रूना झूना के दुर्गापूजामे लायल गेल छल। तकर बाद ओहि स्तरक कलाकार पूजामे नहि आयल अछि। हिनका द्वारा मोतिहारीमे जमीन खरीद कयल गेल। ई बिजनेस माइन्डेड छलाह। हिनका तीन पुत्र श्री प्रकाश मिश्र, श्री प्रताप मिश्र एवं श्री प्रदीप मिश्र छनि। श्री प्रकाश मिश्रके दू संतान अछि। पहिल पुत्रक नाम श्री अभिषेक कुमार अछि। जे दिल्ली मे MBA कए कऽ मल्टीनैशनल कम्पनीमे कार्यरत छथि। एक बेटी छनि। हुनक नाम श्वेताम्बरी झा नाम अछि। प्रताप मिश्रके तीन संतान भेल। प्रियम जेठ बेटी छनि। ई एम0बी0बी0एस0 कए कऽ दिल्ली सेन्ट्रल रेलवे में इन्टरनसीप कए रहल छथि। हिनक विवाह श्री शारदा नन्द ठाकुर अकौर बेनीपट्टी सँ भेल अछि। दोसर पुत्रीक नाम सुष्मिता सुनम अछि जे दरभंगा में अभियन्ताक पढाई कए रहल छथि। सभसँ छोट बेटा छनि जे श्री सिद्वार्थ पुष्करके नाम सँ जानल जाइत छथि। अधुना ई प्रतियोगिता परीक्षाक तैयारीमे लागल छथि। श्री प्रदीप मिश्र भारतीय वायुसेनाके पदसँ सेवानिवृत्तके उपरान्त नेपालक कोनो नर्सिंग होम मे कार्यरत छथि। हिनका दू पुत्री छनि, जिनक नाम क्रमशः स्नेहा मिश्र एवं शिवाँजली मिश्र अछि। शिवॉजली जर्मनीमे भाषाके क्षेत्रमे कार्यरत छथि। जखन कि स्नेहा सिक्किमसँ पीएचडी कयलनि एवं NET क' चुकल छथि।

स्व0 राजेन्द्र मिश्रके दू पुत्र एवं एक पुत्री भेल। पैघ पुत्री श्रीमती आरती झा छथि जिनक पति श्री विनाधर झा भड़वाराके छथि जे पटनामे पटना कालेजियट इसकुलमे व्याख्याता छथि। दोसर पुत्र श्री संजीब मिश्र उर्फ बबूलू छथि जे प्रतियोगिता परीक्षा उतीर्ण कय क जिला सूचना पदाधिकारी मोतिहारीमे कार्यरत छथि। तेसर पुत्र श्री राजीव मिश्र छथि जे कैरन इण्डिया बादमेर राजस्थानमे कार्यरत छथि।

श्री धिरेन्द्र मिश्र सेवा निवृत पुलीस उपाधीक्षक छथि। हिनक निशान अदभूत अछि। हिनका एक पुत्र एवं चारि पुत्री छनि। पुत्रक नाम श्री आषीश

मिश्र अछि। ई राँचीमे कार्यरत छथि। चारू बेटीके विवाह सम्पन्न भऽ गेल अछि। चकौतीमे ई लोकनि बहुत कम समय रहैत गेलाह।

बबुए मिश्रक पाँचम पुत्र हरिश्न्द्र मिश्र छलाह जे तत्कालीनि समयमे अंग्रेजी शिक्षा ग्रहण कएने छलाह। ओ अंग्रेजी शासन कालमे दरोगा पदपर कार्यरत छलाह। जाहि कारणसँ समाजमे हिनक खूब धाख छल। हिनका एक पुत्र भेल जिनक नाम चन्द्रकांत मिश्र (झूना) छल। हिनका अंग्रेजी शिक्षा पढ़ेबाक प्रयास पिता द्वारा कयल गेल, मुदा लाख प्रयासके बादो शिक्षा ग्रहण नहि कए सकलाह। हिनका चारि पुत्र भेल। पहिल पुत्र उदयकांत मिश्र, दोसर कृपाकांत मिश्र, तेसर प्रभुकांत मिश्र, चारिम ऋषिकांत मिश्र। स्व. उदयकांत मिश्रके पाँच पुत्र भेल पहिल पुत्र श्री अमरेन्द्र कुमार मिश्र, श्री सुरेन्द्र कुमार मिश्र, श्री नरेन्द्र कुमार मिश्र, श्री पंकज कुमार मिश्र एवं स्व. बबलु कुमार मिश्र। ई लोकनि पुरनका अंगनासँ निकलि लोहरा पसराके बगलमे आबि बैसि गेलाह। श्री अमरेन्द्र कुमार मिश्र एवं श्री सुरेन्द्र कुमार मिश्र रेलवेमे नौकरीसँ सेवानिवृत छथि।

कृपाकातं मिश्र बिहार सरकारमे अंकेक्षकके पद पर कार्यरत छलाह। सम्पूर्ण जीवन अकेला नौकरी कयलाह। हिनका दू पुत्र भेल। श्री संजय कुमार मिश्र एवं श्री सुमन कुमार मिश्र। सुमन जी पंजाब नेशनल बैंकमे 19म अवस्थासँ कार्यरत छथि। हिनका द्वारा दरभंगामे जमीन क्रय कऽ भवन बनाओल गेल । हिनका दू पुत्र अछि। जखन कि संजय कुमार मिश्रके दू पूत्र मीतु एवं जीतू छथि। मीतु इन्जिनियरिंग कऽ कार्यरत छथि। जीतू भारत सरकार के एस. एस. सी परीक्षा पास कऽ कार्यरत छथि। मुदा वर्ष 2020ई०मे जीतु बिहार लोक सेवा आयोगके परीक्षामे उतीर्ण भ' सब रजिस्ट्रार भ' गेलाह। ड्योढ़ी मे जीतू तेसर व्यक्ति छथि जे बिहार लोक सेवा आयोगक संयुक्त परीक्षा पास कयलनि।

प्रभुकांत मिश्रके दू पुत्र छनि।श्री केशरी नन्दन मिश्र एवं श्री सोनु मिश्र। स्व. ऋषिकातं मिश्रके दू पुत्र छनि जेठ पुत्र रेलवेमे कर्यरत छथि तथा दोसर पुत्र

गोनू शिक्षकके नौकरी कए रहल छथि। ऋषिकांत मिश्रक निधन जुन 2015 ई मे भऽ गेल। हिनक श्राद्ध बृषोत्सर्ग ढंग सँ भेल।ब्राह्मण भोजन भरि गांव भेल छल। ऋषिकांत जी कलाकार छलाह, ई बाँसुरी, तबला एवं नृत्यमे पारंगत छलाह। हिनके द्वारा दुर्गा स्थानमे रवि दिन कऽ कीर्तनके परम्परा शुरू कयल गेल छल जे अखनो निर्बाध रूपसँ होइत अछि।

अध्याय : 3 धीरा मिश्रके वंशावली

उमा मिश्रक पुत्र धीरामिश्रक व्यक्तित्व एवं कृतित्व

उमा मिश्र के दोसर पुत्रक नाम धीरा मिश्र छल। ई सेहो खुब प्रतिभावान व्यक्ति छलाह। ईहो दरभंगा महाराजके ओहि ठाम मोसाहेब छलाह। फलत: हिनको दरभंगा राज एवं मैथिल समाजमे खूब प्रतिष्ठा छल। उमा मिश्र अपने त' जयवार मूलक ब्राह्मण छलाह। मुदा चकौती अयलाके बाद हुनक सम्पर्क दरभंङ्गा राजसँ भेलाक कारणे हुनक क्रिया कर्म नीक होमय लागल। कारण कहलो गेल अछि सत्संगे गुणावगुण दोष:। एकर अतिरिक्त अर्थ प्राप्तिसँ लोग समर्थवान होइत अछि। धनके बदौलत ओ व्यक्ति नीक - नीक कृति करैत अछि। समय परिवर्तनशील अछि समाजमे जखन जाहि प्रथाके मान्यता सर्वमान्य होइत अछि तऽ ओहि कार्यके करबा लेल समाजक सभ व्यक्ति चाहैत अछि। तत्कालीन समयमे पंजी व्यवस्थाके महत्व अत्यधिक छल। उमा मिश्र सेहो एहि सँ अछूता नहि रहि सकलाह। ओ अपन दुनू बेटा एवं चारु बेटी के विवाह जाति पॉजिमे कयलनि। हालाँकि नीक मूलक ब्राह्मण निम्न कोटिक ब्राह्मण ओतय अपन बाल बच्चाके विवाहदान नहि करय चाहैत छलाह। परंतु उच्च कुलक ब्राह्मण लोकनिके जीवन अभावग्रस्त रहैत छल।

तकर मुख्य करण छल जे ओ लोकनि वेशी काल भगवद् आराधनामे अपन समय व्यतीत करैत छलाह। जीवकोपार्जन हेतु एक मात्र साधन खेती छल। खेती पूर्णतः वर्षा पर आधारित छल। वर्षाके अनिश्चितताके कारण खेतमे उपज नहि होइत छल। वेशीकाल सुखारके चलते भोजनो योग्य अन्न नहि उपजैत छल। एहन स्थितिमे ओ लोकनि धनके लोभमे निम्न मूलक ब्राह्मण ओहि ठाम विवाह करवा लेल तैयार भऽ जाइत छलाह।उच्च कुलक ब्राह्मणमे एकटा बहुत पैघ चीज पाओल जाइत छल जे हुनका लोकनिक प्रतिभा अत्यंत प्रखर होइत छल। हिनका लोकनिक स्मरण शक्ति उच्च कोटिक होइत छल।जकर मुख्य कारण हुनक भगवद् प्रति साधना छल। ई लोकनि त्रिकाल संध्योपासन करैत छलाह। गायत्रीके जप सँ हिनक स्मरण शक्ति बहुत नीक रहैत छल। इएह कारण छल जे मिथिला नरेश महाराज हरिसिंह देव एहि तरहक ब्राह्मण के श्रोत्रिय ब्राह्मणके पदवी देलनि। श्रोत्रिय सँ तात्पर्य ई छल जे एहि कोटिक ब्राह्मण सभ धर्म ग्रंथ के सुनि कऽ याद कऽ लैत छलाह।

दोसर कोटिक ब्राह्मणके भलमानुष संज्ञा देल गेल छल। हिनका लोकनिक तेज प्रथम कोटिक ब्राह्मण सदृश तऽ नहि छल मुदा जयवार मूलक ब्राह्मण सँ उच्च जरुर होइत छल। अस्तु मिथिला समाजमे श्रोत्रिय ब्राह्मणके पूछ अत्यधिक भऽ गेल। जयवार मूलक ब्राह्मणके प्रयास होमय लागल जे अपन बाल बच्चाके विवाह उच्च कुलक ब्राह्मण ओतय करी। एहि सिद्धान्तके पालन उमा मिश्र कयलनि जाहि कारण उमा मिश्रके नामसँ पाजि कायम भेल।जे अत्यन्त दुरुह काज छल। ई लोकनि जमींदार होइत छलाह तेँ ओहि समय बेटीके उच्च कुलके ब्राह्मणसँ विवाह करा क' बेटीके अपनेहि ओहिठाम रखैत छलाह। उमा मिश्र अपन चारु बेटीके नीक जाति

पाँजि एवं नीक कुल खनदानमे विवाह करा चकौतीमे बसौलनि। तहिना धीरा मिश्रके सखा सन्तान सेहो ओहि रास्ताके अनुसरण कयलनि।

धीरा मिश्रके तीन पुत्र भेल।

1.गोपाल मिश्र

2.राजा मिश्र

3.भगवान दास मिश्र

गोपाल मिश्रके पुत्री भैया दाइके वंशावली

गोपाल मिश्रके एक मात्र पूत्री भेल जिनकर नाम भैया दाई राखल गेल। हिनकर विवाह भराम कयल गेल। हिनक पतिक नाम रोहिनी दत्त झा छल। हिनक मूल सदरपुरिये महिया एवं गोत्र सांडिल्य अछि। ई उच्च कोटिक पूवारि पारक श्रोत्रिय ब्राह्मण छलाह। भैया दाई कनेदानी छलीह। ई कलामी नारि छलि। ई अपन कोशल्या सँ खुब सम्पित अर्जित कयलनि। हिनके द्वारा दरभंगा महराजसँ र्वतमान पोखरिके खरीद कयल गेल। पोखरिक जल ग्रहण क्षेत्र डेढ एकड़ अछि। एहि पोखरिक यज्ञ खुब धूम धामसँ भेल छल। ओहि यज्ञमे जाठि गराओल गेल छल। भैया दाइ एकर अतरिक्त 64 बीघा जमीन फेकरानामे सेहो क्रय कयलनि। भैया दाई के एक मात्र पुत्र भेल जिनकर नाम श्री श्रीकांत झा राखल गेल। श्रीकांत झाके दू विवाह छल। पहिल विवाह सेसपुर भेल तथा दोसर विवाह लक्ष्मीपुर भेल। पहिल पत्नीसँ एक मात्र पुत्रीके जन्म भेल जिनकर नाम

गैया राखल गेल तथा दोसरसँ एक पुत्रके जन्म भेल जिनकर नाम श्री शिवचन्द्र झा परल। गैयाके विवाह पुखरौनी कयल गेल हुनक पतिक नाम बेचन झा छल। बेचन झा के 10 विवाह भेल छल। गैया सेहो कनेदानी भेलीह। हिनका समाजमे बहुत पैघ इज्जत छल। कहल जाइत अछि जे टोल- परोस मे कोनो नव कनिआँ यदि सासुक संग मुह लागल बजैत छल तथा समझेला पर यदि आचरणमे सुधार नहि होइत छल त' गैयाके बजाओल जाइत छल। गैयाके भय सँ नव कनिआँके चालि चलनमे सुधार भऽ जाइत छल। गैयाके एक पुत्र भेल जिनकर नाम इन्दुकर झा परल। इन्दुकर झाके विषयमे कहल जाइत अछि जे ई बड़ इंतजामी छलाह। बरियातीके भोजन, दुर्गा पूजाक व्यवस्था तथा कोनो भोज भातमे सव किछुके व्यवस्था इएह करैत छलाह। हिनको दू विवाह छल। पहिल विवाह सौराठ एवं दोसर विवाह बढ़हा भेल। पहिलमे एक पुत्री तथा दोसरसँ दू पुत्र भेल। जिनकर नाम स्व मोहन कुमार झा छल। मोहन कुमार झाके मोहन मिकीन्स शराबक एजेन्सी प्राप्त भेल छल, जे हिनका श्री ललित नरायण मिश्रके सहयोग सँ भेटल छल। ई लगातार 15 वर्ष तक दुर्गा पूजाके भार उठौलनि। 1971 ई मे पहिल वेर दुर्गा पूजामे सिनेमा मगौलनि जाहिसँ हिनक ख्याति खुब बढ़ल। माँ दुर्गाके ई अन्यन्य भक्त छलाह। जा धरि ई जीलाह ता धरि माँ दुर्गाक सेवा कलस्थापन दिनसँ करैत छलाह। माँ दुर्गाक भसानक समय ई ठोहि पारि क' कनैत छलाह। हिनका हमेशा चिन्ता रहैत छल जे दुर्गा मंदिर पक्का कोना बनत। हिनकहि समयमे मंदिरक नीचला छतक ढ़लाई भ' गेल छल। हिनकामे पिताक बहुत रास गुन विद्यमान छल। हिनक मृत्यु वर्ष 2006 ई० मे भ' गेल। दोसर पूत्रक नाम श्री हरेन्द्र कुमार झा अछि।

मोहन कुमार झा के तीन पुत्र एवं चारि पुत्री भेल। स्व प्रकाश कुमार झा, श्री अजय कुमार झा एवं श्री बबलु कुमार झा। श्री अजय कुमार झा के दू पुत्र अछि। एक पुत्र श्री उज्वल कुमार झा अत्यंत तेजस्वी छथि जे चार्टर एकाउन्टेन्ट छथि। दोसर पुत्र बैंकके अधिकारी छथि। श्री अजय कुमार झा दरभंगामे रहैत छथि एवं गाड़ीक पार्टसक दुकान करैत छथि। इन्दुकर झा के पहिल पत्नी सँ पुत्री भेल जिनकर नाम करपुरा छल। करपुरा मायक बृशोत्सर्ग श्राद्ध मोहन कुमार झा कएने छलाह। जाहिमे भरि गॉव ब्राम्हणके भोजन करबौने छलाह। श्री हरेन्द्र कुतार झा के तीन पूत्र एवं दू पूत्री अछि।

अध्याय : 4 राजा मिश्रके पुत्र वलभद्र मिश्रके व्यक्तित्व एवं कृतित्व एवं हुनक वंशावली

धीरा मिश्रक दोसर पुत्रक नाम राजा मिश्र छल। राजा मिश्र के एक पुत्र भेल जिनकर नाम बलभद्र मिश्र परल। हिनक जन्म 1830 ईक आस पास मे भेल छल। ई बच्चपन सँ खुब संस्कारी छलाह। युवा अवस्थामे ई दरभंगा महराज ओहिठाम मोसाहब पद पर कार्यरत छलाह। म0 म0 परमेश्वर झा तरौनी वासी अपन पोथि मिथिला तत्व विर्मशक पृष्ठ सख्यां 192 पर एहि सम्बन्धमे लिखने छथि। "मिथिला तत्व विमर्श" पोथि मैथिली अकादमी, पटना सँ प्रकाशित अछि, जाहिमे मिथिलाक विषयमे वृहत रुपे वर्णन कयल गेल अछि।बलभद्र मिश्र धनके संग्रह कएलनि। हिनके द्वारा पुवारि ड्योढिके चारू कात ओहि समयमे कोठा महल बनाओल गेल छल जे 1934ई०के भूकम्पमे ध्वस्त भ' गेल।हिनका दू पुत्री भेल जिनकर नाम बिनदेस्वरी दाई तथा रामेस्वरी दाई परल। बिनदेस्वरी दाईके विवाह मंगरौनी वासी गौरी दत्त झासँ भेल तथा रामेस्वरी दाईके विवाह श्री नंदन मिश्र भराम वासीसँ भेल।

गौरीदत्त झाके पुत्र लूटन झाके वंशावली

गौरिदत्त झाके एक पुत्र लुटन झा भेलाह। जिनका 5 पुत्रीये भेलनि। पुत्रक वास्ते हिनके द्वारा 1924 ई. मे दुर्गा पूजाक स्थापना कएल गेल। लुटन झा गान विद्याके प्रेमी व्यक्ति छलाह ओ सभा समाजके बराबर प्रतिनिधित्व केलाह। ओ खूब खर्चीला स्वभावके व्यक्ति छलाह। ई लगातार पॉच वर्ष धरि दुर्गा पूजा कएलनि। किन्तु पुत्र नहि भऽ सकलनि। किंबदन्ति अछि जे ओ स्वयं भगवती पूजाकके संकल्प नहि कयलनि तैं पुत्र नहि भ' सकल। बादमे ई दुर्गापूजाके सार्वजानिक क' देलनि।दुर्गा स्थान हेतु जमीन देलनि अभिनाथ झा र्वतमान पूजारी जीक बाबा। एहि स्थान पर भगवतीक दिव्य माटिक प्रतिमा प्रति वर्ष बनैत अछि। भगवतीक स्वरूप दरभंगा महराज ओहिठाम निर्मित भगवतीक स्वरूप सन अछि। पूजाक आयोजन आश्विन शुक्ल पक्षमे होइत अछि। एहि सम्बन्धमे विस्तृत वर्णन "दुर्गा पूजाक इतिहास" नामक अध्यायमे आगू कयल गेल अछि। लुटन झाके दू विवाह भेल छल। एक विवाह चानपुरा जाहिसँ दू पुत्री भेलनि। पद्मा दाई @बताहि एवं श्याम दाई। दोसर विवाह बल्लिपुर भेलनि। एहु पक्षसँ तीन बेटी भेल। सुखैल दाई @हेमादाई, कूम दाई एवं नेम दाई। पद्मा दाई @बताहिके विवाह शिवनन्दन ठाकुर लालबाग दरभंगासँ भेल। ई उच्च कोटिक वत्स गोत्रिय ब्राह्मण छलाह। हिनक मूल घूसोते-नगवार छल तथा पॉजि-सखूआ छल। ओ चकौतीमे रहि गेलाह। हिनक मेट्रीकक पढ़ाई कलकतासँ भेल। श्री शिवनन्दन ठाकुर बागवानीके सौखिन छलाह। ओ जा धरि जिलाह ता धरि बरका दरवाजाके सतत सजौने रहैत छलाह। दरवाजाके आगूमे रङ्ग बिरङ्गक फूल लगबैत छलाह तथा ओकरा दुनू समय देखभाल करैत छलाह। शरद ऋतुमे गेंदा एवं गुलदावरी फूल ढाकिके ढाकि निकलैत छल। हुनका दू पुत्र भेल श्री नवीन ठाकुर एवं श्री अरूण ठाकुर। श्री नवीन ठाकुर जयनगरमे सिंचाई विभागमे कार्यरत छलाह। श्री नवीन ठाकुरके तीन पुत्र एवं दु पुत्री भेल । पहिल पुत्रके नाम राजीव रंजन @राजू, दोसर के नाम संजीव @दीपू एवं तेसर के नाम अजीत पींटू।

स्व० अरूण ठाकुर खूभ प्रतिभाशाली व्यक्ति छलाह। ई वर्ष 1963 ई० मे मेट्रीक प्रथम श्रेणीमे उतीर्ण भेलाह। तदुपरान्त सी. एम. कालेजसँ आइ. एसी. कएलनि। आर. के. कालेज मधुवनीसँ बीए. सी. कएलाह। एम. एस. सी., एल0 एस0 कालेज मुजफरपुरसँ कएलनि। 1971 ई. मे मड़वाडी कालेज दरभंगामे वोटनी विभागक व्याख्याता पद पर योगदान केएलनि। 2009 ई. मे वोटनी विभागक विभागाध्यक्षक पदसँ सेवा निवृत भेलाह अछि। हिनके द्वारा बरका दरवाजाके जीर्णोधार कएल गेल अछि। वर्तमानमे हुनका द्वारा खप्पराके स्थान पर समान आकारक पक्काके दरवाजा बनाओल गेल अछि। दरवाजाक निर्माण कार्य वर्ष 2014-15 मे पूर्ण भेल अछि। एकर निर्माण पर लगभग 11 लाख रूपया व्यय भेल। श्री अरूण ठाकुरके एक पुत्र एवं दू पुत्री अछि। ई दरभंगामे अपन घर बना रहैत छथि। पुत्रक नाम श्री अमीत वत्स, मेकेनिकल इजिनियर दिल्लीमे छथि वर्तमानमे विदेशमे छथि। हिनक वहिन अल्पना एवं अभिलाशा सेहो दिल्लीमे छथि। अरुण ठाकुरक मृत्यु वर्ष 2021ई० मे भ' गेल।

कूम दाई के विवाह धकजरी भेल। ओहो चकौतीयेमे रहलीह। हिनका दू पुत्र भेल। पहिल पुत्र के नाम श्री परमेश्वर मिश्र अछि एवं दोसर पुत्रक नाम श्री गिरिजा नन्दन मिश्र अछि। श्री परमेश्वर मिश्र आइ0 टी0 आइ0 केएलनि जे बाद मे प्रोन्नति सँ सहायक अभियंताके पदसँ सेवा निवृत भेलाह। ओहि आधार पर भारत सरकारमे रक्षा मंत्रालयमे भू सम्पदा विभागमे सकुशल कार्य करैत इलाहाबादसँ सेवा निवृत भेलाह। अधुना ई इलाहाबादमे निज मकानमे वास क' रहल छथि। हिनका एक मात्र पुत्र एवं तीन पुत्री भेल। पुत्रक नाम श्री आलोक मिश्र अछि, जे सेंट्रल विश्वविद्यालय तामिलनाडूमे अवस्थित त्रिरवरूरमे इन्ट्रीगेटेड एम0 एस0 सी0 इन फिजिक्सके उपाधि सँ अलंकृत भेलोपरान्त वैज्ञानिक एवं तकनीकी पदाधिकारी IUCAA, पुणे मे कार्यरत छथि । प्रथम पुत्री प्रिता बीए0 सी0, द्वितीय पुत्री मालिनी एम0 ए0, एवं तृतीय पुत्री कंचन एम0 सी0 ए0 छथि।

गिरिजा नन्दन मिश्रके दू पुत्र भेल तथा एक पुत्री भेल।। जेठ पुत्रक नाम श्री मनीष कुमार मिश्र @मन्ना जी एवं छोट पुत्रक नाम श्री भास्कर वत्स @ त्रिपुरारी राखल गेल। श्री भास्कर वत्स खुब संस्कारी बच्चा छथि। कमहि उमरमे ओ नीक धन अर्जित कएलनि अछि। ओ गॉव मे लगभक 1800 वर्ग फीटमे पक्का मकान बनौलनि।अपन दाईके वृषोत्सर्ग श्राद्ध कएलनि तथा भरि गॉवके भोजन करौलनि। ई भगवतीके पूजामे प्रति वर्ष उपस्थित होइत छथि।

पुत्रीक नाम शिवानी अछि, हिनक विवाह राढी भेल।

रामेश्वरी दाइके पति श्रीनन्दन मिश्रके वंशावली

बलभद्र मिश्रके छोट पूत्री रामेश्वरी दाईके विवाह भराम भेल छल। हिनक पतिक नाम श्री नन्दन मिश्र छल। इहो चकौतीमे रहला। ई प्रतीभाशाली, शिल्पी, संगीतज्ञ एवं विद्वान व्यक्ति छलाह। ई अपनेसँ सारंगी बनालैत छलाह। घर पर राजमिस्त्रीसँ जे फूल नहि बनैत छल तकरा ओ बना दैत छलाह। ड्योढ़ीके खर्चा खूब छल। जे मुख्यतः मौजेसँ प्राप्त राजस्वसँ चलैत छल। एकर अतिरिक्त हिनका लोकनि द्वारा खेती बारी सेहो नीक कएल जाइत छल। श्री नन्दन मिश्रके एक पुत्र भेल जिनकर नाम श्री गंगा मिश्र राखल गेल। ई देखवामे खुब सुन्दर छलाह। श्री गंगा मिश्र अल्पायु भेलाह। ई अपना पाछू एक मात्र पुत्र छोड़ि गेलाह। जिनकर नाम श्री चन्द्रधर मिश्र छल। हिनक जन्म वर्ष 1916 ई. मे भेल छल। आकृति 6 फीट लम्बा, विशाल शरीर एवं श्याम वर्णके छलाह। ई काफी प्रतिष्ठित व्यक्ति छलाह।काँग्रस पार्टीके समर्थक छलाह। नानपुर प्रखंडके काँग्रस पार्टीके आजीवन अध्यक्ष रहलाह।प्रत्येक सप्ताह ई सीतामढी कोनो ने कोनो कार्यसँ जाइत छलाह। वर्ष 1952ई० मे गाँवक प्रथम मुखिया चुनल गेलाह। बच्चा बाबू पानक शौखीन व्यक्ति छलाह।हिनक शिक्षा दिक्षा मधुवनी स्थित

वाटशन उच्च विद्यालयसँ भेल छल। बच्चा बाबू वर्ष 1934 ई. मे मेट्रीकके छात्र छलाह। ओहि समय चकौतीमे दोसर केओ मेट्रीक पास व्यक्ति नहि छलाह।हुनकासँ ताहि दिन दूर दूरसँ लोक तार पढाबए बास्ते अबैत छल।ओ सरकारी सेबामे नहि गेलाह। जाहि कारणे हुनक आर्थिक स्थिति ठीक नहि छल।ओ दान प्रवृतिक व्यक्ति छलाह।हिनक विवाह वसैठ- चानपुरा भेल छल। बच्चा बाबूक खेती जीवनोपार्जनक एक मात्र साधन छल। सिंचाईके व्यवस्था नहि रहलाक कारणे उपज नहि होइत छल।फलतः खेत बेचि बेचि जीवनक ठाट बाट चलैत छल।दुर्गा पूजाके आगू बढेवामे हिनक सहयोगके बिसरल नहि जा सकैत अछि।कतेक बेर भगवतीक पूजा चन्दा राशिके अभावमे पत्नीक गहना बंधक राखि क' हिनका द्वारा पूजा सम्पादन कएल गेल।

हिनका एक मात्र पुत्र श्री यज्ञी मिश्र भेलाह। हिनक जन्म वर्ष 07 नबम्बर 1946 ई क' भेल छल।यज्ञी बाबू वर्ष 1964 ई मे मेट्रीक पास कयलनि।ई सिंचाई विभागमे वर्ष 1974 ई. मे वर्क सरकारक पद पर योगदान देलनि तथा पटनामे पुरा नौकरी कएलनि। कुशलता पूवर्क नौकरी करैत यज्ञी मिश्र वर्ष 2006ई. मे सेवा निवृत भ' गामेमे रहलाह। यज्ञी मिश्र दुर्गा पूजा निर्माण समितिके संग संग पूजा समितिके अध्यक्ष पदके सुशोभित कएलनि। हिनके अध्यक्षतामे वर्ष 1999 ई० मे वर्तमान दुर्गा मन्दिरक निर्माण कार्य आरंभ भेल छल। मंदिरक सभ कार्य कोना शीध्र पूरा हो एहि लेल सतत चींतीत रहैत छलाह। श्री यज्ञी मिश्र एवं श्री वेचन झा मिलि कऽ बालू, गीटी, सिमेंट लकड़ी बाहरसँ लाबि- लाबि मन्दिरक निर्माण करौलनि। यज्ञी मिश्रके दू पुत्र एवं चारि पुत्री भेल। हिनक जेठ पुत्र जखन मेट्रीकमे पढ़ैत छलाह तऽ ओकरा साँप काटि लेलक। फलतः ओकर मृत्यु भऽ गेल। हुनक नाम माधव जी छल। चारु पुत्रीके विवाह नीक जगह भेल। माधवी तेसर बेटी के पति श्री भगवान ठाकुर जी दुर्गा मंदिरके पायामे टाइल्स, सीढ़ी पर संगमरमर लगबौलनि। हुनका द्वारा भगवती लेल एक कठ्ठा जमीन तीन लाखमे क्रय क' दान कयल गेल। ठाकुर जी

सिलीगुड़ीमे नीज व्यवसायमे लागल छथि। ओ भगवतीके अनन्य भक्त छथि। छोट पुत्र मुरारी जी (National Institute of Fashion Technology, Calcutta) सँ नीफट परीक्षा पास कएलोपरान्त कार्यरत् छथि।

परन्तु यज्ञी बाबूके डांरमे दर्द पकरि लेलक जे बादमे कैंसरके रूपमे निकलल। ओ अपन वेटाके विवाह नहि देखि सकलाह। हुनक मृत्यु दिनांक 1मई 2015 कऽ प्रातः 3 बजे भ' गेल। ई अपना पाछु चारि पुत्री एक पुत्र छोड़ि गेलैथ। हिनक श्राद्धकर्म वृषोत्सर्ग भेल तथा ब्राह्मण भोजन भरि गाँव कराओल गेल। वर्तमानमे मुरारी जी अल्लूवारीमे जे बरका दरबाजा अछि, ओहि ठाम सुन्दर घर बना क' रहि रहल छथि। पुरना आंगनमे सेहो चारि कोठरी खपराके मकान विद्यमान अछि।श्री मुरारी जीके एक पुत्री भेल छनि।

अध्याय : 5 उमा मिश्रके प्रथम जमाय दुर्गादत्त झा, पिलखवार सरिसवे खांगूरके वंशावली।

उमा मिश्र के चारि बेटी छल। ओ अपन चारु बेटीके विवाह उच्च कुल अर्थात जाति पॉजिमे करौलनि तथा सभ बेटीके चकौतीमे बसौलनि। हिनक नित्यक कर्म छल धर्म- कार्य मे संलग्न रहब। अपन पुत्र एवं पुत्री के उच्च कुलमे विवाह करौलनि। इएह कारण भेल जे आगू जा क' उमा मिश्र पॉजि कायम भेल।

उमा मिश्रक पहिल जमाय दुर्गादत्त झा पिलखवारके छलाह, जिनक मूल सरिसवे खाँगूर छलनि। हिनका एक पुत्र भेल जिनक नाम छल रामधन झा। रामधन झाके तीनपुत्र भेलनि। पहिल पुत्रक नाम भरन झा, दोसर पुत्रक नाम जाना झा एवं तेसर पुत्रक नाम नचारी झा छल।

भरन झाके तीन पुत्र भेल।

1. बाबाजी झा 2. संतलाल झा 3. विसुनदेव झा

बाबाजी झाके दू पुत्र छल जिनक नाम क्रमशः नेवालाल झा एवं रासविहारी झा राखल गेल।

नेवालाल झा के दू पुत्र छलनि।

प्रथम के नाम सुफल झा एवं दोसर के नाम देव चन्द्र झा छल।

सुफल झा के चारि पुत्र भेलनि जिनक नाम एहि प्रकार अछि।

1. शिवाकांत झा 2. श्री कान्त झा 3. उमाकांत झा 4. महाकान्त झा।

शिवाकन्त झा भरतीय थल सेना मे कार्यरत छलाह। पूर्ण सेवा कयलाके बाद सेवानिवृत्त भेलाह।

देवचन्द्र झा - स्व० झा के मृत्यु दिनांक 27 मई 2023 कऽ प्रातः काल हृदयगति रुकि गेलाके कारणे भऽ गेल। हिनक मृत्यु 86 वर्षके उम्रमे भेल। देवचन्द्र झाके जन्म वर्ष 1937 ई०मे पूज्या माता दुर्गा देवीके कोखसँ भेल छल। ई वर्ष 1953 ई०मे मुजफ्फरपुर के मारवाड़ी हाई इसकुलसँ मैट्रिक कयलाके बाद 1954 ई० मे भारतीय थल सेनामे अपन योगदान देलनि। सेवामे रहैत 1962 ई० मे चीनके संग भेल युद्धमे कुशलतापूर्वक भाग लेलनि। वर्ष 1965 ई० एवं वर्ष 1971 ई० मे भारत पाकिस्तानके बीच सम्पन्न युद्धमे ई वीरतापूर्ण रणकौशल देखौलनि। परिणामस्वरूप हिनका अनेको अवार्ड भेटल। बादमे स्व० देवचन्द्र झाके भारतीय थल सेनाध्यक्ष द्वारा हिनका कैप्टनके पद पर पदोन्नति कयल गेल। वर्ष 1986ई० मे कुशलतापूर्वक सेवा निवृत्ति भेलाह।

हिनक प्रत्युत्पन्नमति एवं निष्ठावान चरित्रक कारण समाजमे सम्मानित रहलाह। वर्ष 1989ई० मे श्री श्री 108 सार्वजनिक दुर्गा पूजा समिति, चकौतीके अध्यक्ष पदके सुशोभित कयलनि। ई सेवानिवृत्तके उपरान्त सतत सामाजिक कार्यमे लागल रहलाह। सेवा निवृत्तिके उपरान्त ई अपन पुरनका डीह सँ हटि कऽ

पकटोला जाय वाला रास्ताके कातमे सुन्दर सन घर बनौलनि जतय रहैत छलाह। हिनक स्वभाव निश्छल एव सत्य वक्ता छलाह।हिनकामे लाई लपटी वाला स्वभाव नहि छल। ई अंतिम समय तक साइकिलसँ चलैत छलाह। दुर्गा पूजाके सए वर्ष पर्ण भेलाक अवसर पर "दुर्गा स्मृति स्मारिका" निकालवाक निर्णय भेल छल। ओहि लेल एक स्मारिका समितिके गठन भेल छल जकर सदस्यके रुपमे हिनको नामित कयल गेल छल। एहि पद पर रहैत ओ स्वर्ग वासी भेल छलाह।

एक बेरके घटना अछि, गावमे कहीसँ एक तेंदुआ आबि गेल जकरा मारवाक लेल भरि गाँवक लोग हैरान छल। मुदा कैप्टन साहेबके निशानासँ भला ओ कोना बचि सकैत छल। ओ तेंदुआ कतेकोके घायल कऽ चुकल छल। जखन हिनका शरीरमे फौजी खून सवार भेल तऽ बाँसक एक डंडाके प्रहार कयलनि जाहिसँ ओकर हिम्मत टुटि गेल।फेर अनेको व्यक्तिक मारिसँ तेंदुआके साँस रुकि गेल।

स्व० देवचन्द्र झा जी अपन पाछू दू पुत्र श्री विनोद कुमार झा, श्री मनोज कुमार झा एक पुत्री एवं पत्नी श्रीमती लक्ष्मी देवी के छोड़ि गेलाह। हिनक अंतिम संस्कार अपन मकानके बगलमे अवस्थित बगानमे भेल जाहिमे 15 बिहार रेजीमेंट, दानापुरसँ आयल सेना लोकनि द्वारा गार्ड आफ आनर देल गेल। मुखाग्नि पैघ पुत्र श्री विनोद कुमार झा द्वारा देल गेल। हिनक मृत्यु पर हमरा द्वारा कविताके माध्यमसँ देल गेल श्रद्धांजलि के देखल जाय -

वीर सपूत

वह वीर चीर निद्रा में सो रहा।

जिसे देख दुश्मन सो न सका॥

भारत के लाल रौशन है नाम।

धन्य हो गया यह चकौती ग्राम॥

तेरा नम्र स्वभाव कड़क जबाब।

लम्बी काया हिम्मत लाजबाब॥

हम समर्पित तुम्हें करते सुमन।

हम करते विदा शत शत नमन॥

डॉ पंकज कुमार झा

श्री विनोद कुमार झा भारतीय जीवन बीमा निगमसँ वर्ष 1993 ई० सँ अपन सेवा आरम्भ कयलाह। एहिमे कार्य करैत ई उच्च क्षमतायुक्त क्लवके सदस्य बनलाह। हिनका तीन पुत्री एवं एक पुत्र अछि। तीनू पुत्री काफी संस्कारी। पुत्र विश्वजीत नौकरी हेतु परीक्षाके तैयारी कय रहल छथि। स्व० देवचन्द्र झाके दोसर पुत्र श्री मनोज कुमार झा छथि जे दू वर्षके कोर्स कय स्वास्थ्य डाइग्नोसिसके क्षेत्रमे कार्यरत छथि। ई अपन कर्म भूमि बरौदाके बनौलनि। ओतहि मकान क्रय क' रहि रहल छथि। हिनका दू पुत्र अछि। श्री मानस झा एवं श्री प्रसीत झा। श्री मानस झा National Institute of Design के कोर्स कय रहल छथि। प्रसीत जी वर्ग नओके छात्र छथि।

नचारी झाके तीन पुत्र भेल। जे क्रमश: सतंजीव झा, चिरंजीव झा एवं अस्तानन्द झा भेलाह।

चिरंजीव झा अपन सासुर कोरियाहीमे रहि गेलाह।

संतलाल झा नावल्द भेलाह। जखन कि विसुनदेव झाके दू पुत्र भेल। प्रथमके नाम दरवदेव झा छल। दोसर पुत्रके नाम नरेन्द्र झा (लड्डू झा) छल।

स्व० दरदेव झाके दु पुत्र छल जिनक नाम स्व० मोद नारायण झा एव श्री संतोष झा अछि। मोद नारायण झाके एक पुत्र छनि जिनक नाम नरेश झा अछि।

स्व० नरेन्द्र झा (लड्डू झा) के तीन पुत्र क्रमशः श्री विनोद कुमार झा, श्री रमन झा एवं श्री अपूर्व झा अछि। श्री विनोद कुमार झा दिल्लीमे रहि अपन जीवनयापन कऽ रहल छथि। अन्य के विषय मे जानकारी नहि भऽ सकल।

रामधन झाक दोसर पुत्र जाना झाके तीन पुत्र छल जिनकर नाम क्रमशः हरिवंश झा, सुवंश झा एवं बैजू झा राखल गेल।

हरिवंश झाके पुत्र नहि भेल। सुवंश झाके एक पुत्र छल हुनक नाम टुनाई झा परल। टुनाई झाके सेहो पुत्र नहि छल। बैजू झाके एक पुत्र भेलनि जिनक नाम राजदेव झा छल। जखनकि राजदेव झाके एक पुत्र विमल झा अछि।

रामधन झाक तेसर पुत्रके नाम नचारी झा छल। नचारी झा बहुत मेहनती एवं कर्मठ व्यक्ति छलाह। हिनका खेतीके प्रति काफी अभिरुचि छलनि।मेहनतके बदौलत हिनका अन्य भाईके अपेक्षा बेशी उपजाबाड़ी होइत छल। परिणामत: ई धीरे-धीरे जमीन जायदाद नीक अरजलनि।

नचारी झाके तीन गोट पुत्र छल। जिनकर नाम क्रमशः

1. सतंजीव झा, 2. चिरंजीव झा एवं 3. अस्तानन्द झा छल
   सतंजीव झाके पाँच पुत्र छल जिनक नाम एहि प्रकार अछि।

1. बचन झा 2. कुलान्द झा 3. वेदानन्द

4. सदानन्द झा 5. दयानन्द झा

बचन झाके एक मात्र पुत्र भेल। नाम छलनि राजेश्वर झा। राजेश्वर झाके दू पुत्र छनि

1. कोमल झा
2. श्री टन्ना लाल झा

कुला नन्द झाके एक पुत्र अछि। श्री गोखुल झा।श्री गोखुल झाक जन्म 1945ई० मे भेल छल। ई काल गृहस्थके रुपमे जानल जाइत छथि।अपन मेहनत और परिश्रमके बदौलत नीक उपजा बाड़ी कयलनि। ई सदा दूधारू जानवर रखलनि। अपन परिश्रम एवं निपुण मैनेजमेंटके बदौलत नीक चास अरजलनि। हिनक शरीरी छओ फीट लम्बा अछि। हिनका शरीरमे शक्ति सेहो बढ़िऑं अछि। ई लगातार 1966 ई० सँ कुशलतापूर्वक अपन माथ पर उठा कय दुर्गा माताके जल प्रवाह वर्ष 2014 ई० धरि करैत रहलाह। ई भगवती के अनन्य उपासक छथि। हलाँकि हिनका इसकुली शिक्षाके अभाव अछि। मुदा हिनका व्यवहारिक ज्ञान बहुत नीक अछि। गाममे किनको द्वारा पैघ भोज आदिके कार्य होइत छल तऽ बिनु कहने श्री गोखुल झा बारिकक कार्य लेल तत्पर रहलाह। ई अपन सभ बालकके शिक्षा देलनि।

हिनका तीन पुत्र अछि। प्रथम पुत्रके नाम श्री विजय कुमार झा एवं दोसर पुत्रक नाम श्री अरुण कुमार झा एवं तेसर पुत्र के नाम श्री ललित झा छनि।

श्री विजय कुमार झा बी. ए. धरि शिक्षा ग्रहण कय गामहिमे चिकित्सा क्षेत्रमे जनताके सेवा कय रहल छथि। संगहि राजनीतिके क्षेत्रमे सेहो सक्रिय रहैत छथि। अधुना श्री विजय कुमार झा श्री श्री 108 सार्वजनिक दुर्गा पूजा समिति

चकौतीके वर्तमानमे लगातार तीन वर्षसँ अध्यक्ष छथि। दुर्गा पूजाके सताब्दी समारोह हिनके अध्यक्षतामे मनाओल गेल।

श्री विजय कुमार झाके दू पुत्र छनि जे कम्प्यूटर इंजीनियर छथि। जाहिमे जेठ बालक विदेश मे कार्यरत छथि। हालहिमे बंगलौर शहरमे फ्लैट खरीद कयलनि अछि।

वेदानन्द झा के एक पुत्र छथि जिनकर नाम श्री महाकान्त झा (मोफिल झा) छनि। श्री मोफिल झाके पाँच पुत्र छनि। प्रथम पुत्रके नाम श्री भाग्य नारायण झा छनि जे दिल्लीमे कार्यरत छथि। दोसर पुत्र कालकलवित भेलाह। तेसर पुत्रके नाम श्री बाबू साहेब छनि। ई दुर्गा पूजा समिति के सचिव अनेको वर्षसँ छथि। चरिम पुत्र श्री कौशल झा छथि सबसँ छोट पुत्र सेहो दिल्ली रहैत छथि।

सदानन्द झा भगवतीके बलिकट्टाके रुपमे विख्यात छलाह। ई छोटे खूट्टीके जवान छलाह। देखैत गौरवर्ण एवं हँसमुख चेहरा छलनि। हम सदा सँ हिनके बलिप्रदान करैत देखलहूँ वर्ष 1985 ई० मे हिनक मृत्यु रहस्यपूर्ण तरिका सँ भऽ गेल जकर विस्तृत जानकारी दुर्गा पूजाके इतिहास वाला अध्यायमे भेटत। सदानन्दके पाँच पुत्र छनि।

1. श्री सुशील झा 2. श्री नूनू झा 3. श्री सुन्दरलाल झा 4. श्री सुरेन्द्र झा 5. श्री देवेन्द्र झा।

वर्तमान मे श्री देवेन्द्र झा भगवतीके बलिकट्टा छथि। हिनका ई शक्ति माता दुर्गा जीके द्वारा सपनौती भेटल अछि। एकर प्रमाण हम देखने छी। एहि सभ सत्य घटनाके वर्णन दुर्गा पूजाके इतिहास वाला अध्यायमे भेटत।

दयानन्द झाके चारि पुत्र छनि-

1. नथुनी झा 2. भूखन झा 3. पल्टू झा 4.बटोही झा

चिरंजीव झाके एक पुत्र छलनि जिनकर नाम छलनि बैकुराज झा।

बैकुराज झाके दू पुत्र भेलनि - 1. चक्रधर झा(योगी झा) 2. गुनानन्द झा।

चक्रधर झाके दू पुत्र छल - 1.तिरपित नारायण झा 2.राम नारायण झा।

तिरपित नारायण झा अपना जमानाके बलिष्ठ व्यक्ति छलाह। पूर्वमे हिनके द्वारा दुर्गा माताके माथ पर उठा कऽ जल प्रवाह कयल जाइत छल। हिनका दू पुत्र भेलनि। स्व० सुबोध कुमार झा। जे हिनकर पट्टीमे प्रथम मैट्रिक पास कयनिहार छलाह। ई अपन पेशा चिकित्सा क्षेत्र मे रखलनि मुदा कालकलवित भेलाह। हिनक छोट भाई बाहर मे कार्यरत छथि।

राम नारायणके विषय मे जानकारी ज्ञात नहि भऽ सकल।

गुनानन्द झा बहुत व्यापक लोग छलाह। ई बेशीकाल कालेजक लॉजमे मेस चलेवाक काज कयलनि। हिनका चारि बालक छनि।

1. श्री धैर्य कान्त झा 2. श्री उमा झा 3. श्री नवोनाथ झा 4. भोगी झा
अस्तानन्द झाके पाँच पुत्र छलनि जे एहि प्रकार अछि।

1. चक्रधर झा 2. गुनानन्द झा 3.मुनान्द झा 4. तुलानन्द झा 5. नागेश्वर झा
चक्रधर झा एवं गुनानन्द झा नावल्द छलाह।

परन्तु मुनान्द झाके चारि पुत्र अछि -

1. बैद्यनाथ झा 2. श्री विन्देश्वर झा 3. श्री मदन झा 4.श्री सज्जन झा।
तुलानन्द झाके एक मात्र बेटी भेलनि जिनक नाम हीरा देवी छल।

नागे झाके एक पुत्र श्री जयशिव झा छथि।

एवं प्रकारे उमा मिश्र के प्रथम पुत्री के पति दुर्गा दत्त झा सरिसवे खँगूर पूवारि पारक श्रोत्रिय ब्राह्मणके सखा सन्तान लोकनिक वंशावलीके संग विस्तृत वर्णन कयल गेल।

अध्याय : 06. उमा मिश्रके दोसर, तेसर एवं चारिम पुत्रीके वंशावली

उमा मिश्रक दोसर बेटीक विवाह हरिअम्वे रखवारी मूलक ब्राह्मणसँ कयल गेल। उमा मिश्रक एहि जमायके नाम ज्ञात नहि भऽ सकल। हिनके सखा संतान बालकृष्ण मिश्र भेलाह। हुनका दू पुत्र भेल। पहिल महेश मिश्र, तथा दोसर पुत्रसँ भवेश मिश्र भेलाह। भवेश मिश्रक पुत्र पुरुषोतम मिश्र छथि। महेश मिश्रके तीन पुत्र भेल। प्रेमचन्द्र मिश्र एवं अन्य लोकनि भेलाह। हिनका लोकनिमे गरबीके कारण शिक्षाके अभाव रहल। गामहिमे रहि जीवन यापन कय रहल छथि।

उमा मिश्रक तेसर पुत्रीक विवाह सेहो नीक खानदानमे भेल। जिनकर विस्तृत जानकारी उपलब्ध नहि भऽ सकल। एतबाटा जानकारी भेट सकल जे उमा मिश्रक एहि बेटी के पुत्र नहि भेलनि मात्र एक बेटी भेल जाहिके सखा सन्तान वैद्य ठाकुर छथि। हुनक पुत्र मिथिलेष -विमल लोकनि छथि।

उमा मिश्रक चारिम पुत्रीक विवाह उच्च कुलमे कतय भेल, किनकासँ भेल, की हिनक मूल छल तथा हुनक पुत्रके की नाम छल तकर विवरण अनुपलब्ध अछि।ओना ई पूरा जानकारी पॅजिकार लग अवश्य

होयत। एहि वंशमे कतेको विद्वान पुरुष छथि जाहिमे श्री शुभचन्द्र झा, श्री श्याम झा विभिन्न विषयक पुरोधा व्यक्ति छथि। अगर ई निज बुद्धिके एहि दिशामे लगा चिन्तन करैथ तऽ ई सभ जानकारी भेटब कोनो मुश्किल नहि अछि।

एताबता ई हम कहि सकै छी प्राप्त जानकारी के अनुसार इहो बेटी चकौतीमे रहलीह तथा नूनथारके अपन वास स्थान बनौलनि। हिनक सखा संतान घुरन झा भेलाह। घुरन झाके एक पुत्र एवं तीन पुत्री छल। पुत्रक नाम शोभा कान्त झा छल। शोभा कान्त झाके दू पुत्र भेल। प्रथम पुत्र भोला झा एवं दोसर पुत्र हरवीर झा छल।

भोला झाके पुत्रके नाम अबध नारायण झा छल। हिनकर पुत्र भैरब झा, रामकुमार झा, कैलाश झा आदि छथि। जखन कि हरवीर झाक दू पुत्र भेलनि जिनकर नाम क्रमश: तेजनारायण झा एवं काली झा भेलाह। हुनक पुत्र क्रमश: श्री श्याम झा एवं अन्य भाइ भेलाह तथा श्री देवन झा, श्री ललन झा लोकनि छथि।

घुरन झा अपन तीनू बेटीके विवाह नीक कुलशीलमे करौलनि एवं चकौती मे बसेलाह।

पहिल बेटीके विवाह प्रांगण झासँ भेल जे सतलखा वासी छलाह। हिनक मूल सतलखे सतौर छल, गोत्र काश्यप छल। हुनका चारि पुत्र भेल।

1.जय कान्त झा 2.कमला कान्त झा 3.मधुकान्त झा 4.विजय कान्त झा राखल गेल।

जयकान्त झाके वंशावली

जयकान्त झाके एक पुत्र भेल जिनकर नाम नन्द किशोर झा @ मुशहर झा छल। ई बहुत बुद्धिमान व्यक्ति छलाह।हिनका शिवचन्द्र झासँ बहुत स्नेह छल। दुनू गोटेके साथ बैसब उठब रहैत छल।

नन्द किशोर झा (मुशहर झा) के एक पुत्र भेल जिनक नाम केदारनाथ झा छल। ई बहुत कम उम्रमे स्वर्ग वासी भऽ गेलाह। हिनका एक पुत्र अछि जिनकर नाम श्री वेचन झा अछि। श्री वेचन झाके विवाह गामेमे त्रिवेणी ठाकुरके परिवारमे भेल अछि। ई दुर्गा माताके अनन्य भक्त छथि। सम्पूर्ण गामक तरफसँ इएह पूजाक संकल्प प्रति वर्ष लैत छथि। दुर्गा माताके मन्दिर निर्माणमे हिनक शारीरिक परिश्रम अद्भुत रहल। ई सतत गैरुआ वस्त्रमे रहैत छथि। हिनका चारि पुत्र अछि।

1. श्री कुन्दन कुमार झा @लाल बाबू ई गाममे रहि आटा मीलके संचालित करैत छथि, संगहि खेती-बाड़ी एवं गोपालन हिनक कार्य अछि। हिनक एक मात्र पुत्र श्री विट्टू कुमार झा छनि।

2.दोसर पुत्रके नाम श्री जसवन्त कुमार झा छनि। ई दिल्ली मे कार्यरत छथि।हिनक पुत्रके नाम श्री विवेक कुमार झा छनि। एक पुत्री सेहो छनि।

3.ललित कुमार झाके एक पुत्र छल जे स्वर्ग वासी भऽ गेल। एक बेटी छनि। निर्मल कुमार झाके दू बेटा श्री राहुल कुमार झा एवं रोहन कुमार झा छनि।

कमलाकान्त झाके वंशावली

कमलाकान्त झाके एक पुत्र भेल जिनक नाम स्व० अनिरुद्ध झा (कटकु बाबू) राखल गेल। स्व० अनिरुद्ध झा (कटकु बाबू) खूब नीक लोक छलाह। ई बड इंतजामी व्यक्ति छलाह। हिनक विवाह लक्ष्मीपुर भेल छल। हिनक शरीर दुबरे पातर छल। शरीरक रंग श्याम वर्ण छल। सतत हँसैत चेहरा रहैत छल। हम कहियो हिनका तमसायल चेहरा नहि देखलियनि। तहिना हीरा सनक स्वभाव दाई के छलनि। डयौढी वा गामक अन्य व्यक्ति के Write off सिद्धांत पर जरुरतमंद के ऋण उपलब्ध करौलनि। खराब समयमे जे केओ हिनकासँ सहयोग माँगलक तकरा ओ भरपूर सहयोग कयलनि। समाजमे हिनक एहि योगदानके कखनहु बिसरल नहि जा सकैत अछि। ई अपन मेहनतसँ विरासतमे भेटल जमीनके बढेवाक काज कयलनि। गाममे पक्का मकान बनबौलनि। ई अपन तीनू पुत्रक बास्ते दरभंगामे जमीन सेहो क्रय कयलनि। हिनका नोसि सूँघबाक आदत छल। हिनक हिसाब बहुत मजबूत छल।

हिनक पुत्रक नाम एहि प्रकार अछि

1. श्री शुभचन्द्र झा 2. श्री देबचन्द्र झा एवं 3. डॉ० हेमचन्द्र झा अछि।

श्री शुभचन्द्र झा खूब प्रतिभावान एवं तेजस्वी व्यक्ति छथि। ई वर्ष 1967 ई. मे मैट्रीक पास केयलनि। वर्ष 1971 ई. मे सेन्ट्रल बैंक ऑफ इण्डियामे नौकरी हेतु परीक्षा पास कयलनि। बादमे फोरैंन एक्सचैंज आफिसरक पद प्राप्त कयलनि। जखन हिनक पोस्टिंग अशोका होटल दिल्लीमे छल तऽ ई नौकरी छोड़ि देलनि आ सामाजिक कार्यमे लागि गेलाह। मैथिलीके अष्टम अनुसूचीमे आनबाक लेल जे अंतिम प्रतिनिधिमंडल प्रधानमंत्री बाजपेयी जी सँ भेंट केयने छल ताहिमे श्री शुभचन्द्र झा सेहो छलाह। हिनका दू पुत्र अछि। जेठ बालक श्री भास्कर एवं छोट बालक के नाम श्री बिक्रम छनि। दुनू बालक अभियन्ता छथि। श्री भाष्कर IIT रूढ़की सँ Engineering के डिग्री प्राप्त कय भारत सरकारक अधीन भारत पेट्रोलियममे कार्यरत छथि। हुनका विशिष्ट सेवाक वास्ते इगलैण्डमे भारत सरकारक वित्त मंत्री श्रीमती निर्मिला सीतारामन द्वारा अप्रील 2016 ई० मे पीकॉक अवार्ड प्रदान कयल गेल अछि। श्री भाष्करके पुत्री सुश्री वैदेही मैट्रिक आई सी एस इ वोर्ड परीक्षामे भारत वर्षमे प्रथम स्थान प्राप्त कयलनि। अधुना भारतमे नीट परीक्षामे एक्कीसम स्थान प्राप्त कय एम्स दिल्लीमे अध्ययन कय रहल छथि। श्री भास्करके प्रथम पुत्री सेहो विधिके पढाई कऽ बम्बईमे अधिवक्ता छथि।

श्री विक्रम अमेरिकामे कार्यरत छथि। हिनकालोकनिक प्रतिभा अद्भुत अछि। श्री शुभचन्द्र झा अधुना चकौतीमे सुन्दर सन घर बनौलनि जाहिमे यदा कदा अवैत छथि। पत्नीके दिवंगत भेलाके कारणे काफी समस्यासँ जुझि रहल छथि। कखनहु दिल्ली, कखनहु अमेरिका, कखनहु दरभंगा एवं चकौतीके भ्रमण पर रहैत छथि। वर्ष 2023 के दुर्गा पूजाके अवसर पर सम्पादित स्मारिकामे हिनक लेख 'चकौती एक परिचय' तथा

'मिथिलाके नारी शक्ति' अद्भूत अछि। एहन विभूति के हम शत शत नमन करैत छी।

श्री देबचन्द्र झा गामहिमे रहैत छथि। हिनका एक पुत्र अछि जिनक नाम श्री आशुतोष कुमार झा अछि। ई दरभंगामे पान मशालाके फैक्ट्रीमे सेल सुपरभाइजरके पद पर कार्यरत छथि।

डॉ० हेमचन्द्र झा बेगूसराय कालेजमे कॉमर्स विषयक प्रोफेसर छलाह। जे वर्ष 2021 ई० मे कोरोना महामारीके शिकार भेलाह। हिनका एक पुत्र छल जे कमप्यूटर साइंसमे इंजिनियर छलाह ई मात्र 31 वर्षक आयुमे कोरोनाके कारण काल कलवित भऽ गेलाह। एक वर्ष पहिने हिनकर विवाह भेल छल। पिता, पुत्र एवं पुत्र वधूके निधन एक दिनक अन्तराल पर भेल। एहन अन्याय एहिसँ पहिने नहि भेल छल। हेमू बाबू हमर मित्र छलाह। मृत्युसँ करीब आठ दिन पहिने हमरा हिनका सँ गप भेल छल। प्रसंग छल कोरोना। पढ़ल जाय हुनक गपक किछु अंश - "अप्रैल 2021 के बात अछि। कोरोना भेक्शीन लेलाक बाद हमरा पैसाब बन्द जकाँ भऽ गेल। एहन स्थितिमे ज्येष्ठ पुत्र बंगलौर अवस्थित फोर्टिस हॉस्पिटलमे देखेबाक वास्ते लऽ गेलाह। संभवत: 18 अप्रैलकऽ हेमू बाबूके फोन आयल। पुछलनि जे पत्नी दिल्ली गेल छथि। हुनक दरभंगा अयबाक टिकट प्लेनसँ छनि। से कोरोनाके डर लागि रहल अछि। की कयल जाय। आबऽ दियनि वा टिकट कैन्शील करा दियनि। हम कहलियनि कोनो चिन्ताके विषय नहि किएक कि हम स्वयं तीन दिन पहिने बंगलौर प्लेनसँ अयलहूँ अछि। बहुत सावधानी रखैत छैक। आबऽ दियौन। पुन: हमर आपरेशन भेल। ओहिमे दुखद समाचार भेटल। हिनक पत्नी अकेला एहि

संसार रुपी स्टेज पर भगवानक देल रौलके दरभंङ्गामे रहि निभा रहल छथि। हिनका दू पुत्री सेहो अछि। छोट पुत्री बच्चाके इसकुल दरभंगामे चला रहल छथि जकर नाम " नन्ही दुनिया" अछि। दुनू बच्चीके विवाह दान खूब नीक वर घरमे कयने छलाह। हेमूबाबू सन व्यक्ति बहुत कम होइत अछि। हिनक स्वभाव मृदुल छल। ई पहिल व्यक्ति छलाह जे दुर्गा मंदिरके प्रांगणमे शौचालय निमार्ण वास्ते 10000 रुपैआ प्रदान कयने छलाह। एकर अतिरिक्त दुर्गा मंदिर निर्माण के समय सेहो 5001 रुपैआ सहयोग राशि देने छलाह। हमरा संग हिनक नीक घनिष्ठता रहैत छल। अपन जीवनकालमे खूब संघर्ष कयलनि। जखन सभ किछु अनुकूल भऽ गेल छल तऽ ई दरभंगामे आलिशान भवन बनबौलनि मुदा भोग नहि कऽ सकलाह। जखन हिनक सुखक समय आयल छल ओहने समयमे ई चलि वसलाह। अखन हिनका सात वर्ष नौकरी वॉचल छल।

मधुकान्त झा एवं विजय कान्त झा नावल्द छलाह।

ठक्कू झाके वंशावली

घुरन झाके दोसर पुत्रीके विवाह ठक्कू झासँ भेल छल। ठक्कू झाके मूल सदरपुरिये महिया छल (पुवारि पारक श्रोत्रीय ब्राह्मण छलाह)। हिनका दू पुत्र भेल

1.रघुनाथ झा 2.जगन्नाथ झा।

रघुनाथ झाके पाँच पुत्र भेलनि।

1.पुरन्धर झा 2.हर्षित झा 3.परमेश्वर झा 4.धनञ्जय झा 5.बाबू लाल झा।

पुरन्धर झाके पाँच पुत्र भेलनि।

1. नागेन्द्र झा 2. वकील झा 3.भोगेन्द्र झा 4.सुशील झा 5. राजेन्द्र झा।

स्व० नागेन्द्र झाके दू बेटा एवं एक बेटी छनि। वकील झाके एक बेटी छनि। भोगेन्द्रके तीन बेटा नुनू, चन्दन, छोटका छनि। सुशील नावल्द छथि तथा राजेन्द्र स्वर्गीय भऽ गेल छथि।

हर्षित के कम उम्रमे मृत्यु भऽ गेल। परमेश्वर झाके दू बेटा छनि। भोला झा एवं विष्णु झा दुनूके एक बेटा एवं एक बेटी छनि। ई सभ बम्बईमे रहैत छथि।

धनञ्जयके दू बेटा छनि। प्रथम के नाम विजय झा अछि। एवं दोसरके नाम संजय झा अछि। विजयके एक बेटा छनि एवं दू बेटी छनि। ईहो लोकनि बम्बइ के कर्म भूमि बनौने छथि।

बाबूजी झाके एक बेटा छनि जिनकर नाम दुर्गा झा @संतोष छनि एवं तीन बेटी छनि।

हिनका लोकनिक मातृक फुलकाही अछि। फुलकाहीवाली काकीके स्वभाव अत्यन्त नीक छल।एहन आवेशी बिरलेक देखल जाइत अछि। गाँवमे श्री बाबूजी एवं परमेश्वर झाके पूत्र नीक भवन बनौलनि अछि। पुरंघर झाके एक बहीन छनि जिनकर नाम सोन दाइ अछि। हिनको

स्वभाव अपन माय सद्दश अछि। किन्तु बहुत कम उम्रमे ई विधवा भऽ गेलीह। एक मात्र हिनका पुत्र छल सेहो कालकलवित भऽ गेल। ई सभ हमर सभक दियाद छथि। जाहि कारणे एहि परिवारसँ बहुत स्नेह रहैत अछि।

जगन्नाथ झाके चारि पुत्र भेलनि।

1. बिहारी लाल झा, हिनका दू पुत्र छनि। श्री भगवान झा एवं श्री विमल झा। श्री भगवान झा हिन्द मोटर कम्पनी, कलकत्तामे कार्यरत रहलाह। सेवा निवृत्त भेलाहके बाद कलकत्ते रहैथ छथि। श्री विमल झा सेहो कलकत्तामे व्यवसायरत छथि। हिनका दुनू भाइके एक बेटा एवं एक बेटी अछि।

2.पशुपति झा, ई बहुत नीक व्यक्तित्वके लोक छलाह। हिन्दमोटरमे कार्यरत रहलाह। हिनका दू पुत्र अछि।

श्री अनिल झा, हिनका दू बेटा अछि। दोसर राजेश झा हिनका सेहो एक बेटा एक बेटी अछि।

3.प्रबोध झा, ई भारत सरकार के मलेट्री छलाह। हिनका दू बेटा और एक बेटी अछि।

4.श्री बालवोध झा, हिन्दमोटरसँ सेवा निवृत्त भेल छथि। कलकत्तामे पुत्र लग रहैथ छथि। हिनका दू पुत्र श्री अशोक झा एवं श्री राजेश झा छनि। ईहो दुनू भाई कलकत्तामे व्यवसायरत छथि। श्री राजेशके एक बेटा एवं एक बेटी छनि।

घुरन झाके तेसर पुत्री सँ फेकन मिश्र एवं मोसाफिर मिश्र लाकेनि भेलाह। हिनका सभहक बास नूनथार पर भेल।

फेकन मिश्र हमर उपनायनक गुरु छलाह। ई अपना समयके काल गृहस्थके रुपमे विख्यात छलाह। स्कूली शिक्षा हिनका नहि छल मुदा भागवत, रामायण, महाभारतके कथा हिनका याद छल।

हिनक जेठ भाइके नाम नवचन्द्र मिश्र छल। नवचन्द्र मिश्र कलकत्तामे रहि अर्जन कयलाह। हिनका एक मात्र पुत्र श्री राधे श्याम मिश्र छलैथ। राधेश्याम के शिक्षा साधरणे रहल। अपन जिविकाके लेल कलकत्ताके कर्म भूमि बनौलनि।

ताहिसँ छोट भाइ, फेकन मिश्र छलाह। हिनका दू पुत्र भेलनि। जेठ स्व० बटोही मिश्र छलाह। हिनक एक पुत्र श्री छोटू छथि।

तेसर स्थान पर महाजन मिश्र छलाह। ई कलकत्तामे रहि कपड़ाके व्यवसाय करैत छलाह जाहिसँ नीक अर्जन कयलनि। हिनक पुत्र लोकनि ओहि व्यवसायमे संलग्न छथि

सभसँ छोट भाइ महारूद्र मिश्र @गरीब मिश्र भारत सरकार के थलसेनामे सेवा देलनि। हिनका लगातार सातगो पुत्री भेल छल।

एहि तरहे कहि सकै छी जे एहि परिवारमे शिक्षाके अभाव रहल।

मोसाफिर मिश्र फेकन मिश्रके पितिऔत एवं दियाद छलैथ। अधुना श्री पवन मिश्र हिनक पुत्र गाँवमे छथि। ई सभगोटे हमर पौखरिक भीड़ पर वास बनौने छथि।

श्री शुभ चन्द्र झा, श्री वेचन झा, पुरन्धर झा एवं बिहारी लाल आदि लोकनिक वास हमर पोखरिक पश्चिमी भीड़ पर छनि जखन कि फेकन मिश्र एवं मोसाफिर मिश्रके वास पोखरिक उतरबरिया भीड़ पर छनि।

पोखरिक भीड़पर रहनिहार एहि सभ घरके 'नुनथार' के नामे जानल जाइत अछि। नुनथार एकर किएक नाम परल एहि संम्बधमे कोनो जानकारी उपलब्ध नहि भऽ सकल। मुदा एहि नामकरण के पाछू जरुर किछु रहस्य होयत।

ओना एकर नामसँ बुझना जाइत अछि जे ई सब परिवार उमा मिश्रके भगिनमान के रूपमे एतय बसल छथि। अस्तु हिनका लोकनिके बीच एक विशेष सम्बन्ध अछि।कोनो उत्सव पर भोजक आयोजन होइत अछि तऽ एहि परिवारके कोनो स्थितिमे निमंत्रित जरूर देल जाइत अछि। ई परम्परा अखनो अछि। अर्थात 'नून' सँ तात्पर्य अछि भोजन एवं थारके मतलब थाली अछि। अर्थात भोजनक थाली एहि परिवारके बीच अवश्य साँझ करबाक परम्परा रहल। ते अखनो एकरा नुनथारसँ सम्बोधित कयल जाइत अछि।

किछु गोटेके कहब अछि जे बहुत पूर्वमे एहि स्थल पर नूनक व्यवसाय होइत छल। तैँ एकर नाम नूनथार परल। जे हो परन्तु नुनथारवासीके बीच अखनो घनिष्ठ सम्बन्ध बनल अछि।

अध्याय : 07 गूजन मिश्र, कन्त मिश्र, रघु मिश्र, डोमन मिश्र किशोर मिश्रके वंशावली

गूजन मिश्र के एक पुत्र छल जिनक नाम घरभरन मिश्र छल। हिनक पुत्रक नाम हठे मिश्र छल। हिनका चारि पुत्र भेल। जिवेश्वर मिश्र, कामेश्वर मिश्र, धनेश्वर मिश्र एवं मानेश्वर मिश्र।चारु भाइके शिक्षा नहि देल गेल छल जाहि कारण ई चारु गोटे निरक्षर छलाह। मुदा चारु भाइ विचारवान छलाह। जिवेश्वर मिश्रके पुत्र श्री कूशेश्वर मिश्र छथि। कामेश्वर मिश्रके पुत्र धिरेश्वर मिश्र छथि।धानेश्वर मिश्रके पूत्र श्री बालेश्वर मिश्र जे अप्रैल 2024 मे स्वर्ग लोक चलि गेलाह। जखन कि मानेश्वर मिश्रके पुत्र श्री अभिराम मिश्र छथि जे सासुरमे बैसि गेलाह।

गूजन मिश्रके एक पुत्री सेहो छल। ओहि पुत्रीसँ कन्हैयालाल मिश्र भेलाह। जिनका एक पुत्र दरबारी मिश्र भेलाह। दरबारी मिश्रके पुत्रक नाम तुरंतलाल मिश्र छल। सृष्टि मिश्र हिनके पुत्र छलाह। सृष्टि मिश्र वर्ष 1951ई० मे मैट्रिक पास कयने छलाह।ओहि समय हिनका पुलिस सब इंस्पेक्टरके नौकरी भेल छल, मुदा पिता हिनका नौकरी नहि करऽ देलाह। ओ खेती आधुनिक ढ़ंग सँ करैत छलाह।हुनकर खेती एवं उपजाके काफी बड़ाइ होइत छल। जाहि कारणसँ हिनको लोक कालगृहस्थके नामे सम्बोधित करैत छल। हिनका दू विवाह भेल छल। पहिल पत्नीसँ श्री लक्ष्मीकान्त मिश्रके जन्म भेल एवं दोसर पत्नीसँ तीन पुत्र

एक पुत्री के जन्म भेल। पुत्रक नाम श्री राधाकान्त, स्व० मोतीकान्त मिश्र एवं श्री धीरा कान्त मिश्र अछि। मोती कान्त कालकलवित भेलाह। तीनू भाइके आर्थिक स्थिति खराब अछि। लक्ष्मी कान्त अधुना दिल्लीमे रहि एक मन्दिर पर अपन आश्रय बना कीर्तन, सुन्दरकाण्ड, पूजा, कर्मकाण्ड आदि करा अपन जीवन निर्वाह कऽ रहल छथि। हिनका एक मात्र पुत्र छनि जे दिल्लीमे काज कऽ रहल छथि। राधाकान्त गाँवमे रहि अपन समय खेती गृहस्थी कऽ जीवन यापन कऽ रहल छथि। धीरा अपन हुनर सँ बिजली आदिके क्षेत्रमे काज कऽ जीवन यापन करैत छथि।

कन्त मिश्रके पुत्रीसँ भेला ठाकुर लोकनि भेलाह। भोला ठाकुर आइ० टी० आइ० के माध्यमसँ ड्राफ्टमैनके शिक्षा ग्रहण कयने छलाह। जहिके आधार पर पटनामे बिल्डर्सके सङ्ग रहि गृह निर्माणके लेल नक्शा बनेनाइ तथा गृह निर्माणके पर्यवेक्षण करैत छलाह। इएह हिनक उपार्जनके साधन छल। एहिमे भोला ठाकुर नीक अर्जन कयलनि। गाँवमे घर बनेलाह। जमीन सेहो नीक अर्जन कयलाह। भोला ठाकुरके तीन पुत्र अछि। प्रथम पुत्रके नाम श्री सुमनजी अछि, दोसर पुत्रके नाम श्री कन्हैया जी तथा तेसरके नाम श्री रुनझुन जी (घरक नाम) अछि। तीनू लड़का चकौती छोड़ि एक इन्दौरमे छथि तऽ अन्य भाइ सेहो शहरमे रहि जिवकोपार्जनमे लागल छथि।

जखनकि रघु मिश्रके पोत्र डोमन मिश्र, किशोर मिश्र, ईश्वरनाथ मिश्र भेलाह। ईश्वरनाथ मिश्रके पुत्र हरिनारायण (शुट्ठ) मिश्र, लला मिश्र, सत्य नारायण (चुन चुन) मिश्र एवं सूर्य नारायण मिश्र भेलाह। सूर्य नारायण मिश्र शास्त्रीय गायनमे सिद्व हस्त व्यक्ति छलाह। ओ बेसीकाल दुर्गापूजामे अपन गायनसँ श्रोताके आनन्दित करैत छलाह। हुनक कार्यक्रम कलकता रेडियो स्टेशनमे सेहो होइत छल।हिनकर सखा सन्तान सभ बाहर रहि अपन जिवकोपार्जनमे संलग्न छथि। कतऽके छथि आ की करैत छथि तकर जानकारी नहि प्राप्त भऽ सकल।

सभसँ जेठ भाइके दू पुत्र भेलनि। प्रथम पुत्र श्री कुनू मिश्र एवं श्री भूवन मिश्र। दोसर लला मिश्रके बुच्चू मिश्र एवं गूड्डु मिश्र राखल गेल छल। बुच्चू बोकारो स्टील प्लांटमे कार्य करैत छलाह। ओ दरभंगामे अपन मकान बनौने छलाह।मुदा मकानक सुख नहि भोगि सकलाह आ स्वर्गवासी भेलाह। दोसर पुत्र श्री गुड्डू मिश्र छथि जे बचपनसँ स्वबलम्बी बिचारधाराके लोक छथि। ई अपन मेहनतसँ बोकारोमे शिक्षक छथि। तेसर सत्यनारायण मिश्रके दू पुत्र छनि। प्रथम श्री अवधेश मिश्र दोसर पुत्र श्री बुल्लू मिश्र। दुनू बाहर रहि जिवकोपार्जनमे संलग्न छथि। सभसँ छोट भाई सूर्य नारायण मिश्रके तीन पुत्र छनि। जेठ श्री बद्री मिश्र, माझिल श्री अशोक मिश्र एवं सबसऽ छोट श्री शंकर मिश्र छथि। हिनकेलोकनि द्वारा कालीजीके भव्य मन्दिरके निर्माण कराओल गेल अछि।एहि मन्दिरमे संगमरमर लगेवाक कार्य श्री भगवान ठाकुर जी यज्ञी मिश्रके जमाय द्वारा कयल गेल अछि।

डोमन मिश्रके बेटीके पौत्र मंगनू झा एवं खगू झा भेलाह।मगनू झाके पुत्र स्व० सुधीर झा, श्री राजधीर झा, श्री अमीर झा एवं श्री बटोही झा छथि। सुधीर झाके दू पुत्र छनि जे MBA कयलाक बाद दिल्लीमे नौकरी करैत छथि। श्री राजधीर झा अन्यत्र बैसि गेलाह। श्री अमीर झा गॅवमे रहि व्यवसायरत छथि जखन कि श्री बटोही झा सेहो बाहरे रहैत छथि।

खगू झाके दू पूत्र अछि। जिनकर नाम श्री गोविन्द झा एवं श्री भोगी झा अछि। दुनू गोटे गयामे बैसि गेलाह।

किशोर मिश्रके बेटीके नाम गूज्जू दाइ छल हिनक विवाह पं० नित्यानंद झा माड़र वासीसँ भेल छल। पं० नित्यानंद झा वत्स गोत्री पुवारि पारक श्रोत्रीय ब्राह्मण छलाह। हिनक मूल परिवार मंगरौनी छल। नीक कुलशील ब्राह्मण रहबाके कारण हिनका 22 टा विवाह भेल छल। जाहिमे एक विवाह चकौती छल। हिनका एक मात्र पुत्र भेल जिनकर नाम उपेन्द्र झा छलनि। हिनके पुत्र श्री

जितेंद्र झा भेलाह। ई बचपनसँ तेज तर्रार व्यक्ति रहलाह। ई केहनो समस्यामे घबराएवला व्यक्ति नहि छथि। उपेन्द्र झाके अकाल मृत्यु भेल छल। हिनकर मृत्युके बाद पुत्र जितेन्द्र आ हुनक मा जकरा स्नेहसँ बा कहैत छलाहके समक्ष घोर संकट उत्पन्न भऽ गेल छल। जमीनके नाम पर हिनका मात्र घरारी टा छल। मुदा ओहिसँ कोना जीवन वसर होइत। तकर बाद जितेन्द्र झाके समक्ष भोजनक समस्या उत्पन्न भेलाक कारणे अनेको तरहक व्यवसाय कऽ समयसँ जुझलैथ। बादमे सिंचाई विभागमे हिनका चतुर्थ श्रेणीमे नौकरी लागि गेल। तकर बाद स्थितिमे सुधार भेल। हिनक माता (बा) भोला बाबाके भक्त छलीह।तहिना हनुमान जीसँ बाके स्नेह छल। ओ प्रत्येक रविदिनकऽ गङ्गेश्वर जाइत छलीह। हुनके साधनाके बदौलत श्री जितेन्द्र झाके सभ प्रकारक समस्यासँ मुक्ति भेटल। आइ हिनका नीक चास अछि। नीक भवन अछि। माता बाके यादमे श्री जितेन्द्र झा अपन घरक प्रवेश द्वारके निकट भव्य हनुमान जीके मन्दिर बनबा स्थापित कयलनि अछि। वर्ष 2022ई०मे हिनका द्वारा श्रीमद्भागवत ज्ञान यज्ञके आयोजन करबाओल गेल छल। सेवा निवृतिके बाद ई सतत भगवानके पूजापाठमे लागल रहैत छथि।

हिनक जेठ पुत्रके नाम श्री मनोहर झा छनि जखन कि छोट पुत्र मुरली झा छथि। दुनू भाई व्यवसायरत छथि। हिनका लोकनिक वास अत्यन्त रमणीक जगह पर अछि। दुर्गा स्थानसँ अयबा काल हिनके घर पहिल अछि।

रघु मिश्र के दू बेटी सेहो छल। एक सँ पंडित जी टोल भेल हिनका लोकनिक मूल छल अखौरे ओरा। दोसर बेटीसँ फोचन, बलेल एवं रतीकान्त जी लोकनि भेलाह।

अध्याय : 08. पंडित जी टोलके इतिहास

चकौतीके उत्तर दिशामे एक टोल अछि जकर नाम पंडित जी टोल अछि। ई टोल बहुत सुन्दर एवं रमणीक स्थान पर बसल अछि। एहि टोलके चारु तरफ रंग विरंगक हरियर गाछ वृक्ष अछि। जाहिमे मुख्य रुपसँ आम, बेल, बाँस, महुआ, गम्हारि, कठहल आदिके अतिरिक्त अनेकों फूलक गाछ अछि। फूलक गाछ बारहो मास फूलसँ लदल रहैत अछि। लाल, पियर, उज्जर कनैलके गाछ भरमार अछि। गुलाब सभ रंगक अढ़ुल, बेली, चम्पा, चमेली, गुलदावरी, करवीर, चम्पा आदि फूलक वृक्षसँ ई क्षेत्र भरल अछि। फूलक सुगंध पर रंग विरंगक भौरा एवं तितली सभ रस चूसयमे तल्लीन रहैत अछि। गाछ- वृक्ष पर अनेक प्रकारक पक्षी घोसला बना कऽ रहैत अछि। एतय सरस्वतीके कृपा प्रसादके कारण शान्ति रहैत अछि। एहि टोलक सभ केओ एक दोसरासँ खूब स्नेहसँ रहैत छथि।आपसमे कोनो तरहक झगड़ा झंझट नहि देखल गेल अछि। एहिठाम जेबाके लेल मुख्य सड़कसँ रोड गेल अछि। एहि टोल पर एक छोट छीन पोखरि अछि जकर जल स्वच्छ एवं पवित्र रहैत अछि। एहि पोखरिमे कमल फूलके सुन्दरता देखते बनैत अछि। एहिमे अनेको पक्षी विहार करैत रहैत अछि। पोखरिमे स्नान लेल सुन्दर सनक घाट बनल अछि। मुदा वर्तमान समयमे ओ घाट क्षतिग्रस्त भऽ गेल

अछि जकरा मरम्मति करेवाक आवश्यकता थिक। पोखरिक पछवरिया भीड़ पर महादेवके सुन्दर सन मंदिर अछि जाहिमे भोला बाबाके लिंग स्थापित अछि। कहल गेल अछि जे विद्वानक धरती स्वत: अपन परिचय दऽ दैत अछि। एहिठामक जतेक व्यक्ति छथि ओ मृदुभाषी एवं हँसैत चेहरा वला भेटताह। किनको शरीर पर तनाव नहि देखि सकैत छी। एकर नाम पंडितजी टोल एहि द्वारे राखल गेल छल किएक त' एतय अनेको विद्वान भेलाह। आरंभमे हिनका लोकनिक वास ड्योढ़ीके सटले उतर तरफ छल। वर्तमानमे ओहि ठाम हिनके लोकनिक सखा सन्तान स्व० पक्षधर झा ओहि डीह पर रहैत छथि। स्थानाभावके कारण ई सभ अपन वास टोलवाके चुनलनि।

एहि टोल पर कतेको महामहोपाध्याय भेल छथि जे अपन विद्वताके बदौलत देशमे पूजित भेलाह। हुनकालोकनिक विद्याके दीपशिखा अद्यावधि देखल जा सकैत अछि। ओना तऽ एहि ठामक कतेको गोटे आब एतय नहि रहि रहल छथि। जतय जे अपन कर्म भूमि बनौलनि ओतहि रहि गेलाह।

प्रलय नाथ झाके वंशावली

एहि टोलक बीजी पुरुष जे छलाह हुनक नाम स्व० पंडित प्रलयनाथ झा (म०म०) छल। हुनक गोत्र भारद्वाज एवं मूल एकहरे ओरा अछि। ई पिंडारूछसँ चकौती आयल छलाह। प्रलयनाथ झा मिथिलाक सुप्रसिद्ध पंडित छलाह। हिनका दू गोट पुत्र छलनि। ई रघु मिश्रके प्रथम

पुत्रीके पति छलाह। चूंकि ताहि समय बेटीके विवाहके बाद नहिरेमे वास करेबाक प्रथा छल तैं चकौतीमे रहलीह।

प्रथम पुत्रके नाम संकल्प झा रहनि। संकल्प झाके सेहो एक पुत्र भेलनि जिनकर नाम जीवनाथ झा छल। जीवनाथ झाके एक मात्र पुत्र भेल जिनकर नाम मुसर झा राखल गेल। मुसर झाके दू बालक भेलनि। एकके नाम मयधर झा जे नावल्द भेलाह। दोसर पुत्र पक्षधर झा भेलाह। पक्ष धर झाके दू पुत्र छनि। जेठ श्री भाग्य नारायण झा एवं कनिष्ठ श्री हर्ष नारायण झा। ई दुनू भाई आब गामसँ बाहर रहि जीवकोपार्जन करैत छथि। संकल्प झा सँ पक्षधर झा धरि गाममे रहि खेती बाड़ी कयलनि। हिनका लोकनिमे शिक्षाके अभाव देखना गेल।

प्रलय नाथ झाके दोसर पुत्र स्व० पंडित हियालाल झा छलाह जे अपन विद्वता सँ महामहोपाध्यायके उपाधि प्राप्त कयने छलाह। महामहोपाध्यायके उपाधि साधारण नहि होइत छल। ई उपाधि लेल विद्वत मंडलीके द्वारा शास्त्रार्थ होइत छल। ओहिमे सफल भेलोपरान्त महराजके तरफसँ एहि उपाधिसँ सम्मानित कयल जाइत छल। पं० हियालाल झाके विद्वतासँ प्रसन्न भऽ तात्कालीन दरभंगा महाराज हुनका पुरस्कार स्वरूप बिहारी, नरौछ, जगाही टोल, बठौल, मलिकपुर आदि मौजे प्रदान कयलनि। एहि मौजेके अन्तर्गत जतेक जलकर, फलकर एवं उपजा योग्य जमीन छल ओहि सभसँ कर प्राप्त होइत छल।

<u>पंडित हियालाल झा</u> - के चारि पुत्र छलनि। सभ पुत्र संस्कृत साहित्य, वेद, पुराण आदि धार्मिक ग्रंथ, न्याय, मीमांसा आदिमे सिद्ध हस्त छलाह। हिनकालोकनिक ख्याति दूर-दूर तक फैलल छल।

1. पंडित बच्चु झा
2. पंडित फतुरी झा
3. पंडित काशी नाथ झा
4. पंडित चुम्मन झा, नैयायिक

पंडित बच्चु झाके वंशावली

अपन पिताके समान पं० बच्चु झा सेहो पैघ विद्वान छलाह। हिनको खूब यश प्राप्त भेल छल। इहो महामहोपाध्यायके उपाधि सँ सम्मानित भेल छलाह। बच्चु झाके एक पुत्र छल जिनकर नाम पं० अभय नाथ झा छल।

हिनका तीन पुत्र भेल।

(क.) पं० लक्ष्मी धर झा (ख) कृष्णधर झा (ग) हरी धर झा।

पं० लक्ष्मी धर झा अपन पूर्वजके प्रतिष्ठाके आगू बढ़ेवामे अहम भूमिका निभौलनि। ई काफी मेधावी छात्र छलाह। संस्कृतके शिक्षा प्राप्त कय बम्बई नगरीके अपन कर्म भूमि बनौलनि। पं० लक्ष्मी धर झाके संस्कृत साहित्य, व्याकरण, वेद, पुराण, तर्क शास्त्र, न्याय आदि पर समान अधिकार छलनि। बम्बई महानगरीमे हिनक ज्ञानके सभ लोहा मानैत छल। उपनिषद आदि विषयक ई स्तंभ स्वरुप छलाह। दक्षिण भारतके विद्वानसभ सेहो हिनक योग्यतासँ अविभूत भय शिर झुकवैत छलाह संगहि हुनका गुरु मानैत छलाह। हुनक एहन योग्यता पर भारतके राष्ट्रपति सम्मानित कयने

छलैथ। ओ जीवन पर्यन्त बम्बईमे रहलाह। जहिया कहिओ चकौती अयलाह तऽ हुनकासँ लोक भागवत सुनै छल। हुनक भागवत कहवाक छटा गजब छल। एक- एक श्लोकके व्याख्या जाहि प्रकारसँ करैत छलाह से हुनक बहुमुखी प्रतिभाके उजागर करैत छल। पंडित लक्ष्मी धर झाक मृत्यु वर्ष 1971ई० मे हृदयघातसँ भए गेल

हिनके पुत्र स्व० बालमुकुंद झा छलाह। स्व० बालमुकुंद झा संस्कृत साहित्य एवं व्याकरणसँ स्नातक कयने छलाह। ई बिहार सरकारके विद्यालयमे शिक्षक छलाह। हिनक विद्वता एवं शिक्षणकलाके देखैत शिक्षण क्षेत्रमे उत्कृष्ट प्रदर्शनके लेल सम्मान वास्ते चुनल गेलाह। ई सम्मान तत्कालीन प्रधानमंत्री स्व लालबहादुर शास्त्रीके द्वारा बाराणसीके संस्कृत विश्वविद्यालयके दीक्षांत समारोहमे हिनका प्रदान कयल गेल। शिक्षकके पदसँ सेवा निवृत्तिके बाद शेष जीवन गाममे वितौलनि। हिनक मुखमंडल पर सूर्य समान तेज रहैत छल जे बिरले लोकमे देखल जाइत अछि। ई अपन मितभाषी स्वभाव लेल जानल जाइत छलाह। बादमे हिनक स्वास्थ्य बहुत खराब रहय लागल। हारिकऽ शिक्षक पदसँ ऐच्छिक सेवा निवृत्ति लऽ लेलाह। हिनक मृत्यु वर्ष 2002ई० मे मात्र 58 वर्षक आयुमे भऽ गेल।

स्व० बालमुकुंद झाके एक पुत्र भेल जिनकर नाम श्री राजीव कुमार झा छनि। ई बचपनसँ मेधावी छात्र रहलाह। ई ब्रह्मपुर उच्च विद्यालय मे अष्टम वर्गसँ प्रथम स्थान प्राप्त करैत रहलाह। बादमे बीए आनर्स कए पूर्व मध्य रेल, पटनामे सहायक वित्त सलाहकार, महेन्द्रु घाटमे कार्यरत् छथि। हिनको स्वभाव - बात अपन पूर्वज सदृश छनि।

श्री राजीव कुमार झाके दू पुत्र छनि जिनकर नाम क्रमशः श्री अविनाश झा एवं श्री अभिषेक झा अछि।

श्री अविनाश झा इंजीनियरिंग मे स्नातक कयलोपरान्त सीजीआइ, बंगलूरूमे प्रबंधन सलाहकार विशेषज्ञके पद पर कार्यरत छथि। जखन कि छोट पुत्र श्री अभिषेक झा इंजीनियरिंगमे स्नातक कयलाक बाद एमबीए कय कऽ एओजी अस्ट्रेलियामे विपणन अधिकारी छथि।

श्री कृष्ण धर झा - के तीन पुत्र भेलनि।

(क) प्रकाश चन्द्र झा (ख) प्रभाश चन्द्र झा (ग) सुभाष चन्द्र झा

प्रकाश चन्द्र झाके एक पुत्र छनि जिनकर नाम अछि राहुल झा।

प्रभाश चन्द्र झाके सेहो एक पुत्र अछि जिनकर नाम छनि कन्हैया झा।

सुभाष चन्द्र झा सरकारी कालेजमे लेक्चरर छलाह। हुनक एक मात्र पुत्रके नाम अमन झा छनि। ओ B.Tec. कयलाक बाद MBA कयला। तदुपरान्त बंगलूरूमे कार्यरत छथि।

अभय नाथ झा - के तेसर पुत्र हरीधर झाके एक मात्र पुत्र भेल नाम छनि विकास झा। तहिना विकास झा के दू पुत्री पहिने भेलनि। प्रथम के नाम अर्पणा झा छनि जे B. Tech कयलाक बाद अपन इंजीनियर पति के संग सैन एंटोनियो, टेक्सासमे कार्यरत छथि। दोसर पुत्रीक नाम आभा झा छनि। ई अपन नामके चरितार्थ करैत अत्यंत प्रखर प्रतिभा वाली बेटी छथि। इंजीनियरिंग के पढ़ाई कयलाक बाद अपन इंजीनियर पति के संग अमेरिका मे कार्यरत छथि। एक पुत्र छनि नाम अछि आनन्द झा। श्री

आनन्द झासेहो अपन बहिनके सद्दश इंजीनियरिंग कयलाक बाद आइ टी सेक्टर मे कार्यरत छथि।

पं० हियालाल झा - के दोसर पुत्र पं० फतुरी झा सेहो अपना समयके नामी विद्वान छलाह। हिनको संस्कृत साहित्य, व्याकरण, उपनिषदके गंभीर ज्ञान छलनि। अपन योग्यताके बल पर इहो महामहोपाध्याय भेल छलाह। हिनका एक पुत्र छल जिनक नाम छलनि दुख मोचन झा। दुख मोचन झाके सेहो एक पुत्र भेल नाम राखल गेल भानु दत्त झा। भाल चन्द्र झा हिनके पुत्र छलाह। भाल चन्द्र झा अंग्रेजी शिक्षामे ई तत्कालीन समयमे एम० ए० कयनिहार व्यक्ति छलाह। हिनक विवाह स्वतंत्रता सेनानी स्व० अभय झा, प्रसादी टोलके पुत्रीसँ भेल छल। जबलपुरमे हिनक व्यवसाय छल।वर्तमानमे हिनके पत्नी श्रीमती रेणु झा गाम यानी टोलवा पर रहैत छथि।

भाल चन्द्र झाके एक पुत्र नानू भेलनि जे छात्रे अवस्थामे संसारसँ चलि बैसलाह।

हियालाल झाके तेसर पुत्रके नाम काशी नाथ झा छल।

काशी नाथ झा - आचार्य कयलोपरान्त काशी नरेशके द्वारा महामहोपाध्यायके पदवीसँ सम्मानित कयल गलाह। तदुपरान्त ओ काशी नरेशके ओहिठाम रहि नरेशक सलाहकारके रुपमे आसीन रहलाह।ओतय ओ कुम्मरजीक नाम सँ जानल जाइत छलाह।हिनका एक मात्र पुत्री भेलनि जिनकर नाम छलनि बाबा दाई देवी। हिनक विवाह पिन्डारुछ वासी पंडित नागेश्वर झासँ भेल छलनि। बाबा दाई देवी कनेदानी भेलीह। अर्थात ओ

चकौतीमे रहली। पंडित नागेश्वर झा संन्यास ग्रहण कयलाके बाद उच्चैठवास कयलनि।

बाबा दाइके वंशावली

हुनका दू पुत्र भेल। जेठ पुत्रके नाम नथुनी झा छल तथा कनिष्ठ पुत्रक नाम स्वयंवर झा राखल गेल।

पंडित नथुनी झा - ज्योतिषसँ आचार्य कयलनि तथा काशीमे ठाकुर प्रसाद झाके नाम सँ प्रसिद्ध भेलाह। बादमे सिवनी और कानपुरमे वास कयलनि। हिनके पुत्र वाचस्पति झा छलाह। जे रेलवेमे नौकरी करैत संगीत शास्त्रके अध्यायन कयलनि तथा रेडियो स्टेशनके सिद्धहस्त कलाकार भेलाह। ई कतेको बेर दुर्गा पूजामे अपन कार्यक्रम देने छथि। हिनक गायन हमहुँ सुनने छी। हिनका गायनके क्षेत्रमे कतेको सम्मान भेटल छल मुदा हिनक मृत्यु असमय भऽ गेल। बाचस्पति झाके दू पुत्र एवं एक जेठ पुत्री अछि। जेठ पुत्री संगीताके विवाह विहटके पाठकजीसँ भेल छल जे मैकेनिकल इंजीनियरिंग कऽ अमेरिकामे कार्यरत छथि। हिनक तीनू बच्चा शिक्षाके क्षेत्रमे नाम रौशन कयने छथि।

हिनक प्रथम पुत्र श्री संतोष झा पिताक स्थान पर सोनपुर रेलवेके अधीक्षक कार्यालयमे कार्यरत छथि। हिनका दू पुत्र रत्नेश झा, एमबीए, विपणन सलाहकार एवं रितेश झा, विधि स्नातक, अधिवक्ता छथि।

दोसर पुत्र श्री आशुतोष झा छथि। हिनको दू पुत्र अछि। जेठ मयंक झा तथा छोट अरब झा।

बाबादाईके दोसर पुत्रके नाम स्वयंवर झा छलनि।

स्वयंवर झा - के उच्च शिक्षाके अवसर नहि भेटलनि परन्तु अपन पिता पंडित नागेश्वर झाके पदचिन्ह पर चलि कर्मयोग एवं भक्ति योगके आश्रय धयलनि और सदाचार पूर्ण अपन जीवन निर्वाह कयलनि।

हिनका दू पुत्र रत्न प्राप्त भेल जेठ स्व० रामा कान्त झा छलाह। ई अपन प्रतिभासँ ओहि समयमे रुड़कीसँ कनीय अभियंताके डिग्री प्राप्त कयने छलाह और बिहार सरकारके सिंचाई विभागमे एसडीओके पद पर कार्यरत छलाह। सरकारी सेवा कुशलतापूर्वक सम्पन्न कऽ सेवा निवृत भेलाह। हिनका दू पुत्र अछि जिनकर नाम क्रमशः श्री प्रशांत झा एवं श्री सुशांत झा छनि।

स्वयंवर झाके दोसर पुत्र के नाम

श्री राधा कान्त झा छनि। ई भारत सरकारके विदेश मंत्रालयके अन्तर्गत निदेशक पदसँ सेवा निवृत भेल छथि। हिनका दू पुत्री अछि। बड़की बेटी के नाम डॉ० मदुला झा छनि। एमडी कयने छथि। वर्तमान मे वाशिंगटन, अमेरिकामे कार्यरत छथि।

दोसर बेटीके नाम श्रीमती मीनाक्षी झा छनि। ई एमसीए, कए सूचना प्रौद्योगिकीमे सलाहकार छथि। ई दिल्ली विश्वविद्यालयसँ बी० ए०

कयने छलीह। ओहि बर्ष अपना बैचमे टॉप कयने छलीह। यानी गोल्ड मेडलिस्ट छलीह।

हियालाल झा के चारिम पुत्रके नाम चुम्मन झा छलनि।

पंडित चुम्मन झा - लब्धप्रतिष्ठित न्यायायिक छलाह। ई दरभंगा महाराज लक्ष्मीश्वर सिंह के समय हुनक राज दरबारके शुशोभित करैत छलाह ओ आवधि 1880-98 ई० छल। महामहोपाध्याय श्री परमेश्वर झा अपन पुस्तक " मिथिला तत्व विमर्श" जे मैथिली अकादमी, पटना सँ प्रकाशित अछिके पृष्ठ संख्या 192 पर हिनका विषयमे उल्लेख कयने छथि।

विदित हो कि पंडित चुम्मन झा के तीन पुत्र छल जिनकर नाम क्रमशः (क) मदन मोहन झा, (ख) धनुर्धर झा एवं (ग) धरणी धर झा छलनि।

मदन मोहन झा

मदन मोहन झाके दू पुत्र भेलनि रमेश झा एवं उमेश झा।

रमेश झाके दू पुत्र छनि श्री चन्दन झा एवं रौशन झा दुनू भाई इंजीनियरिंग ग्रेजुएट छथि तथा सूचना प्रौद्योगिकी सलाहकार छथि।

उमेश झाके सेहो दू पुत्र छनि, जिनकर नाम श्री अमन झा एवं श्री हर्ष झा छनि।

धनुर्धर झा

पंडित धनुर्धर झा ज्योतिषाचार्य छलाह। हिनक ज्योतिष पर एहन पकड़ छल जे ई कोनो घटनाके निश्चित तिथि कहि दैत छलाह। ई आजीवन सनातन धर्मके अनुकूल जीवन निर्वाह कयलनि। आधुनिक समयमे हिनके द्वारा चारु आश्रमके अनुसरण करैत हम देखल। हिनक उम्र जखन 75 वर्ष भऽ गेल तऽ ओ घर त्यागि वनमे कुटी बना कऽ रहलाह। हिनक साधना अतेक उच्च कोटिके भऽ गेल छल कि कोनो व्यथित व्यक्ति हिनकासँ किछु पुछैत छल तऽ ओकर मात्र नाम पुछलाके बाद सभ समस्या एवं निदान बता दैत छलाह। ओ अपन मृत्युके भविष्यवाणी कयने छलाह जे हम अमुक दिन अमुक समयमे ई संसार त्यागि देव। एहन एहन सन्त हमरा समाजमे भेल छथि। हिनका हम शत शत नमन करैत छी।

पंडित धनुर्धर झाके दू पुत्र अछि। श्री प्रेमाकर झा एवं श्री कुशमाकर झा। ई दुनू भाई अधुना दिल्ली के कर्म भूमि बनौने छथि।

धरणीधर झा - हिनका सम्बन्ध मे विशेष जानकारी प्राप्त नहि भऽ सकल अछि।

एहि टोलक प्रसिद्धि पूर्वमे जे छल से वर्तमानमे देखवामे नहि अबैत अछि। ओकर मुख्य कारण अछि जे एहि ठामक विद्वान लोकनि गाममे नहि रहलाह अपितु जतय जिनका जिविका भेटल ओतहि ओ अपन रहबाक ठिकान बनौलनि।

लौटन झाके वंशावली

एहि टोल पर वर्तमानमे किछु परिवार रहैत छथि। लौटन झा एहि ठाम भगिनमानके रुपमे वास कयलनि। हुनक पुत्र सिंघेश्वर झा

भेलाह।हिनका एक मात्र पुत्र भेल जिनकर नाम अनन्त झा छल। अनन्त झा अपना जमानाके चर्चित पहलवान छलाह।ओ केहनो पारा वा साँढ़के अकेला पटैक दैत छलाह। अनन्त झाके दू पुत्र भेल एक पुत्र के नाम कृष्ण झा छल।ई अपन पिताके समान बलिष्ठ छलाह मुदा हिनका बजवाक शक्ति नहि छल। जन्मे सँ बौक छलाह तँ लोक हिनका बौका कहैत छल।

दोसर पुत्रक नाम योगीन्द्र झा छल। हिनका सभ योगी झा कहैत छल। ई बहुत काबिल लोक छलाह। हिनक प्रतिष्ठा समाजमे खूब छल। हिनका एक मात्र पुत्र अछि जिनकर नाम श्री सुबोध झा अछि। ई बहुत सात्विक विचार धाराके व्यक्ति छथि। हमेशा मुश्कुराइत रहैत छथि। एहन स्वभाव सन व्यक्ति बहुत कम भेटैत अछि। श्री सुबोध झाके दू पुत्र छनि। एक पुत्रके नाम श्री अनिल झा अछि त' दोसर पुत्रक नाम श्री अजीत झा अछि। अनिल गाममे हार्डवेयरके दुकान करैत छथि। हिनका दू पुत्र अछि जिनकर नाम श्री शिवम एवं दोसराक नाम श्री शुभम अछि। सुबोध झा के उम्र 73 वर्ष भ' गेल अछि एहि वर्ष ओ प्रपौत्री देख लेलनि। मनु स्मृतिमे लिखल अछि जाहि व्यक्तिके पुत्र होइत छनि ओ स्वर्ग अधिकारी भ' जाइत छथि। हुनका जखन पौत्र होइत छनि त' हुनका स्थाई स्वर्ग भेटैत अछि और जखन ओहि व्यक्तके प्रपौत्र वा प्रपौत्री होइत अछि तखन हुनका सूर्य लोकमे स्थान भेटैत छनि। एहि आधार पर श्री सुबोध झा सूर्यलोकके अधिकारी भ' गेलाह।

एकर अतिरिक्त एहि टोल पर पिताम्बर झा नामक एक ब्राह्मण छलाह जे अत्यंत गरीब छलाह। हिनका तीन पुत्र भेलनि।

श्री देवानन्द झा, श्री शोभा नन्द झा, श्री विद्या नन्द झा। श्री विद्या नन्द झा बम्बईमे कुशल पाकशास्त्री छलाह जखन कि श्री विद्या नन्द झा स्टेट बैंक ऑफ महाराष्ट्रमे कार्यरत छथि।

देवकान्त झा एवं नवकान्त झा दुनू सहोदर भाई छलाह। देवकान्त झा बी० ए० कयलाके बाद पोस्ट आफिसमे कार्यरत छलाह जखन कि नवकान्त झा ग्राममे रहि खेती बाड़ी करैत छलाह। दुनू भाईमे खूब स्नेह छल। देवकान्त झाके एक पुत्र जे पटनामे रसायन शास्त्रके योग्य शिक्षा प्राप्त कय कोचिंग चला रहल छथि।

खूबलाल झाके वंशावली

टोलवा सँ सटल मुख्य सड़कके कातमे एवं खवासक पोखरिक पूवरिया भीड़ पर खूबलाल झाके सखा सन्तान सभके वास अछि। खूबलाल झा सैसपुर वासी छलाह जिनकर गोत्र काश्यप एवं मूल दडिहरे राजनपुर अछि। हिनका सात विवाह छल। चकौतीमे हिनक विवाह दरबारी मिश्रके बहिनसँ भेल छल। तत्कालीन समयके प्रचलनके अनुसार दरबारी मिश्र अपन बहिनके कनेदानी बनेलनि। अर्थात चकौतीमे बसौलनि। प्रारम्भमे दरबारी मिश्र बहिनके अपने घरक बगलमे रखलनि। ओ जगह छल राधाकान्त एवं लक्ष्मी कान्तके बारी बादमे जगहके अभाव देखि ई लोकनि टोलवाके बगलमे अपन वास बनौलनि। खूबलाल झाके एक मात्र पुत्र छल जिनकर नाम छल राजकुमार झा।

राजकुमार झाके तीन पुत्र भेलनि -

(१) जगदीश झा (२) हरिदेव झा (३) दुख हरण झा। ई तीनू भाई गामहिमे रहि अपन जीवनयापन कयलनि। तीनू भाई देखैत अति सुन्दर छलाह। हिनका लोकनिक लम्बाई लगभग छओ फीट छल। कालक्रममे जगदीश झा टोलवा पर अपन वास बनौलनि। जगदीश झा एवं हरिदेव झा उन्नत कृषक छलाह। जगदीश झा 1971ई० मे भूमि विकास बैंकके सहयोगसँ बोरिंग गरबौने छलथि। ओहि समयमे जमीनके अन्दरसँ एहि तरहक पवित्र जल देख कऽ लोक आश्चर्य चकित रहैत छल। हुनकर बोरिंग पकटोलासँ पहिने रोडके पश्चिम छल। ओहिसँ तत्कालीन समयमे लोक खूब लाभान्वित भेल। ओहि कारणे ओहि इलाकामे एक नव जागृति आयल। सिंचाईके सुविधा भेलाके चलते आब सभ तीन तीन फसल उपजाबय लागल। पहिने एक या दू पसल होइत छल। सेहो सिंचाईके अभावमे मरहन्ना भऽ जाइत छल एवं प्रकारे हम ई कहि सकैत छी जे जगदीश बाबू किसानके लेल एक बहुत कल्याणकारी काज कयलनि। हलाँकि एकर कमजोर पक्ष ई रहल जे भूमि विकास बैंक एकर ततेक अधिक ब्याज रखने छल जकर भरपायी केनाइ बहुत मुश्किल साबित भेल जाहि कारणे ई बोरिंग सभ वरदानके बदला खास कए कऽ गरबाबय वला व्यक्ति लेल अभिशाप साबित भेल।

जगदीश झा के चारि पुत्र भेलनि।

(१)श्री अमरनाथ झा, (२)श्री रविन्द्र नाथ झा, (३)श्री विश्व नाथ झा एवं (४) श्री जीव नाथ झा।

श्री अमरनाथ झा - ई वर्ष 1975ई० मे मैट्रिक पास कयलनि तकर बाद B.Sc. कयलाक बाद दिल्ली मे MNC Company मे

कोर्डिनेटरके कार्य कयलनि। हिनक विवाह सोहराइ भेल छलनि। हिनका एक मात्र पुत्र छनि एवं दू पुत्री छनि। पुत्रके नाम दीपक कुमार झा छनि। ई अध्ययन कयलाक बाद स्वरोजगार करैत छथि। हिनकालोकनिक व्यवसायके क्षेत्र अछि इलेक्ट्रॉनिक सामानके बिक्री करब। बाकरगंज पटनाके कर्म भूमि चुनने छथि।

श्री रवीन्द्र कुमार झा - रवीन्द्र कुमार झा उच्च कोटिक Electronic के व्यवसायी छथि। ई बाकरगंजमे अपन दोकान खोलने छथि। हिनको एक पुत्र छनि जिनकर नाम आशीष कुमार झा छनि।हालहिमे हिनका दुर्घटना भऽ गेलनि।

श्री विश्वनाथ झा - इहो बाकरगंजमे Electronic के दुकान कयने छथि। परन्तु हिनका सन्तान नहि भऽ सकल।

श्री जीवनाथ झा - हिनको व्यवसाय बाकरगंजमे Electronic के दोकान छनि। हिनका एक मात्र पुत्र अछि जिनकर नाम दिव्यांशु कुमार झा

एहि तरहे हिनक परिवार एक जगह बाकरगंजमे व्यवसाय करैत छथि। सभ केओ नीक उन्नति कय रहल छथि। दू भाई श्री अमरनाथ झा एवं श्री रवीन्द्रनाथ झा पटेल नगरमे मकानमे रहैत छथि जखनकि श्री विश्वनाथ नाथ झा एवं श्री जीवनाथ झा पटना सीटीमे मकान बनौने छथि।

<u>स्व०हरिदेव झा</u> - ई खूब संसकारी व्यक्ति

छलाह। हिनक ललाटसँ प्रतिभा स्पष्ट झलकैत छल। ई काफी स्वाभिमानी, कर्तव्यनिष्ठ, मेहनती, धर्मपरायण छलाह। ई अपन दरवाजासँ

अन्यत्र कतहु नहि जाइत छलाह। हिनक अध्ययन कतेक छल एहि सम्बन्धमे जानकारी उपलब्ध नहि भऽ सकल मुदा हिनक व्यवहारिक ज्ञान विलक्षण छल। हरिदेव झा तत्कालीन समयमे अपन सभ पुत्रके नीक शिक्षा दिक्षा देलनि। हिनका तीन पुत्र छनि।

जेठ पुत्रके नाम श्री गोविन्द झा छनि जखन कि माझिल पुत्रक नाम श्री मुनीन्द्र झा छनि तथा कनिष्ठ पुत्रके नाम प्रबोध झा छनि।

श्री गोविन्द झा उच्च शिक्षा लेलाक बाद भारतीय वायुसेनामे पदाधिकारी पदसँ सेवा निवृत्त भेल छथि। हिनका एक पुत्र छनि जिनकर नाम श्री विमल कुमार झा छनि। ई IIT परीक्षा पास कय कऽ टाटामे vice president के पद पर कार्यरत रहला बादमे किछु दिन विदेशमे सेहो नौकरी कयलनि। परन्तु वर्तमानमे की करैत छथि तकर सूचना नहि प्राप्त अछि। पुनः हिनका कतेक सखा सन्तान अछि एकरो जानकारी नहि भेटल।

श्री मुनीन्द्र झा - बेनीपट्टी उच्चैठमे अवस्थित कालेजके प्राचार्य पदसँ सेवा निवृत्ति उपरान्त बेनीपट्टीमे मकान बना कऽ रहैत छथि। ई बहुत सज्जन स्वभावके लोक छथि। हिनका मितभाषी सेहो कहि सकैत छी। हिनकामे लोकोपकारी स्वभाव भरल अछि। जे केओ

हिनका लग जाहि अपेक्षासँ पहुँचैत अछि ओकर इच्छाके पूर्ति करबा लेल हृदयसँ लागि जाइत छथि। श्री मुनीन्द्र झा जी बस्तुतः चकौती के रत्न स्वरुप छथि।

हिनका तीन पुत्र छनि।

श्री अरुण झा, श्री अनिल झा एवं श्री सुनील झा।

अरुण झा जी अध्ययनके बाद corporate sector, दिल्लीमे कार्यरत छथि। हिनका एक पुत्री छनि।

श्री अनिल झा जी CA के पढाई कयलनि। तृतीय पार्ट कयलाक बाद बंगलौरमे कार्यरत छथि।

श्री सुनील झा NIT सँ इंजिनियरिंगके पढ़ाई पुरा कयलाके बाद कार्यरत छथि। हिनक पत्नी सेहो इंजीनियरिंग कए कऽ नौकरीमे छथि।

श्री प्रमोद झा - ई व्यक्ति बहुत लगनशील छथि। हिनक विशेष जानकारी नहि भेटल।

राजकुमार झाके तृतीय पुत्र दुखहरण झाके दू पुत्र छनि। प्रथम पुत्रके नाम श्री बिपिन कुमार झा अछि। ई फोरमेनके पद पर कार्यरत छथि। हिनका एक बेटा छनि।

दोसर पुत्रके नाम बोध नारायण झा अछि। ई भारत सरकारके केन्द्रीय विद्यालय, कानपुरमे शिक्षक छथि। हिनका एक पुत्र अछि जिनकर नाम श्री आकाश झा छनि। ई कम्प्यूटर साइंस के पढ़ाई कऽ रहल छथि।

प्रबोध झा - ई Veterinary Doctor छथि। हिनक स्वभाव अत्यंत व्यवहारिक एवं स्वभाव निश्छल छनि। हमेशा हिनका प्रसन्न देखबनि।

हिनका एक मात्र पुत्र अछि। हुनकर नाम विजय कुमार झा छनि ओ NIT Sindri सँ इंजिनियरिंग कयने छथि। वर्तमानमे ओ Hindustan Fertilizer Corporation of India बरौनीमे कार्यरत छथि। हिनक पत्नी सेहो कार्यरत छथि।

उपर्युक्त जानकारी श्री राधा कान्त झा, श्री सुबोध झा, श्री अमरनाथ झा एवं श्री राजीव कुमार झा सँ प्राप्त भेल। हिनकालोकनिक एहि उपकार लेल कतबो प्रशंसा करब से कम होयत। कियाक तऽ अतेक जानकारी देब सर्वसाधारणसँ संभब नहि थिक। अस्तु हम हिनका सभके आभार व्यक्त करैत छी।

अध्याय : 9. शिवचन्द्र झाके व्यक्तित्व एवं वंशावली

स्व० शिवचन्द्र झाक जन्म 1896 ई मे भेल छल। स्व० शिवचन्द्र झाके 84 बिघा जमीन विरासतमे भेटल छल। ई अपना समयमे गाँवक सब सऽ पैघ पहलवान छलाह। हिनक मुदगल 20 किलो वजनक छल। आरम्भमे ई खेती बारी करैत छलाह। हिनक शिक्षा मात्र 5 र्वग तक भेल छल। हिनकर विवाह भराम गाँवमे भेल छल। जेठ तीन पुत्री भेल तकर बाद दू पुत्र भेल। पुनः दू पुत्री भेल। आरम्भमे पुत्रक जन्म नहि भेलाक कारणे ई निराश रहय लगलाह। ई आरम्भहिसँ नशाक प्रिय व्यक्ति छलाह। भाँग खुब पिवैत छलाह। कखनहु काल ई धतुर एवं हफीमक सेवन सेहो करैत छलाह। बादमे ई खेती बारी केनाइ छोरि देलनि। जाहिसँ जिवीकाक समस्या उत्पन्न भऽ गेल। फलतः जमीन बेचि क' जीवन यापन करय लगलाह। हिनका समान रूपे इतिहास, भूगोल, नागरिक शास्त्र एवं शास्त्र पुराणक पूर्ण ज्ञान छल। बानप्रस्थमे शिवचन्द्र झा खूब पूजा पाठ शुरु कयलनि। चकौतीमे हिनक प्रतिष्ठा खूव छल। ई भगवानक पूजा प्रातः 5 वजे सँ आरंभ क' दैत छलाह। लगभग 6.30 बजे हिनक पूजा समाप्त होइत छल।तदुपरान्त कैलू मिश्र हिनका एक गिलास चाय पियवैत छलाह।

ई प्रत्येक दिन ब्रम्हमुहुर्तमे उठैत छलाह तथा घरारी पर अवस्थित पोखरिमे स्नान कए 1008 गायत्रीक जाप भरि छाती जलमे नित्य करैत छलाह। सुर्य भगवानके हाथ पर आगि राखि धूप देखवैत छलाह। कहल जाइत अछि जे हिनका गायत्री सिद्ध छल। जकरा जे अशीर्वाद दैत छलाह से प्रतिफलित होइत छल। ई पेपर नित्य पढैत छलाह जाहिसँ हिनका अद्यतन सम्पूर्ण संसारक ज्ञान रहैत छल। विश्व युद्धक ज्ञान एहन छल जे सुनला पर लगैत छल जे ई स्वंय युद्ध देखने होइथ। ई कोनो विद्वानके शस्त्रार्थमे प्राजित क' दैत छलाह। शिवचन्द्र झा पूर्वमे पुवारी डयौढीमे वनल ऑंगनमे रहैत छलाह। बादमे ओहि ऑंगनसँ निकलि र्वतमान घरारी पर आवि वसलाह। हुनका द्वारा वर्तमान घरारी जकर रकवा 11 कट्ठा 9 धूर अछि पर पोखरियापाटन सकलक घर बनवाओल गेल, जाहि मे 6 गोट कमरा बनावाओल गेल छल। ओहि समयमे एहि मकानक महत्व पक्का मकानक सद्दश छल। चकौतीमे एक पैघ घटना भेल। दक्षिणवारि टोल मे श्री रामबच्चन ठाकुरक प्रादुर्भाव भेल। जे आसाममे एक अंग्रेजक चाय बगानमे कार्य कय असीम धनोपार्जन कएलनि । हुनका द्वारा ड्यौढीक सब प्रमुख जमीन क्रय कए लेल गेल। स्व शिवचन्द्र झाक 64 बीघाक फेकरोना जमीन मात्र 5000 मे क्रय रामबच्चन ठाकुर द्वारा कए लेल गेल। एकर अतिरिकत नीक नीक सब जमीन हिनका द्वारा बेचि देल गेल। हिनका 5 बेटी एवं 2 बेटा भेल पहिल बेटीक विवाह बनकट्टा उदयकान्त झासँ भेल, दोसर बेटीक विवाह कोरियाहिक हरिश्चन्द्र झासँ भेल, तेसर बेटीक विवाह देवडिहाक नागेस्वर झासँ भेल। तकर बाद जेठ पुत्र स्व कमल नारायण झा भेलाह। हिनक जन्म 1938 ई मे भेल छल। छोट पुत्रक नाम श्री युगल नारायण झा राखल गेल। जिनक जन्म 1948 ई मे भेल छल। ताहि सँ

छोट पुत्रीक विवाह देवपुराक श्री धैर्यकान्त झासँ भेल। छोट पुत्री कालकलवित भऽ गेलीह।

आरम्भ मे ई खुब नीक खेती वारीके काज करवैत छलाह। हिनक जिरतिया के रूप मे राजेस्वर कामत कियोट छलाह। घरक पुरव दिशामे स्थित दू बीघा जमीन पर उच्च कोटिक गाछी लगौलनि। जाहि मे 35 गो मालदह आमक गाछ, 4गो बम्बई आम, दू कलक्तिया, एक जर्दा, एक कृष्ण भोग, दूगो फजुली, दुगो लडुबा, एगो गुलाबखास, एगो दुर्गीलालके केरवा, एगो निलकदमरी, एगो राढ़ीभदैया एगो बथुआ एवं एगो बिज्जु आमक गाछ अछि। कुल 53 गो आमक गाछ हिनका द्वारा लगाऔल गेल छल। आरम्भमे आर्थिक स्थिति कमजोर भेलाक कारणे सव नीक जमीनके बेच देलनि तथा शेष जमीन भरना लागल छल।स्व० बुनिलाल झा हिनक समधि देवपुरा वासी चकौतीक व्यवस्था देखि चिन्तीत रहैत छलाह। समधिके अपन विचारसँ अबगैत करौलनि। सभ दूरक जमीनके बेचि नजदीकक जमीनके बन्धक छोरौलनि। वर्तमानमे लगभग 13.80 एकड़ जमीन बाचल अछि ।

युगेस्वर मिश्र (बुझे बाबू) हिनक परम मित्रमे छलाह। दुनू गोटे के विचार मिलैत छल। परन्तु शिव चन्द्र झा स्वाभिमानि व्यक्ति छलाह। युगेस्वर मिश्र मे एकर अभाव छल।

श्री कमल नारायण झाके वंशावली

हिनक जेठ बालकके नाम श्री कमल नारायण झा छल। मुदा प्यारसँ पिता हिनका बच्चा कहैत छलाह। श्री कमल नारायण झाके जन्म वर्ष 1938 ई0 मे भेल छल। ई बचप्पनसँ खुब प्रतिभाशाली व्यक्ति छलाह। हिनक लम्बाई 5 फि0 4 ई0 छल। हिनक मुख मंडल गोल सुंन्दर तथा मनमोहक छल। हिनक वर्ण स्वेत छल हिनक प्रारम्भिक शिक्षा ब्रह्मपुर मिडिल इसकुलसँ भेल तथा मैट्रीक परीक्षा उच्च विघ्यालय ब्रह्मपुरसँ द्वितीय श्रेणीमे उतीर्ण कएलाह। आर्थिक हालत ठीक नहि रहलाक कारणे सी. एम. कालेज दरभंगासँ मात्र इन्टर पास कए पढाइ छोरि देलनि। पिताक आर्थिक स्थिति खराब देखि ई श्री रामबच्चन ठाकुर द्वारा स्थापित चकौती मिडिल इसकुलमे शिक्षण कार्य आरम्भ कएलनि। परन्तु समय पर दरमाहा नहि भेटवाक कारणे ओ ओहि इसकुलमे पढ़ेनाइ छोरि पुर्णियाँ चल गेलाह। जतय पुनः अध्ययन करेवाक कार्यमे जुटि गेलाह। श्री शिवचन्द्र झा अपना पाछु एक पुत्र श्री युगलनारायण झा एवं दू पुत्री कुमारि स्थितिमे छोरि गेल छलाह। जिनकर भरण पोषणके जिम्मेवारी हिनकहि पर छल। अस्तु अपन पिताक चिन्ताके दुर करवाक वास्ते प्रयास रत रहए लगलाह। फलतः भिन्न भिन्न प्रतियोगिता परीक्षाके फार्म भरए लगलाह। एहि क्रममे हिनका द्वारा रेलवे परीक्षाक फार्म भरल गेल तथा परीक्षा देलनि । प्रश्न अग्रेजी, गणित एवं विज्ञानसँ सम्बन्धित छल। सभ प्रश्नक जवाब निर्धारित समयमे देलनि। गणितक एक प्रश्न कठिन छल जकरा उत्तर अंतमे याद पारिकऽ देलनि एवं प्रकारे परीक्षामे सफलताक पूर्ण भरोसा लए परीक्षा

हॉलसँ निकललाह। परीक्षाक परिणाम एक सप्ताह बाद निकलल जाहिमे सफल छलाह। हिनका सहायक रेलवे स्टेशन मास्टरक पद भेटल। प्रथम पोस्टिंग प्रशिक्षण हेतु मालीगाँवमे वर्ष 1959 ई0 मे भेल छल। प्रथम माहमे भेटल दरमाहामेसँ 365 रूपआ गाँव पठौने छलाह। पिताके खुसिक ठेकान नहि छल। एकहि पएर पर सवके कहैत छलाह जे बच्चाके सरकारी नौकरी भए गेलनि। अर्थात हुनका खुशीक ठिकान नहि छल। चुकिं एक पुत्रक मृत्यु युवा वस्थामे भऽ गेल छल जाहि कारणे कमल नारायण झा (बच्चा) जीक विवाह वर्ष 1953 ई0 मे श्री बुनीलाल झा ग्राम देवपुरा, बेनीपट्टी, मधुवनी, मूल-बुधवारे महशि, वत्स गोत्रिय ब्रह्मणक पुत्री श्रीमती चन्द्रकला देवी सँ भेल। पहिल पुत्र रत्नक जन्म 1958 ई0 मे भेल। जिनक नाम श्री अरविन्द कुमार झा राखल गेल। दोसर पुत्र रत्नक जन्म 18 मार्च 1960 ई0 मे भेल जिनक नाम श्री पंकज कुमार झा राखल गेल। एकर अतिरिक्त दू पुत्रीक जन्म सेहो भेल। जिनकर नाम क्रमशः नलनि कुमारी (नीलू) एवं सरिता कुमारी (मीनू) राखल गेल।

स्व. कमलनारायण झाक प्रथम पदस्थापना प्रशिक्षणक वाद गुँजरिया रेलवे स्टेशन पर भेल। तदुपरान्त सोनादा, घुम, दार्जिलिंग, अररिया एवं कुसियार गावँमे भेल। आरम्भमे ई तत्परता पूर्वक नौकरी कएलनि परन्तु पाछु काल नौकरीमे हिनका मोन नहि लगैत छलनि। जहिया कहियो गाँव आकस्मिक अवकाशमे अवैत छलाह तऽ एक दू माहसँ कम समयमे वापस नौकरीपर नहि जाइत छलाह। जकर कारण घरक आर्थिक स्थिति ठोस नहि भऽ सकल। वर्ष 1971 ई. मे भुमि विकास बैंक सँ बोरिगं वास्ते 10 हजार रूपया ऋृण लेल गेल। बोरिंग पोखरिक मुह पर गराओल गेल छल। बोरिंगक कारणे घरमे अनाजक उपज खुब होमए

लागल। किसान सभहक जमीनक सिंचाइ होमए लागल। जाहि सँ रूपैआक आगमन सेहा होमए लागल। परन्तु कुशल व्यवस्था नहि रहबाक कारण घरक विकास उम्मीदके अनुकूल नहि भऽ सकल। परन्तु अपन कर्मठताके बदौलत दुनू छोट बहिनक विवाह कयलनि, पूरवक सभ लेल ऋणके सधेलनि संगहि पूरा परिवारके पालन पोषण अत्युत्तम ढ़ंगसँ सम्पन्न करय लगलाह। पिताक मृत्यु 71 वर्षक अवस्थामे वर्ष 1967 ई. मे भेलनि। जाहिमे सेहो नीक खर्च भेलनि। अपना उपर हुनका मात्र 160 रू खर्च प्रति माह होइत छलनि। हिनक दुनू पुत्र बिहार सरकारक राजपत्रित पदाधिकारी भेलनि। जेठ पुत्र वर्ष 1987 ई मे विहार शिक्षा सेवाक पदाधिकारी भेलाह। दोसर पुत्र वर्ष 1989 ई मे विहार सहकारिता सेवाक पदाधिकारी भेलाह। एहि खूशीके ओ बरदास्त नहि कए सकलाह। आब ओ गामेमे रहय लगलाह। जेठ पुत्रक विवाह वर्ष 1981 ई मे सिंघवाड़क श्री पुरूषोत्तम झा, पेशकार, व्यवहार न्यायालय सीतामढ़ीके पुत्री श्रीमती मेधा झासँ कराओल गेल तथा छोट पुत्रक विवाह तरौनी श्री ब्रजकान्त मिश्र उत्पाद अधीक्षकके पुत्री श्रीमती संजुला कुमारी मिश्रासँ दिनांक 15 फरवरी 1990 ई कऽ कराओल गेल। जेठ पुत्रीक विवाह ग्राम चतरा श्री विशेश्वर झाक पुत्र श्री तंत्रनाथ झासँ दिनांक 18 फरवरी 1991 ई कऽ भेल। ओ पुर्व मे र्निमित भंसा घरक स्थान पर दक्षिण तरफसँ चारि कोठरीक पक्का मकान बनबौलनि। अपन छोट भाई श्री युगल नारायण झा उर्फ पलटू बाबूसँ हिनका खूब स्नेह छलनि। हिनक मृत्यु 05 मई 1995 ई कऽ प्रातः 3 बजे रांचीमे अपन छोट पुत्रक लग हृदय गति रूकि गेलाक कारणे भऽ गेल। हिनक श्राद्ध कर्म बृषोत्सर्ग विधि सँ कएल गेल। भरि गांवके भोजन कराओल गेल। कमल बाबू चारू पौत्रक मात्र मुंडन देखि सकलाह।

उपनायन देखि नहि सकलाह। हुनक मृत्युके अवसर पर ओहि वर्ष पोखरिके जीर्णोद्धार कराओल गेल। छोट पुत्रीक नौकरी हिनकहि स्थान पर भेल। छोट पुत्रीक विवाह ग्राम तरौनीक श्री सुशील चन्द्र झाक पुत्र श्री संजीव कुमार झासँ दिनांक 11 दिरसंबर 1996 ई कऽ भेल। पैघ जमाय श्री तन्त्र नाथ झा, जिला अंकेक्षण पदाधिकारी, सहकारिता विभाग, झारखण्ड सरकार सँ बर्ष 2023 ई० के मार्चमे सेवा निवृत्त भेलाह। अधुना ई राँचीमे निज मकानमे रहैत छथि। हिनका एक पुत्री एवं एक पुत्र छनि। दुनू B.Tech कयने छथि।

दोसर जमाय श्री संजीव कुमार झा कटिहारमे हाई इसकुलके प्रधानाचार्य छथि। मीनू कटिहार जंक्शन पर उप टीटीइ छथि। हिनका दू पुत्र अछि। जेठ पुत्र NIT पटना सँ B.Tech कयलनि जखन कि छोट पुत्र IIT जम्मू-कश्मीर सँ कऽ रहल छथि।

श्री युगल नारायण झाके वंशावली

श्री युगल नारायण झा मैट्रिक पास छथि। मुदा बचपनसँ हिनका भाँग पीबाक आदत छनि। हिनका दुनू समय भाँग चाही। बिनु भाँगके ई रहि नहि सकैत छथि। ई पैत्रिक जमीन पर खेती कयलनि। हिनका तीन पुत्र एवं एक पुत्री छनि। पुत्रीके विवाह भटहीसेर छनि। नाति इन्जिनियरिंग कयलाके बाद कार्यरत छथि।

प्रथम पुत्र श्री आलोक कुमार झा ग्राममे रहैथ छथि। दोसर पुत्र श्री लोकेन्द्र कुमार झा छथि।ई चकौतीके किसान सलाहकार छथि। हिनका

एक पुत्र चि० दिव्यांश कुमार झा नाम छनि एवं दू पुत्री सुश्री रभ्या तथा सुश्री सीनू छनि।

छोट पुत्रके नाम श्री शैलैश कुमार झा छनि। ई बिहार सरकारके पुलिस विभागमे पुलिस इन्स्पेक्टर छथि। हिनका एक पुत्र श्री शौर्य कुमार झा छनि एवं एक पुत्री सुश्री शैली छनि।

वर्ष 2008 मे श्री युगल नारायण झाके मुखमे कैन्सर भऽ गेल छल, ओहि समय हिनक कोनो पुत्र नौकरी नहि करैत छल। हम दुनू भाई मिल कऽ हिनक अपरेशन महाबीर कैन्सर संस्थानमे कराओल।फलत: अखन धरि स्वस्थ्य छथि। हिनक पत्नीके मृत्यु वर्ष 2004 मे कैन्सर सऽ भऽ गेल छल।

श्री अरविन्द कुमार झाके वंशावली

कमल बाबूक जेठ पुत्र श्री अरविन्द कुमार झा बच्चपनेसँ कुशाग्र बुद्धिक व्यक्ति छथि। ग्राम देवपुरा (मातृक) मे हिनक जन्म 1958 ई. मे भेल। बच्चपनमे हिनक शिक्षा दिक्षा देवपुरासँ भेल। नाना बुनीलाल झाक कहव छलनि जे लाल बौआ (अरविन्द कुमार झा) जतेक छात्र बुढवा गुरू जी लग पढैत छल ओहिमे सभसँ तेज छात्र छलाह। बादमे हिनका चकौती आनल गेल। चकौतीमे हिनक नामांकन मिडिल इसकुलमे कराओल गेल। एहि ठाम लगातार अपन वर्गमे प्रथम स्थान करैत रहला। सप्तम वोर्ड परीक्षामे ई प्रथम स्थान प्राप्त कएलनि। तदुपरान्त हिनक नामंकन व्रह्मपुर उच्च विद्यालयमे कराओल गेल। एहि ठाम ई आठमासँ लय दशमा धरि

द्वितीय स्थान प्राप्त करैत रहलाह। मैट्रीक परीक्षामे हिनका प्रथम स्थान भेटलनि। हिनक बाबु जीक इच्छा छलनि जे बड़का बौआ डाक्टर बनए तँ हिनक नामंकन सी. एम. कालेज दरभंगमे जीव विज्ञानक विषय राखि इन्टर कराओल गेल। मुदा ई डाक्टरीक परीक्षा पास नहि कऽ सकलाह। बी. ए. पटना कालेजसँ कएलनि तथा एम. ए. इतिहास विषय राखि पटना विष्वविद्यालयसँ कएलनि। एम. ए. केलाक बाद हिनक विवाह कराओल गेल। तदुपरान्त स्टाफ सेलेक्शनक परीक्षा एवं स्टेट बैंक आफ इन्डिया गुजरातके परीक्षा पास कएलनि। निणर्य भेल जे अपर डिभिजन क्लर्क पद पर योगदान देल जाय। पटनामे पोस्टल एकाउन्टस आफिस एक्जीविषन रोडमे पदस्थपित कएल गेलाह। एहि पद पर प्रथम दरमाहा 1260 रू भेटल छलनि। ओहि समय हिनक डेरा कंकड़बागमे श्री रामबालक शर्माक मकानमे छल। आब हिनक एम्बीशन छल बिहार लोक सेवाक परीक्षा पास करब। तैयारी सतत चलैत रहल। फलतः 32वीं विहार लोक सेवा आयोगक लिखित परीक्षा पास कएलनि। मुदा ओहि वर्ष ओ उतीर्ण नहि भऽ सकलाह। तैयारी चलैत रहल। अगिला वर्ष पुनः 33वीं परीक्षा पास कएलनि। एहि वर्ष ओ अंतिम रूपसँ बिहार शिक्षा सेवाके पद प्राप्त कएलनि। वर्ष 1987 ई मे बीएड प्रशिक्षण तुर्कीसँ केएलनि। तदुपरान्त सरकार द्वारा हिनका समस्तीपुरमे रेंज पदाधिकारीके पद पर पदास्थपित कएल गेलाह। ओतय ओ तीन वर्ष धरि कार्यरत रहलाह। अरविन्द बाबुक दोसर पोस्टिंग गुमला जिलामे जिला शिक्षा अधीक्षकके पद पर पदास्थपित केएल गेलाह। गुमलामे सकुशल दू वर्ष छओ महिना रहि सकलाह। तकर बाद हिनक पोस्टिंग सहायक निदेशक जन शिक्षा, शिक्षा विभाग पटनामे भेल। एतय सात वर्ष धरि रहलाह। एहि बीच 2005 मे बिहारक बटबारा

भेल। हिनक कैडर झारखण्ड भऽ गेल। ओहि ठाम हिनका उप निदेशक शिक्षा विभाग राँचीके पद पर पोस्टिंग कएल गेलाह। 2006 ई मे हिनक पोस्टिंग जिला शिक्षा पदाधिकारी बोकारोमे भेल। ओहि ठाम 3 वर्ष कुशलतापूर्वक कार्य कयलनि।तदुपरान्त विभाग द्वारा पुनः उप निदेशक शिक्षा विभागके पद पर पदास्थिापित कएल गेलाह। वर्ष 2013 ई मे हिनका संयुक्त सचिव अविदक पद पर पदस्थापित कयल गेलाह। ओहिठाम सकुशल कार्य करैत मार्च 2018 ई० मे सेवा निवृति भऽ राँचीमे निर्मित मकानमे रहि रहल छथि। हिनक पहिल पुत्रीक जन्म 1983 ई मे भेल जिनक नाम शशिप्रभा उर्फ मुनचुन परल। बचप्पनसँ मुनचुन खूब प्रतिभाशाली बेटी अछि। जखन हिनक पिता गुमलामे पदास्थापित छलाह।ओहि समय मुनचुन पँचम वर्गमे पढ़ैत छलीह तऽ ओ नवोदय परीक्षा पास कएने छलीह। बादमे हिनक शिक्षा दिक्षा पटनामे भेल। इगनू सँ एम सी ए कएलनि। हिनक विवाह वर्ष 1910 ई मे ग्राम सरिसों, बेनीपट्टीके श्री रंजीत कुमार झासँ भेल। चिरंजीवी रंजीत कुमार झा केनरा बैंकमे पी ओ छथि। ई दिल्ली, दुबई, बंगलौर, बम्बई मे पदास्थापित रहलाह। वर्ष 2011 के 29 नबम्बर कऽ हिनका पुत्ररत्नक प्राप्ति भेल। हिनक नाम चिरंजीवी मानस कुमार राखल गेल। पुनः दोसर पुत्र रत्नके प्राप्ति भेल। दुनू बच्चा अत्यंत प्रतिभाशाली छथि।

वर्ष 1986. ई मे अरविन्द कुमार झाके दोसर पुत्ररत्न रूपमे भेल। श्री आदित्य कुमार झा (राहुल) नामसँ हिनका विभूशित कएल गेल। ईहो वच्चा मेधावी छथि।बंगलौर सँ ई इजिनियरिंगक पढाइ कएलनि। कालेजसँ हिनका नौकरी भेटलनि। मुदा एहिमे हिनका मोन नहि लगलनि तथा ओ एकरा छोड़ि देलनि। पुनः ई पढाई आरम्भ कएलनि। छओ महिना बाद ई

रेलवेमे शेक्शन ईनजियरके पद प्राप्त कयलाह। लगभग डेढ साल ट्रेनिंग सम्पन्न भेल छल तऽ ई पुनः सेलक **Executive officer** के पद लेल परीक्षा पास कएलनि। अधुना ई विशाखापट्टनममे स्टील फैक्टरीमे एक्जुकिटिभ पद पर पदस्थापित छथि। हिनक विवाह पिंडारूछ श्रीमती अनिषा झासँ 5 दिस्मबर 2014 कऽ कएल गेल। हिनका एक पुत्र छनि जिनकर नाम चि. आरुष झा छनि।

तेसर पुत्र श्री रोहित जी भेलाह। ई बचप्पनेसँ शान्त प्रकृतिक बच्चा छथि। ईहो बंगलौरसँ इनजिनियरिंग कयलनि। हिनका इनफोसिस कम्पनीमे नौकरी कालेजसँ भेलनि। लगातार चारि वर्ष ओहि कम्पनीमे कार्य सकुशल करैत रहलाह। किन्तु केनरा बैंकमे 2015 ई० मे P O पंद प्राप्त कयलनि। ओहि पद पर कार्यरत छथि। हिनक विवाह पुर्णियाँ भेल। पत्नी M.Tech छथिन। हिनका एक पुत्र एवं एक पुत्री छनि। पुत्रके नाम चि. अथर्व झा छनि एवं एक पुत्री आरना झा छनि।

श्री अरबिन्द कुमार झा बर्तमानमे राँची स्थित निर्मित चन्द्र कमल भबनमे रहैत छथि। एहि ठाम 25 डीसमील जमीन माँके नाम सँ लेल गेल। जाहि पर घरक निर्मान कार्य आरम्भ भेल वर्ष 1995 ई के कृष्णाष्टमी दिनमे एहि भवन मे तीन कोठरी शयन रूम्, एक डाइनिंग, दू स्नान घर्, एक भंसा घर बनेबा लेल नींव लेल गेल छल। पानिके वास्ते इनार खूनवाओल गेल। गृहप्रवेश भेल फरवरी 1996 मे। ई कार्य सम्पन्न भेल श्री पंकज कुमार झा द्वारा जखन ओ राँची स्थित बिस्कोलैम्फमे पदास्थापित रहैथ। छओ महिना ओहि मकानक सुख भोगलनि। तकर बाद ओ छपरामे पदस्थापित कएल गेलाह। श्री अरविन्द कुमार झा ओहिके उपर दोसर

महलक निर्माण करौलनि अछि। जाहिमे तीन सयन रूम, एक पैध सन गेस्ट रूम, एक डाइनिंग रूम, एक पूजा रूम, दू बाथ रूम तथा सुन्दर सनक किचेनके निर्माण करौलनि अछि। इनार गर्मीमे सूखा जाइत छल जाहि कारणे समरसेबुल बोरिंग गरबाओल गेल। गाड़ी रखबाक बास्ते गैरेजक निर्माण कराओल गेल। पाछू बचल जमीन पर भिन्न भिन्न प्रकारक वृक्ष लगाओल गेल अछि। एहि जमीनक पश्चिममे छथि श्री रमोद नारायण झा, दक्षिण मे छथि बीडीओ साहेब, पूरबमे सरदारक जमीन तथा उतर मे 40 फीट रोड अछि। एहि प्रकारे श्री अरविन्द कुमार झा एतय सूखपूर्वक जीन्दगी व्यतीत कए रहल छथि।

अध्याय : 10. डॉ पंकज कुमार झाके आत्म कथा

हमर (श्री पंकज कुमार झाक) जन्म 18 मार्च 1960 ई. मे सम्मत रातिमे भेल। पिता कमल नारायण झाक दोसर पूत्ररत्न छलहुँ। हमर जन्म स्थल नानी गाँव देवपुरा अछि। जन्मक बाद नाना बुनीलाल झा पं० मुकुनद लाल झा लग टिप्पणी बनबाबय वास्ते गेलाह। पंडित जी टिप्पणी देखि किछु काल धरि गुम भय सोचय लगलाह।हुनक स्थिति देखि नाना अत्यन्त भयभीत भय गेलाह। किछु कालक बाद पंडित जीसँ पुछलखिन कि बच्चाके मारकेश आदि छैक की। पंडित जी कहलखिन ई बच्चा बड एकवाली होयत। जखन एकर उम्र 5 वर्ष होयत तऽ घरक समस्याके निराकरण होयत। तहिना भेल हमर जन्म सँ पूर्व घरक सभ जमीन भरना लागल छल। नाना श्री बुनीलाला झाक सहयोगसँ जतेक दूरक जमीन छल ओकरा बेचि नजदीकक जमीनके भरना छोड़ायल गेल।

दुनू भाईमे बेसी दिनक उम्रमे अन्तर नहि अछि। मात्र साढे तीन वर्षक अन्तर अछि। दुनू भाईक नाम अमोली माध्यविक विद्यालय चकौतीमे लिखायल गेल। ई इसकुल श्री राम बच्चन ठाकुर अपन पिताक नाम पर स्थापित कएने छलाह। हमर नाम पहिला वर्गमे तथा भैया के नाम पाचम वर्ग मे लिखायल गेल।इसकुलके दूरी घरसँ लगभग आधा किलोमीटर अछि । प्रथम वर्गमे श्री शिवनाथ कुमार झा, विनोद कुमार

झा, मिथिलेष कुमार झा, प्रदीप ठाकुर, देवेन्दर, कामोद, जयमाला, पुष्पा, रागनी, धीरू, आदि हमरा संग पढैत छल। हमरा समयमे सप्तम वर्गक वोर्ड खत्म भय गेल छल। प्रधानाचार्य छलाह पं० इन्द्र कान्त झा, पं० मोती कान्त झा संस्कृत पढवैत छलाह। शेषनारायण झा विहारी, राढीवला मास्टर साहेब, श्री गजेन्द्र मास्टर साहेब, लखनपुर एवं श्री चौधरी जी मुख्य रूप सँ मिडिल इसकुलमे शिक्षक छलाह। पंडित मोती कान्त झा हमरा दुनू भाईके बहुत मानैत छलाह। जखन कखनहु हमरा लोकनिके देखैत छलाह तऽ घंटा भरिसँ पहिने नहि छोड़ैत छलाह। बादमे ई ब्रह्मपुर उच्च विद्यालयके शिक्षक भेलाह।

अष्टम वर्गमे हमर नामंकन ब्रह्मपुर उच्च विद्यालयमे कराओल गेल। ओहि ठाम एकहि संग राढी, नरौछ, ब्रह्मपुर, दोघरा, सनहपुर एवं चकौती के छात्र पढैत छल। हुनका बीच प्रतिस्पर्धा होयब स्वभाविक छल। एहि ठाम मोहम्द शाहिद प्रथम, मोहम्द नसीम द्वितीय, सुश्री शची तृतीय एवं हम चतुर्थ स्थान पर रहलहु।ई क्रम लगातार बनल रहल।ब्रह्मपुर उच्च विद्यालयमे राममूर्ति शर्मा प्रधानाध्यपक छलाह। नरेन्द्र शर्मा, मुनी बाबू, श्री बैद्यनाथ बाबू, श्री सिद्धी नाथ झा, श्री रामजन्म शर्मा, यमुना बाबू आदि शिक्षक हमरा पढौलनि। नरेन्द्र बाबू लिखावट हेतु खूब प्रयास करैत छलाह। एहि क्षेत्रमे हम सतत प्रथम पुरस्कार जीतैत रहलहुँ। शत्रुघ्न प्रसाद, राढ़ी हमर प्रतिद्वन्दी रहैत छल। श्री पंकज ठाकुर दशममे हमरा संग पढब शुरू कयलक। ओ हमरा मीत कहय लागल। मेट्रीक वर्ष 1978 ई. मे पास कएलहुँ। के. एस. कालेज लेहरियासरायमे नामंकन कराओल गेल। ठाकुर निवासमे डेरा राखल गेल। दरभंगा मे हम बाँसुरी बजायब सिखलहुँ। टावर चौकपर एक बाँसुरी वेचऽ वला छल ओ बाँसुरी नीक बजबैत

छल।ओकरा सँ हम एक बाँसुरी खरीद करी आ चारि पाँचगाना सुनी। एहि प्रकारे हम बाँसुरी बजायब सिख लेलहुँ। आरम्भमे हम तंत्रवतीगीता भवनमे भोजन करी।ओहि वास्ते हमरा 91रू प्रति माह देमय परैत छल। एहि ठाम मेसक मालिक रासविहारी झा चकौती छलाह।ठाकुर निवास चकौती वास्ते पुरान लॉज छल।पहिने ओतय हेमचन्द्र भाई रहैत छलाह, तकर बाद श्री आविन्द कुमार झा ओकर आद श्री चंदन कुमार मिश्र एहि निवासके अपन कर्मभूमि बनौलनि। पहिने एहि ठाम सँ विद्यार्थी ईंजिनियर बनैत छल।सुमन कुमार मिश्रके अयलाक बाद आब हम सुमन साथे खाना बनाबय लगलहुँ। स्वयं खाना बनेलाक परिणामस्वरूप बचत बैढ़ि गेल। आब मात्र 31 रूपयामे भरि महिनाक भोजन बनि जाइत छल।ओहि समय बाबूजीक तरफ सऽ हमरा मात्र 150 रूपया प्रति माह खर्च भेटैत छल। देखैत देखैत प्री टेस्टक समय आवि गेल। हमर तैयारी किछु नहि छल। भैयाके हम सभ वृतान्त कहलियनि।ओ गंभीर होइत हमरा पटनामे आबि तैयारीके आदेश देलनि।वर्ष 1980 ई मे कदम कुआँ स्थित डेरामे हेमचन्द्र भाई, भैया, सुमन जी एवं हम रहैत रही। ओहि ठामक वातावरण खूब नीक छल। मात्र पढाइ छोड़ि दोसर बातक कोनो चर्चा नहि होइत छल। ओहि ठामक जे रूटीन छल से एहि प्रकार छल। प्रातः काल पांच बजे उठि नित्य क्रिया कय स्नान, पूजा पाठ कय किछु अल्पाहार लय अध्ययनपर छओ बजे बैस जाइत छलाह। कवचक पाठ नित्य होइत छल। लगभग साढे दस बजे भोजनक बास्ते होटलमे जाइत छलहुँ।किछु आरम कएलाक बाद पुनः अध्ययन करैत छलाह। सायं काल चुरा भूजा स्वयं भूजि नास्ता करैत छलाह। साढे छओ बजेसँ पढाइ होइत छल। तदुपरान्त साढे आठ बजे रात्रिक भोजन होइत छल। तकर बाद फेर अध्ययन होइत

छल। रात्रि एगारह बजे शयन होइत छल। खूब मोनसँ इन्टरक तैयारी ओतय हम कयलहुँ। परीक्षाक समय मात्र तीन महिना छल। परीक्षा देबा बास्ते दरभंगा गेलहुँ। ओहि ठामक स्थिति देखि दंग रही। खूब चोरी चलल। द्वितीय श्रेणीमे पास कएलहु। मोन उद्विग्न रहैत छल। आखिर एहि प्रकारक नम्बरसँ कोना किछु प्राप्त होयत। आब बीएमे नामंकनक समस्या उठल। प्राप्त नम्बर पर कतौ नामंकन होयब कठीन छल। पटना विश्वविद्यालयमे फाइन आर्टके आधार पर हमर नामंकनक भेल। हिन्दी, अंग्रेजी एवं मैथिली विषय राखि बीएन कालेजमे नामंकन 1981 ई. मे भेल। जखन कि 1980 ई मे नामंकन बी. ए. मे होएबाक चाही। जकर पाछू पैघ घटना छल। वर्ष 1980 ई मे अचानक हमरा पएर शून्य होमय लागल। मार्च 1980 ई मे हमरा चलनाई साफ खत्म भऽ गेल। एस. एन. आर्य डाक्टरसँ देखाओल गेल। ओ साफ कहलाह जे हिनका पीठके रीढमे ब्लॉक भऽ रहल छनि। ओकर एक मात्र उपाय आपरेशन अछि जे न्यूरो सर्जन द्वारा कएल जायत।यज्ञी भैया, परमेश्वर भैया एवं शिवचन्द्र शास्त्री हिम्मत दियौलनि। एच. आर. पी. वर्मा पी. एम. सी. एच. के न्यूरो विभागक हेड छलाह।हुनका लग सभ सुविधा उपलब्ध छल। पैसाक ब्यबस्था तत्काल शिव चन्द्र शास्त्री जी कएलनि।शास्त्री जी पटना कॉलेजमे लेखापाल छलाह। हुनक घर बिहारी छनि। हिनक स्वभाव अत्यंत उत्तम छल। हमरालोकनिकेँ पढ़ाइके समय बहुत मदद करैत छलाह। जखन कखनो बाबुजीके रुपैआ आबऽमे बिलम्ब होइत छल तऽ हिनका द्वारा तत्काल राशि उपलब्ध करा देल जाइत छल। आपरेशन दिन बाबूजी पहुचलाह। लगभग 4000 रूपैआ लागल छल। सभ रूपैआ एक मुस्त

शास्त्री जीके देलगेलनि। हमर पढाई ओहि वर्ष ठप रहल। तेँ 1981 ई मे हमर नामांकन इन्टरमे भेल।

हमर संगीके रूप मे छलाह चन्दन कुमार मिश्र। ओ हमरासँ एक महिनाके छोट छलाह। परन्तु हुनक प्रतिभाके जोड़ नहि छल।ओ हमरासँ दू वर्ग आगू छलाह।ओ वर्ष 1976 ई. मे मेट्रीक पास कएलनि। मैट्रिक बोर्ड परीक्षा मे 675 नम्बर लावि ब्रह्मपुर उच्च विद्यालयक इतिहास रचि देलनि।हुनका हमरा लेल बेसी चिंता रहैत छलनि। ओ प्रथमहि बेरि मे इजिनियरिंग परीक्षा पास कएलनि। ठाकुर निवासमे रहि सी0 एम0 कालेजसँ इन्टर प्रथम श्रेणीमे पास कएलनि। बी0 आइ0 टी0 सिन्दीरीसँ इलेक्ट्रोनिक एण्ड कम्युनिकेशन ब्रान्च लय इजिनियर भेलाह। अपनेहि सद्दश हमरो इजिनियरके रूपमे ओ देखऽ चाहैत छलाह। फलतः हम घनघोर तैयारी करय लगलहु। पटनाके कदमकुआँमे भैयाक संग तैयारी इजिनियरिंगके करय लगलहु।प्रातःकाल उठि नित्यक्रियाके उपरान्त स्नान करैत छलहु। धीरे-धीरे भगवतीक कवचक अभ्यास करय लगलहु। लगभग एक वर्षक बाद आब कवच हमरा याद भऽ गेल। संगीमे छल घोष दादा एवं विरेन्द्र उपाध्याय। घोष पटना साइंस कालेजक छात्र छलाह जखन कि विरेन्द्र वी0 एन0 कालेजक छात्र छल। तीनू साथी मिलि कय जबर्दस्त तैयारी केएलहुँ परन्तु ककरो इनजिनियरिंग नहि भेल। जीवन अंधकारमय लागय लागल। भगवतीक प्रति निष्ठा हमरामे छल जरूर मुदा हुनका उपर पूर्णरूपसँ आश्रित नहि छलहु। इजिनियरिंग रिजल्ट जाहि दिन निकलल ताहि दिन सँ बी0ए0 परीक्षा मात्र एक महिना छल। आब ओकर तैयारी करय लगलहु। कोनो तरहे बी0 ए0 कएल। आब नौकरी वास्ते तैयारी शुरू कएल। हम वायु सेनाक परीक्षा वर्ष 1984 ई मे पास कयलहुँ। सफलता

भेटल मुदा हमरा पीठक आपरेशन देखि चिकीत्सयी परीक्षामे छाँटि देलक। तकरबाद कर्मचारी चयन आयोग नई दिल्ली द्वारा आयोजित परीक्षा वर्ष 1985 ई मे पास कयलहुँ। मुदा टाइपिंगक गति कम रहबाक कारणे ओहू परीक्षामे असफल रहलहुँ। सीतामढ़ी व्यवहार न्यायलयक सहायक परीक्षा वर्ष 1985 ई मे पास कयलहुँ किन्तु ओहूमे मौखिक परीक्षामे असफल रहलहुँ। बिहार सरकार द्वारा अवर सेवा आयोगक माध्यमसँ विभिन्न विभागक निरीक्षकक वास्ते प्रतियोगिता परीक्षा वर्ष 1986 ई मे आयोजित भेल।ओहि परीक्षाक आधार पर हमरा हेल्थ एडुकेटरक पद भेटल। एहि वीच बी0एन0 कालेजसँ हम बी0 ए0 पास कयलहुँ तथा एम0ए0 मैथिली विभागमे नामांकन कराओल। हमर सेशन 1983-85 एम0 ए0 मे छल। मैथिली विभाग पटना विश्वविद्यालयमे भिन्न भिन्न विश्वविद्यालयके टॉपर छात्र सभ नामंकन करौलनि। मिथिला विश्वविद्यालयसँ श्री ज्ञानशंकर चौधरी टॉपर छलाह। श्री अरूण कुमार झा मगध विश्वविद्यालयके टॉपर छलाह। पटना विश्वविद्यालयके टॉपर श्रीमती रेणु कुमारी छलीह। तिलकामाँझी विश्वविद्यालय भागलपुर सँ श्री मोहन झा पड़ोसी टॉपर छलाह। एकर अतिरिक्त नरेश झा, रामनारायण महतो, प्रभात झा एवं अन्य कतेको प्रतिभाशाली छात्र लोकनि ओतय नामांकन करौने छलाह। प्रो0 डा0 श्री आनन्द मिश्र मैथिली के विभागाध्यक्ष छलाह। हुनके द्वारा कर्पूरमञ्जरी पोथी पढ़ायल जाइत छल। एक वर्षक बाद ओ सेवानिवृत भय गेलाह आ प्रो0 डा0 श्री अमरेश पाठक विभागाध्यक्ष भेलाह। श्री पाठक जी खूब प्रतिभावान व्यक्ति छलाह। हिनका द्वारा मैथिली उपन्यासक आलोचनात्मक अध्ययन नामक पोथीके रचना कयल गेल। जाहि पर हिनका डीलिट भेटल छल। हिनका द्वारा मैथिली साहित्यक इतिहास

पढाओल जाइत छल। प्रो0 डा0 श्री लेखनाथ मिश्रक मैथिली नाटकक उदभव आओर विकास अत्यन्त उच्च कोटिक पोथी अछि। नाटकक विषयमे हिनका द्वारा पढाओल जाइत छल। प्रो0 डा0 श्री दिनेश कुमार झा द्वारा काव्य शास्त्र पढाओल जाइत छल। प्रो0 डा0 श्री चन्द्रधर झा, श्रीमती विणा कर्ण एवं श्रीमती शीला चौधरी हमरलोकनिके एम0ए0 मे शिक्षा प्रदान कयलनि। दरभंगा हाउसमे स्थापित भगवती कालीके प्रायः प्रति दिन हम दर्शन करैत छलहुँ। माँ गंगाक दर्शन तऽ कक्षासँ होइत रहैत छल। एहन रमणीक स्थान भेटव मुश्किल अछि। एहि ठाम हम नित्य वर्ग कयल। आशा छल जे हम एम0ए0 मे प्रथम श्रेणीसँ अवश्य उतीर्ण करब। परीक्षा भेल। एम0ए0 के परिणाम निकलल फरवरी 1987 ई मे। हमर दोसर स्थान छल। 71 प्रतिशत अंक प्राप्त भेल छल। हम चकित रही अपन परिणामसँ। एक दिन डा0 अमरेश पाठक हमरा बजा कऽ पुछलनि ओ विद्यार्थी आहाँ तऽ कमाल कऽ देलहुँ। कोना अतेक नम्बर लेलहुँ ई आश्चर्य अछि। लगैत अछि जे आहाँ जर्बदस्त पैरबीकार छी। हम कहलियनि जे श्रीमान हम कहियो सोचने नहि रही जे हमरा द्वितीय स्थान भेटत। भैयाके हम कहने रहियनि जे हमरा प्रथम श्रेणी जरूर भेटत। हम कतहु नहि पैरवी कएल।मुदा हुनका विश्वास नहि भेलनि। ओ कहला जे यदि 20 सितम्वर 1987 ई० कऽ होमय वला जे0आर0फ0 परीक्षा जे यू0जी0सी0 द्वारा संचालित होइत अछि ओहि परीक्षाके पास कऽ जायब तऽ हम बूझब जे आहाँ मेरिट सँ एम0ए0 मे एतेक नम्वर लायल छी। हम कहलियनि श्रीमान परीक्षाक फार्म तऽ भरने छी।पुछलियनि जे एहि परीक्षामे की पुछतैक, उतर देलनि पूरा इतिहास पढि लिअ। डेरा अयलहु मोन विचलित छल।जाहि दिन ई बात भेल छल ओहि दिनसँ परीक्षा मात्र

एक महिना छल। हम ओहि समय कंकड़बागमे डेरा लय रहैत रही। पूजाक समय माँ भगवतीके कहियनि जगदम्बा आहाँ तऽ जनैत छी जे हम पैरबी नहि कएल तखन हमरा पर एहि प्रकारक आरोप लगायल जा रहल अछि, एकर निर्णय आहाँ करब। एक महिना हम घरसँ कतहु नहि गेलहुँ, आ जमि कऽ ओहि परीक्षाक तैयारी कएल। परीक्षा भेल। 300 के मैथिली छल एवं 100 के सामान्य ज्ञानके प्रश्न छल। वर्ष 1987 ई के छठि दिन श्रीमान पाठक जी गंगा किनारमे भेटेलाह पुछलनि विद्यार्थी परीक्षा केहन भेल। हम कहलियनि श्रीमान मैथिलीमे 250 अंक अवश्य आयबाक चाही। ओ कहलनि क, ख, ग के होवाक चाही। परिणाम आयल हम उतीर्ण छलहुँ। जगदम्बाक ई कृपा हमरा जीवनमे पहिल छल। बिहारमे हमरा संग श्री अरूण कुमार झा एवं श्री उमाशंकर मिश्रा सेहो उतीर्ण भेलाह। हमर एक मात्र उद्देश्य बिहार लोक सेवा आयोग द्वारा संचालित परीक्षामे पास करब छल।तैं हमर घनघोर तैयारी ओहि वास्ते भय रहल छल। गुरूदेब पाठक जी कहलनि जे आब जमि कऽ बीपीएससीके तैयारी करू। विभागसँ अपना संगहि ओ अपन डेरा लेलाह। प्रश्न पत्र देखबैत कहलनि जे यूजीसी द्वारा संचालित परीक्षाक प्रश्न पत्र हमही सेट कयने रही। ओहि दिनके बाद बो हमरा कह लगला जे अहीं टॉपर छी।

मैथिली विभागमे अनेक जे. आर. एफ. छलाह। सबसँ सिनियरमे श्री अजय कुमार झा छलाह, श्री अनिल कुमार मिश्रा, श्री ज्ञानशंकर चौधरी, श्रीमती इन्दु कुमारी एवं अन्य कतेक गोटे छलाह।ओहि समय यू.जी.सी. द्वारा 2500 रूपैआ स्टाइपनक प्राबधान छल। तथा 5000 रूपैआ कन्टीजेसी बास्ते भेटैत छल। एम0 ए0 के वर्गमे छात्र लोकनिके

पढाबय परैत छल। सप्ताहमे तीन क्लास हमरा लेबए परैत छल। खूब आनन्द भेटैत छल। संगहि डेरापर बी.पी.एस.सी. के तैयारी करैत छलहुँ।

वर्ष 1986 ई. मे 33 वीं बी.पी.एस.सी.क परीक्षा मात्र औपचारिकतावश देने रही। एहि वर्ष भैया सेहो ई परीक्षा देलाह। प्रश्न पत्र देखि पूरा हिम्मत भेल जे ई परीक्षामे हम सफल भऽ जायब। 33 वीं बी.पी.एस.सी.क परिणाम आयल। भैयाके विहार शिक्षा सेवा भेटलनि तथा श्री अजय कुमार झा, जे.आर.एफ.मैथिली के 8 वाँ स्थान आयल। हिनकर दुनू गोटेके एहि परीक्षामे भेटल सफलता हमरा वास्ते केटलिस्टक कार्य केलक। वर्ष 1987 ई मे खूब मेहनत कयल आ 34वीं बी.पी.एस.सी परीक्षा देल। परीणाम आयल नहि उर्तीण कऽ सकलहुँ। बड निराशा भेल।मैथिलीक छात्र भऽ कऽ मात्र 200 मे 71 अंक आयल। मुदा हिम्मत नहि हारल। तैयारीमे भीड़ल रहलहुँ। खूब जोर जोरसँ पढबाक अभ्यास हमरा छल। प्रति दिन प्रातः 5 बाजि क 30 मिनट पर उठि नित्यक्रिया सम्पन्न करैत छलहुँ। स्नान कय भगवतीक कवच पाठ अवश्य करैत छलहुँ। तदुपरान्त 6.30 बजेसँ 10 बजे तक अध्ययन बास्ते बैसि जाइत छलहुँ। ओहि समय जी0 के0 एवं जी0 एस0 जोर जोरसँ बाजि कऽ पढी। तकरबाद पेपर एवं मैगजीन पढी। 10 बजेसँ 12 बजे तक भोजन बनाबी एवं भोजन कय बर्तन आदि साफ कय आराम करी। प्रायः 1 बाजि कऽ 30 मिनट पर पुनः अध्ययन बास्ते बैसि जाइ ओहि समयमे इतिहास विषयक अध्ययन करी। एक प्रश्नके कमसँ कम 10 बेर पढी। तकराबाद ओकरा लिखी। एहिसँ हमरा पूर्णताक एहसास होइत छल।एहि बातक ज्ञान हमरा प्रोफेसर हरिमोहन झाक जीविनीक अध्ययनसँ ज्ञात भेल। बी.पी.एस.सीके इतिहासक प्रश्न पत्रमे पाँच प्रश्न लिखिबाक बास्ते देल

जाइत छल। जकरा बास्ते मात्र 2 घंटा 30 मिनट भेटैत छल। अस्तु एक प्रश्नक लेल 30 मिनट समय भेटैत छल। हम एहि प्रकारे अभ्यास करय लगलहुँ। 6 बजे बाजारसँ सब्जी लेनाई एवं भगवतीक दर्शन करब ई हमर नित्य क्रिया भऽ गेल छल। सायंकाल पुनः 7 बजेसँ पढबाक बास्ते टेबुल - कुर्सी पर बैसि जाइत छलहुँ। पुनः 9 बजेसँ खाना बनेनाइ एवं भोजन केनाइ आदि कार्य होइत छल। 11 बजे सँ पुनः 12 बजे तक अध्ययन होइत छल। 12 बजेसँ शयन कार्य होइत छल एवं प्रकारे 3 वर्ष धरि लगातार ई रूटीन चलैत रहल। फलतः हमर तैयारी खूब नीक भऽ गेल। 35 वीं बी.पी.एस.सी. परीक्षा भेल। एहि बेरक परीक्षामे इतिहासक प्रश्न पत्र खूब कठिन छल। परिणामतः अधिकांश छात्र परीक्षा छोड़ि निकलि गेल। हम अकेला व्यक्ति ओहि सेंटर पर रही जे अन्त धरि परीक्षा देलहुँ। सभ विषयक परीक्षा नीक भेल छल। लिखित परीक्षाक परिणाम निकलल।हम उर्त्तीण कयल। मौखिक परीक्षा भेल जाहि मे लगभग 24 प्रश्न हमरासँ पुछल गेल छल। राज्यमे मात्र 57 गोट पद छल। जाहिमे सबसँ बेसी पद सहायक निबंधक सहयोग समितिमे छल। 595 नम्बर आयल छल। परिणाम वर्ष 1989 ईक अक्टूबरमे निकलल, हमरा सहायक निबंधकक पद भेटल। हमरा जाहि दिन परिणामक जानकारी भेटल से दिन छल विजयादशमी। बी.पी.एस.सी. परीक्षा पास करबाक जे रहस्य अछि ओहि संम्बन्ध मे विस्तृत वर्णन आगूक अध्याय माँ चकौती दुर्गाक महिमामे भेटत।

जखन हम एम0 ए0 परीक्षा वर्ष 1987 के फरवरीमे देल। ओकर प्रातसँ हम घरेलू ट्यूशन शुरू कयल। प्रथम माह मे 80 रूपैआ हमरा प्राप्त भेल छल। तकर बाद 450 रूपैआ ट्यूशन मदसँ भेटय लागल। श्री

गिरिजा नन्दन मिश्रा (छोटू भाई) कहलनि जे रमाकान्त राजेश्वरी इन्टर कालेज, देशरी, वैशालीमे मैथिली विषयक लेक्चररक पद खाली छैक। हम शीघ्र ओतय जा ओहि पद पर अपन योगदान देल। पटनासँ ओतय जाइ - आवी ताहिमे लगभग 25 रू लागि जाइत छल। हम कालेज प्रबंधनसँ कहि देने छलियनि जे सप्ताहमे तीन दिन वर्ग लेब जकरा ओ स्वीकार कएलनि। उक्त खर्चक वहन ट्यूशनसँ प्राप्त आयसँ होइत छल। देशरी जाय-आवयमे जे समय लगैत छल ओकरा हम अपन तैयारीमे व्यतीत करैत छलहुँ कालेजसँ किछु नहि भेटैत छल जे बहुत कष्टकारी विषय छल। कालेजमे नीक छात्र छल। शिक्षक सेहो नीक छल। सभ एहि उम्मीदमे कार्यरत छल जे कही सरकारीकरण होयत तऽ लाभ भेटत। करीब एक वर्ष हम कार्य कयल। एक दिनक बात अछि कालेजक सभ शिक्षक चिंतीत देखाइ देलनि। पुछलियनि जे की बात छैक, सभ कहलनि जे कालेज सरकारीकरण होमय जा रहल अछि। सचिवके आदेश छनि जे सभ शिक्षकसँ डोनेशन लेल जायत। ई सुनि हम दंग रहि गेलहुँ। एहि बीच जे.आर.एफ के परीक्षफल आबि गेल छल। हमर मनोबल उँच छल। ओहि दिन हम निर्णय लेल जे आइके बाद आब एतय नहि जायब। ओकर बाद हम घरमे रहि तैयारी करय लगलहुँ। बी.पी.एस.सी. परीक्षा पास कयलाक बाद हमरा उपर अनेको कन्यागत आवय लगलाह। हमर उमर 28 वर्ष छल।विवाहयोग्य तऽ रहबे करी मुदा बेरोजगारीक समय कतौसँ कथा नहि आबय। 1988 ई मे हम बैकिंग परीक्षाक लिखित परीक्षा पास कयल।ई जानि एक कन्यागत बैकटपुरसँ आयल छलाह। सभ बात तय तमन्ना भय गेल। बाबूजीक विचार भेलनि जे जेठ बालक एकर निर्णय पटनामे करताह। तिथि निर्धारित भेल। भैया कथाके अंतिम रूप देबाक वास्ते

पटनामे कन्यागतके इंतजार कय रहल छलाह। हम ओतहि पढैत रही। किछु कालक बाद भैयाके हम कहलियनि लगैत अछि जे हमरा बैंकमे नहि भेल। भैया पुछलनि से कोना। हम कहलियनि जे कन्यागत महराजके पता चैलि गेलनि जे लड़का बैंकमे नहि पास कयलक तैं हम किएक जाउ। इएह कारण अछि जे ओ अखन धरि नहि अयलाह अछि। भैया बजलाह जे तू कोनो बेरोजगार छैं।हम कहलियनि जे कन्यागत बास्ते हम बेरोजगार छी।

विवाहक प्रकरण

विहार लोक सेवा परीक्षा उतीर्णताक बाद कन्यागत लोकनिक आगमन ओहिना होमय लागल जेना ग्रीष्मकालीन पहिल वर्षामे चारूकातसँ नव-नव दादुर पुलकित भय अनघोल मचा दैत अछि। जहियासँ हमर बी.पी.एस.सीके परिणाम आयल तहियासँ बाबूजीके नौकरीमे कनियो मोन नहि लगनि। ओहि समय कुसियार गाँव रेलवे स्टेशनपर पदस्थापित रहथि। छठि पावनिमे गामहि छलाह। ओहि समयमे प्रायः प्रति दिन घटक आवय लागल। बाबूजी असहज स्थिति महसूस करय लगलाह। ककरा की कहल जाय ई एक समस्या होमय लागल, खासकऽ कऽ ओ घटक जे कमीशन करवासँ पूर्वमे आयल छलाह। बाबूजी हमरासँ कहलनि जे हमर जीवन धन्य भऽ गेल तोरा सद्दश्य पुत्र पावि कऽ। ई बताब जे एहि घटकलोकनिके की कहल जाय। हम कहलियनि बाबूजी एकरा सभके दू कोटिमे बाँटि सकैत छी। पहिल कोटिमे हुनका सभके राखू जे बी.पी.एस.सी. परीक्षा पास करबासँ पूर्वमे अवैत छलाह। किएक तऽ ओ लोकनि ओहि समयमे

किराणी लड़काक प्रति अवैत छलाह। तैं हुनका स्पष्ट कहि सकैत छी जे कथा अपने ओतय नहि कऽ सकैत छी किएक तऽ लड़का आब पदाधिकारी छथि।

दोसर कोटिमे ओहि घटक सभके राखि सकैत छी जे जाति पाँजिके हो। लड़कीक पिता गजेटेड हो। लड़की कम सँ कम बी0 ए0 पास हो एवं सुन्दर-सुशील हो। आवश्यकतानुसार खर्च कय सकैथ। एहि प्रकारे सभ घटक लोकनिके सार्थक जबाब दय बाबूजी विदा करऽ लगलाह। श्री ब्रजकान्त मिश्र, उत्पाद अधीक्षक, ग्राम-तरौनी, वत्स - गोत्रिय, पाँजि- महेषखूट चकौती पहुचलाह आ अपन कन्याक विवाह हेतु प्रस्ताब रखलाह।हिनक प्रस्ताबके निर्धारित पैमाना पर राखल गेल। सभमे ई पास कयलनि। हुनका कहल गेल जे कथा हमरा पसन्द अछि। आगू माँ भगवतीके जे कृपा हेतैनि से होयत। अपने हमर जेठ बालकके सम्पर्कमे रहब। एतेक कहि बाबूजी कुसियार गाँव चल गेलाह। मुदा हुनका ओहि ठाम रक्तचाप बढल रहबाक कारणे योगदान नहि करेलकनि।ओ अत्यन्त स्वाभिमानी व्यक्ति छलाह। पैसा के अभाव भऽ गेलनि ओ हमरा सँ 400रू के माँग केयने छलाह।हम तुरंत पैसा पठोने छलियनि। पुनः पत्र लिखलनि जे अखनधरि योगदान नहि करौलक अछि। हम निर्णय कयल जे अनेरे बाबूजी ओतय बैसल छथि। किएक नहि हुनका लायल जाय।अगिला दिन हम कैपिटल एक्सप्रेससँ कटिहार गेलहुँ। ओहि ठाम सँ योगवनी बला लाइनके गाड़ीसँ कुसियार गाँव पहुँचलहुँ। चारि दिनक बाद ओहि ठामसँ दुनू गोटे भैया लग समस्तीपुर अयलहुँ। डेरा पर माँ, बाबूजी, भैया एवं हम रही। बैसार भेल। हम कहलियनि जे हमर एक माँग अछि। सभ चकित भऽ हमरा दिस तकैत पूछलाह की अछि आहाँक माँग। हम कहलियनि जे

एक मारूति 800। किएक तऽ भैयाके बहुत दिनसँ चारि पहिया गाड़ी क्रयक बास्ते हम कहैत छलियनि।से समय आब आबि गेल अछि। भैया हँसैत बजलाह जे गाड़ी कतय राखब। हमरा मात्र राजदूत चाही।अस्तु एक राजदूत एवं वहिनक विवाह बास्ते एक लाख पचास हजार रूपैआक माँग कयल जाय। सर्वसम्मतिसँ एहि प्रस्ताबके अनुमोदन भेल।निर्णय भेल जे भैया पटना जा कऽ श्री बी0 के0 मिश्रासँ बात करताह। बाबूजी गाँव गेलाह। हम पटना आवि गेलहुँ।

निर्धारित कार्यक्रमक अनुसार भैया पटना डेरा पर पहुचलाह। श्री दिनेश झा जे भैयाक पितिया स्वसुर छलाह वएह मिडिएटर छलाह हुनका खबड़ि कएल गेल। ओ लोकनि तीन गोटेसँ कंकडबागमे अवस्थित डेरापर अंतिम वार्ता हेतु उपस्थित भेलाह। श्री बी0 के0 मिश्रा, टभका बला हुनक बहनोई एवं श्री दिनेश झा। पूर्व बनल योजनाके अनुरूप प्रस्ताब राखल गेल। श्री बी0 के0 मिश्रा द्वारा ओहि प्रस्ताबके अस्वीकार कऽ देल गेल। भैया द्वारा हुनका कहल गेल जे नव किछु बातके अंतिम रूप बाबूजी देताह। निर्णय भेल जे चकौती जाय श्री मिश्र जी बाबूजीसँ अपन प्रस्ताब रखताह। एवं प्रकारे सभा विसर्जित भेल। एहि बीच श्री गणपति झा वलिया बला मसियौत भाइ एक कथा हाबीभूहारके श्री रामविलास झाक पूत्री प्रति लेलाह। ओ कहलनि जे श्री झा पाँच लाख रूपैआ एवं एक चारि पहिया गाड़ी देताह। श्री बी0के0 मिश्राके घरक स्थितिक विषयमे सभ बात कहलनि। सभ बात हमरासँ दूर भऽ कऽ होइत छल। मुदा हमरा विषयमे होइत बात चीतके कतौ हम नहि जानी। भैया रात्रीमे हमरा कहलनि जे कतय फाइनल कएल जाय।

एहि कथाके पूर्व श्री अनील मिश्रा अपन बहीनक प्रति कथा लायल छलाह। ओ मैथिली विभागक छात्र छलाह। अपन बैचमे टॉप कएने छलाह।संगहि जे0आर0एफ0 परीक्षा सेहो पास कएने छलाह।ताहि कारणे ओ हमर पूर्व परिचित लोक छलाह। हुनक बहिन कुमारि छल। हुनक गोत्र मरेड़े कंसम जे निम्न कोटिक मूल अछि। ओ हमरा डेरा पर आवि साफ साफ कहि गेलाह जे पंकज जी आहाँके हमरा अपन बहनोइ कोनो स्थितिमे बनेबाक अछि। एहि बास्ते यदि कंकड़बागक जमीन देमय परत से हम देब। हुनक बात चेताबनीसँ भरल छल। हुनको डेरा कंकड़बागमे छल। ओ प्रायः सायंकाल डेरा पर आबि चेताबनी भरल बात बाजथि जाहिसँ हम डरि गेलहुँ। हम कहलियनि अनिल जी हमर गारजियन बाबू जी एवं भैया छथि। अहाँ हुनकासँ बात विचार करू। हम हुनकालोकनिक अधीन छी। कोनो स्थितिमे आहाँ जे चाहैत छी जे हम अहाँक वहिनसँ विवाह करबा लेल हामी भैर दी से संभव नहि अछि। अहाँ हमरा गाम जाउ तथा बाबूजीसँ गप्प करू। हमर दृढ विचार देखि चकौती गेलाह आ अपन प्रस्ताब बाबूजी लग रखलाह मुदा हुनक मूल सुनि कथाके ओतहि ड्राप कऽ देलनि।

डेरा पर हम एवं शत्रुघ्न रही। शत्रुघ्न हमर उच्च विद्यालयके संगी अछि। दुनू गोटे एहि विन्दु पर सोचय लगलहु।रातिक समय लगभग दस बजैत छल शत्रुघ्न खाना बनबैत छल। हम माँ भगवतीक पद्धतिके पढैत रही। घर पर आयल समस्याके भगवतीके समक्ष समर्पित कयल। भैयाक बचनके ध्यानमे राखि हम भगवतीसँ निवेदन कएने रही। लगभग साढे दस बजे हमरा मस्तिष्कमे अचानक बात आयल जे विवाह तरौनी ठीक रहतौ। एकरा भगवतीक बात मानि प्रातः काल चकौती वास्ते प्रस्थान कएल।

रास्तामे यज्ञी भैया भेटेलाह। सभ बात हुनका बसमे कहलियनि। सायं काल करीब चारि बजे गाँव पहुचलहु। कका एवं बाबूजी घूर तपैत रहैथ। चकित भऽ देखैत रहलाह। हम प्रणाम पाती कऽ माँके भगवती लग जा कऽ सब बात कहि सुनेलियैक। आ इहो बुझेलियैक जे एहिमे पैसा व्यवधान उचित नहि। एतबहिमे भैया ऑंगनमे प्रवेश करितहि जोरसँ बाजल छलाह जे बी0 के0 मिश्रा मानि गेलाह। विवाहक दिन 15 फरवरी 1990 ई निर्धरित भेल। खूब धूम धामसँ विवाह पटनामे सम्पन्न भेल। एक बस विवाहमे वराती गेल छल। वरातीक संख्या 35 छल। विवाहसँ पूर्व कनिआँ देखवाक कोनो प्रस्ताव कन्यागतक समक्ष नहि राखल गेल छल। मात्र लड़कीके फोटो देखल गेल छल। ओहि पर पूरा भरोसा कय कऽ विवाह भेल। ई बाबूजीक महानताक एक उदाहरण अछि जखन कि ओहि समयमे प्रायः सभ केओ विवाहसँ पूर्व लड़की देखैत छल। ओहि विवाहमे श्री प्रकाश झा सेहो आयल छलाह। तरौनी गाँवक पटनामे रहनिहार प्रायः सभ केओ उपस्थित भेल छलाह। श्री वैद्यनाथ मिश्र 'यात्री' हमर स्वसुरके काका छथि। हुनक ऑंगन आ हमर स्वसुरक आँगन सटले अछि। विवाहमे बरयातीके सम्मान-सत्कार खूब भेल छल। ओकर चर्चा अखनो जे वरियाती गेल छलाह से करैत छथि। पूरा विवाहक भीडियोग्राफी सेहो भेल छल। भगवतीक कृपा प्रसाद हमरा जीवनमे ई तेसर छल। सासुरमे दू सारि एक सार छथि। हमर स्वसुरक पितामह एकनाथ मिश्र छलाह एवं पिता चन्द्रशेखर मिश्र। सारक नाम श्री सुनील कुमार मिश्र छनि। जेठ सारि श्रीमती अनिता मिश्र छथि। हिनक विवाह ककरौर श्री विद्यानन्द झासँ भेल। ई एल.आई.सी. मे डबल ए.ओ के पद पर कार्यरत छथि। छोट सारि श्रीमती अनिता मिश्रके नाम सँ जानल जाइत छथि।हिनक विवाह

काँचीनाथ झा किरणके पौत्र श्री अवनीन्द्र कुतार झासँ भेल। हिनक पिता श्री केसरी नाथ झा भारतीय प्रशासनिक सेवाके पद सँ सेवानिवृत भेलाह।

हमर प्रथम पोस्टिंग गुमला जिलामे सहायक निबंधक, सहयोग समितियाँके पद पर भेल। दिनांक 25 अक्टूबर 1990 ई कऽ हम ओतय योगदान देल। योगदानके तुरत बाद हम गाड़ीके संबंधमे स्टाफ सँ पुछल। ओ लोकनि कहला जे एतय सहायक निबंधकके गाड़ी छैक। ई जानि हमरा हृदयमे भगवतीक प्रति आनन्दाश्रू आँखि सँ निःसृत भऽ गेल। विवाहसँ पूर्व हमरा अभास भऽ गेल छल जे माँ दुर्गा हमरा बी0पी0एस0सी0क परीक्षा पास करा देतीह आ गाड़ी सेहो देतीह। हमरा अन्दरमे ओतय 45 गोट सहकारिता प्रसार पदाधिकारी छल। प्रत्येक प्रखण्डमे एक लैम्पस छल जे आदिबासीक लेल कार्य करैत छल।सभ लैम्पसमे सदर अनुमंडल पदाधिकारीसँ मिलि कऽ जन वितरण प्रणालीके दुकान शुरू करबाओल। ओहिसँ पूर्व जन वितरण प्रणालीके दुकान लैम्पसमे नहि छल। स्थानीय माफिया सभ घूसके बदौलत जनवितरण प्रणालीके दुकान चलबैत छल।एहिसँ लैम्पसके कमीशन प्राप्त होमय लागल आओर संस्था लाभ अर्जित करय लागल। गुमला अंचलके सभ लैम्पसमे ईईसी गोदाम निर्माणके कार्य सम्पन्न करबाओल। फलतः सहकारिताके एक पहचान होमय लागल।

ओहि ठाम कर्मचारीके बीच जबर्दस्त राजनीति चैलि रहल छल। एक जीप चालक नाम रास बिहारी छल। ओकर स्थानान्तरण अनयत्र भऽ गेल छल। ओकरा स्थान पर प्रतिस्थानी सेहो योगदान दय देलक। नियमतः ओकरा रिलिभ करय परल। जकर विरोध ओ कएलक आ भरि

दिन ओ एक हाथ मे डंडा दोसर हाथ मे टेंगारी लय हमरा एवं पूरा सहकारिता विभागके गाड़ि दैत रहल। संयोग देखू ओहि समय मे ने तऽ श्री सुनील कुमार एम.डी. कोओपरेटिभ बैंक छलाह आ ने डी.सी.ओ. साहेब छलाह। करीब तीन बजे हम डी0सी0 एवं एस0पी0 सँ भेट करबाक उद्देश्यसँ निकललहुँ। मुदा केओ नहि भेट भऽ सकलाह। वापस अबैत रही तऽ संयोग सँ सारजेंटमेजरसँ भेट भऽ गेल। ओ पुछलनि आपका चेहरा क्यों घबराया जैसा लगता है। हम कहलियनि जे की कहु मेरा अपनेही चालक गाली दे रहा है। ओ कहला जाइए अब आएगा तो हमको एक पुर्जी भेज दीजिएगा। वापस अयलहु आ कुर्सी पर बैस गेलहु। पुनः ओ गाड़ि दैत चारू कात घूमय लागल। हम पुर्जी लिखि कैलास बाबू सहकारिता प्रसार पदाधिकारीके माध्यमसँ पठाओल तथा कवच पाठ करय लगलहु। जखनहि कवचक पाठ खत्म भेल तुरत मेजर साहेब ओकरा हाथमे हथकरी लागा कऽ जेहल लऽ गेलाह। एहि सँ हमर यश बढल। ई भगवती के चारिम कृपा छल।

14फरवरी 1991 ई क हमरा प्रथम पुत्र रत्न प्राप्त भेल।अपन आवास श्री शिवशंकर झाक मकानमे रखलहु। ओ प्रोफेसर छलाह। हुनक मकान खपराक छल। ओहिमे हम करीब दू वर्ष रहलहुँ। ओतय जनवरीमे श्री रमोद नारायण झा प्रबंध निदेशक गुमला सिमडेगा सेंट्रल कोओपरेटिभ बैंकमे बनि अयलाह। आब दुनू गोटे श्री उपाध्याय जीके मकानमे अपन आवास लय गेलहु। अगस्त 1992 मे दोसर पुत्र रत्न चि0 श्री कीर्ति सौरभक जन्म भेल।

जूनमे भैयाक पोस्टिंग सेहो गुमलामे जिला शिक्षा अधीक्षकके पद पर भेल। आश्चर्य एवं प्रसन्नताक ठिकान नहि छल। मुदा ई प्रसन्नता मात्र चारि दिनक वास्ते छल। हमरो स्थानान्तरण जूनमे राँचीमे अवस्थित विस्कोलैम्फमे भऽ गेल। ई लाहक संस्था छल। एहि संस्थाके द्वारा आदिवासीके कल्याण हेतु लाहके खरीद कयल जाइत छल। जाहिसँ चपरा बनैत छल। चपराके उपयोग पालिसमे खूब होइत अछि। एकर मांग बेसी विदेशमे अछि। ओहि समय चपराके कीमत 105 रूपये रहैत छल। ओहि ठाम हम प्रशासी पदाधिकारीके पद पर कार्यरत रही। बिस्कोलैम्फके प्रबंध निदेशक के पद पर श्री रत्नेश चतुर्वेदी छलाह। एहि संस्थाके माध्यमसँ जकार्ता, सिंगापुर, जापान, इन्डोनेशिया, जर्मनी आदि देशमे चपराके बिक्री करबाओल। एकर व्यवसायके तरीका सेहो अत्यन्त रोचक अछि। सर्वप्रथम कलकता अवस्थित चपरा बजारसँ ओकर दर निर्धरित होइत छल। एकर संग-संग बिस्कोलैम्फ सेहो अपन दर निर्धारित करैत छल। विदेशी बायर लोकनि अपन मात्रा एवं दर फैक्सके माध्यमसँ पठबैत छल। ओहि दरके निगोसियट कएल जाइत छल। दर निश्चित भेला पर क्षेत्रीय विकास आयुक्तसँ ओहि पर अनुमति लेल जाइत छल। चुंकि ओहि संस्थाके अध्यक्ष आर.डी.सी. छलाह। तैं हुनक अनुमति व्यवसायक लेल आवश्यक छल। हमर पदस्थापना कालमे ओहि संस्थामे सर्वाधिक उत्पादन भेल छल तथा सर्वाधिक चपरा निर्यात भेल छल। चपराके निर्माण विस्कोलैम्फके अपन फैक्ट्रीमे होइत छल। एकर फैक्टी नामकोममे अवस्थित छल। चपरा रखबा लेल पैघ-पैघ कतेको गोदाम छल। ओतए तीन चारि प्रकारक चपरा बनैत छल। विदेशी व्यपार तय भेला पर दरके अनुरूप एल.सी.ओकरा द्वारा पठाओल जाइत छल। तदुपरान्त कलकता अवस्थित एजेंटके माध्यमसँ

सीपमेंट कराओल जाइत छल। सीपमेंटके पूर्व ओकरा मान्यता प्राप्त संस्था सँ निरीक्षण कराओल जाइत छल। सीपमेंट भेलाके तुरंत बाद चपराके कीमत बैंक खातामे आबि जाइत छल। एहि कार्यमे ओहि समय श्री विन्देश्वरी दुबे फैक्ट्री मनेजर छलाह, श्री कामेश्वर तिवारी लेखापाल छलाह, श्री तिलकेश्वर प्रसाद लेखा पदाधिकारीके कार्य करैत छलाह। श्री देवेन्द्र प्रसाद ब्यूजिनेश मैनेजर छलाह। एकर अतिरिक्त अन्य कतेको कर्मचारीगण छलाह जे बिस्कोलैम्फके विकासमे अहम भूमिका निभेलाह। राँची प्रवासक क्रममे श्री सी0डी0 झा सँ 25 डीसमील जमीन माँके नामसँ लेल गेल। हमरा संगे श्री रमोद नारायण झा एवं श्री आनन्द मोहन ठाकुर सेहो जमीन लेलनि। जमीन पर बाबूजी अपन चरण रजिट्रीके प्रातः देने छलाह। श्री सी.डी.झाके द्वारा 20 सितम्बर 1995 ई कऽ ओहि जमीन पर घर बनबेनाइ शुरू कराओल। फरवरी माहमे गृह प्रवेश भेल। ओहि मकानमे करीब छओ महिना रहल रही। तकर बाद हमर स्थानान्तरण छपरा भऽ गेल।

1995 ई. के होलीसँ पहिने किछु डयौढीक विवाद टोलाक लोकसँ भेल छल जाहिमे हमर पिताजी कमल नारायण झा बहुत जोरसँ बिगड़ल छलाह। ओहि तामससँ हुनका हृदयघात भऽ गेल। जकर इलाज राँची अबस्थित सेवा सदनमे भेल छल। ओहिमे ओ 18 दिन भर्ती छलाह। डाक्टर जहन पूर्ण स्वस्थ होयबाक प्रमाण पत्र दऽ देलकनि तऽ ओ डेरा पर आयल छलाह। हमर जीवनमे ई पहिल मौका छल जे माँ-बाबूजी एक साथ एतेक दिन संग रहलैथ। बाबूजी प्रति दिन प्रातः-काल मोरनिंग वाक करैत छलाह। चेहरा अत्यन्त दिव्य भऽ गेल छलनि।हमरा लोकनि काँटाटोली स्थित घोष दादाके मकानमे रहैत रही। ओतय हमर स्वसुर एवं

सास हुनकासँ भेट करय आयल छलाह।जेठ तृतीया कृष्ण पक्ष तदनुसार दिनांक 17 मई 1995 ई के रात्रिमे हम कहलियनि बाबूजी आब आहाँ पूर्णतः स्वस्थ्य भऽ गेल छी। आहाँ अपन स्वरमे देवी कवच पाठ टेप कऽ दिअ। ओ कहला जे ठीक छैक। हम तुरंत रेकार्डप्लेयरके व्यवस्थित कयल। पूरा कवचके पाठ कएलनि। कहलाह जे पूरा दुर्गा पाठ गुरूसँ करालीह। भोजन भात भेलाक बाद सुतऽ चलि गेलहुँ।करीब तीन बजे भोरमे माँ किवार पीट लागल। अचंभित होइत किवार खोललहुं तऽ दृश्य देखि दंग रहि गेलहुँ। देखैत छी जे बाबूजी चौकी पकड़ि दम खींच रहल छथि।हमरा बुझबामे देरी नहि लागल। पुनः हर्टएटैक भऽ गेलनि ई जानि तुरंत हम टैम्पूके खोज करैत श्री ठाकुर जीके नजदीक पहुचलहुँ आ टैम्पू लावि सेवासदन लऽ गेलियनि जतय डाक्टर हुनका मृत घोषित कऽ देलकनि एवं प्रकारे देखितहि-देखितहि बाबूजी शव भऽ गेलाह।

राँचीसँ भैया हम सपरिवार वाहनसँ चकौती बाबूजीके संग अयलंहुँ। गाँवमे सभ क्रिया सम्पन्न भेल।

जून 1996 ई मे हमर स्थानान्तरण छपरा भऽ गेल।हम छपरामे प्रबंध निदेशक, छपरा डिस्ट्रीक सेंटल कोओपरकटिभ बैंक लि.के पदपर योगदान कयल। ओहि बैंकमे दरमाहा पर आफत छल। श्री अमरनाथ मिश्र अवर सचिव के सब दुख दर्द कहलियनि। ओ जून माहके नोटिफिकेशनमे जिला सहकारिता पदाधिकारी छपराके पद पर पोस्टिंग करौलाह। छपरामे हमर एक एक दिन अत्यन्त कठीनसँ व्यतीत होइत छल। मुदा भगवतीके कृपा हमरापर छल तैं समय कुशलतापूर्वक व्यतीत होइत गेल। श्री भरत सिंहके मकानमे हम सात वर्ष रहलहुं। श्री भवनाथ भाईके कुपा सँ श्री

सुरेश कुमार चौवे जीसँ दोस्ती भेल।ओ ग्रामिण बैंकमे मनैजर छथि।हुनक पत्नी सेहो सीडीपीओ पदपर कार्यरत छथि। दुनू व्यक्ति साधू स्वभावके छथि।हुनका संग हम सपरिवार नैमिषारण्य एवं मंगला भगवतीके दर्शन कएल। छपरा रहैतकाल हम विन्ध्याचल एवं बनारसमे बाबा विश्वनाथके संग विशालाक्षी भगवतीक दर्शन सेहो कएने रही। वर्ष 2000 ई मे अपन दुनू बेटा एवं दुनू भतीजाके उपनायन कयने रही। उपनायनक र्चचा दूर-दूर घरि भेल छल। ओहि समयमे एक लाख पचीस हजार रूपैआ खर्च भेल छल।ओहि उपनायनक भिडियोग्राफी सेहो भेल छल।

छपरामे जखन रही तऽ एक घटना घटित भेल। से छल भगवतीक देल स्वप्न। स्वप्नमे देखल जे भैया कारी छागरके स्नान करा कऽ बलिप्रदान बास्ते लाइनमे लागल छथि। सोचय लगलहु आखिर की बात अछि। याद परल जे जखन हम एम0 ए0 मे दरभंगा हाउसमे पढैत रही तऽ माता काली जीके कहलियनि जे हे भगवती यदि हमरो दिलिप जी जेकाँ बी.पी.एस.सी. भऽ जायत तऽ हमहु हुनके जकाँ छागर चढायब। भगवती एहि बातके सुनि लेलनि आ हमरो बी.पी.एस.सी. मे पास करा देलनि। ओहि ठामसँ आबि हम माँ कालीके दरभंगा हाउसमे बलिप्रदानक कार्य सम्पन्न कराओल। एक दिनक बात अछि, हमरा याद परल भगवतीक संग कएल गेल ओहि कमिटमेंटके जे हमरा बी.पी.एस.सी.क कोनो पद दिया देल जाय तकरबाद हम आहाँक महिमाके बखानमे लागल रहब।एक वर्ष धरि लगातार दुर्गासप्तशतीके पाठ नित्य कएल। मुदा गुमलामे भेल व्यवधानके बाद हम तेरहो अध्यायके पाठ छोड़ि देल। छपरामे हनुमतजयन्ती समारोह मनाओल जाइत छल। ओतहि श्री मद्देवीभागवतक पुस्तक भेटल। ओहि पोथीके लावि हम खूब अध्ययन कयल।फलतः

मोनमे आब संतोष होमय लागल जे भगवतीक संग भेल कमिटमेंटके हम पूरा कऽ रहल छी। एहि पोथीके पढबामे हमरा बड आनन्द लगैत अछि। अखन धरि एहि पुस्तकके हम नओ बेरि पढि चुकलहुँ अछि। छपरामे अनेको घटना घटल जकरा एतय वर्णन करब कठिन अछि।

एताबता ई कहि सकैत छी जे छपरा सँ सकुशल सेवा कए हाजीपुर गेलहुँ। छपरामे हमरा 2001ई० ई मे तेसर पुत्र रत्नक प्राप्ति भेल। जिनक नाम चिरंजीवी श्री साकेत सौरभ राखल गेल। चिरंजीवी श्री निशान्त सौरभ एवं चिरंजीवी श्री कीर्ति सौरभके आरम्भिक शिक्षा ब्रजकिशोर पब्लिक इसकुल छपरामे भेल। छपरा के आइ0सी0डी0पी0 के तहत लेवामे हमर योगदान छल।

8 फरवरी 2003 ई मे हमर स्थानान्तरण जिला सहकारिता पदाधिकारी हाजीपुर भेल। संगहि प्रबंध निदेशक, हाजीपुर डिस्ट्रिक सेंटल कोओपरेटिभ बैंक लि के अतिरिक्त प्रभार देल गेल। ओहि समय श्रीमती बीणा साही, सहकारिता मंत्री छलीह। नोटिफिकेशनके बाद हम माननीय मंत्रीसँ भेंट करय गेल रही। ओ कहली पंकज, “सबसे कम उम्र होनेके नाते तुम्हारा पोस्टिंग हाजीपुरमे किया हूँ। तुम से उम्मीद है कि तुम बैक को सेक्शन 11 से निकालोगे”।

ई बात हमरा मन के झकझोरि देलक।ओहि ठाम सँ हम हाजीपुर अयलहुँ। आब हमरा दिन राति केवल ओतवय चिंता सतावय लागल जे बैंक कोना सेक्शन 11 सँ निकलत। ओहि समय हमर विभागक सचिव श्री अभिताभ वर्मा छलाह।विहारमे ओहि समय पटना, आरा, गोपालगंज एवं भागलपुरके छोड़ि प्रायः सभ बैंक सेक्शन 11 मे चलि गेल छल। सचिव

महोदय द्वारा सभ बैठकमे फसल बीमाके माध्यमसँ बैंकके कोना उवारल जा सकैत अछि ताहिके विषयमे रास्ता बताओल जाइत छल। हुनक बताओल गुरके नीकसँ जानल। सभ स्टाफके मिटींगमे तरीका बताओल मुदा बैंकके प्रशासी पदाधिकारी श्री उमाशंकर सिंह एहि कार्य मे असहयोगात्मक रवैया अपनाब लगलाह।फलतः सभ सहकारिता प्रसार पदाधिकारी हुनक भय सँ एहि मे अभिरूचि नहि लैथि। बैंकक निर्वाचन भेल। श्री शिव नारायण मिश्रा निर्विरोध अध्यक्ष निर्वाचित भेलाह।बैंकक स्थितिसँ ओहो बहुत चिंतीत रहैत छलाह। हुनका अपन भावनासँ अबगत कराओल। एहिसँ ओ खूब प्रसन्न भेलाह। एहि विषयमे ओ स्वयं श्री अमिताभ वर्मासँ भेंट कएलनि। हमर बातके संबंधमे पुछलखिन। श्री वर्मा जी स्पष्ट रूपसँ कहलखिन जे अगर आपके बैंक से वित पोषण किया जाता है तो फसल क्षति होने पर उसका क्षतिपूर्ति बीमा कम्पनी से अवश्य मिलेगा। आव एहि कार्यमे हम दुनू गोटे जोर सोर सँ पूर्वके देल ऋण वसूलीमे लागि गेलहु एवं वसूल कएल गेल रूपैआ सँ ऋण वितरण कार्य कएल गेल।लगभग 5 करोड़ 10 लाख रुपया ऋण वितरण कएल गेल। ओहि वर्ष राघोपुर, विदुपुर, महनार आदि क्षेत्रमे विनासकारी बाढि आयल छल। फलतः किसानक सभ फसल मारल गेल। बैंक के 4 करोड़ 80 लाख रुपैआ बीमा कम्पनीसँ क्षतिपूर्ति राशि प्राप्त भेलैक। विहारमे हाजीपुर पहिल बैंक छल जकरा सभसँ बेसी राशि भेटलैक।श्री के0के0 पाठक ओहि समय स्टेट को-ओपरेटिभ बैंक पटनाके प्रबंध निदेशक छलाह। ओ हमरा बजाय कऽ एहि विषयमे पुछने छलाह। हमर उपलब्धि पर ओ खूब बधाई देने छलाह।

बैंकके 2005 ई मे नवार्ड द्वारा निरीक्षण भेल जाहिमे पाओल गेल जे हाजीपुर डी0सी0सी0बी सेक्शन 11 सँ बाहर निकैल गेल अछि।

बैंकके उत्थान भेलाक बाद हमरा द्वारा एहि संबंधमे एक कहानी लिखल गेल छल।जकरा विभाग के पठौने रही।

एकरबाद ओतय हमरा लालगंज नगर पंचायत के कार्यपालक पदपधिकारीके पद पर सेहो कार्य करबाक मौका भेटल। एहि पद पर रहैत हम 401 चापा कल गराओल। 18 गोट पसीसी रोड बनबाओल। करीब 50 सँ बेसी इन्दिरा आवास योजनाक तहत घर बनबाओल। एकर अतिरिक्त 65 लाख के एस्टीमेटके प्रशासनिक भवन बनबाओल। ई सभ उपलब्धि श्री पुरी जी, नगर पंचायतक अध्यक्षक चलते भेल छल। तैं हुनका हम शत-शत नमन करैत छी।

हाजीपुरमे एकहि संग हम जिला सहकारिता पदाणिकारी, प्रबंध निदेशक, हाजीपुर, डिस्ट्रिक्ट सेंट्रल को ओपरेटिभ बैंक लि, सहायक निबंधक स0स0 हाजीपुर एवं कार्यपालक पदाधिकारी नगर पंचायत लालगंजके प्रभारमे रहि सफलतापूर्वक कार्य कयल। एहि जिलाके आई0सी0डी0पी योजना सँ आच्छादित करेवामे हमर अहम भूमिका छल। दुनू बच्चा हाजीपुरक संतपाल इसकुलमे सात-आठ वर्ग तैक अध्ययन कयलाह। तकर बाद दुनू वच्चाके पटना स्थित बी0डी0 पब्लिक इसकुलमे नाम लिखाओल गेल तथा ओकरा सभके होस्टलमे व्यवस्था कयल गेल।

छपरामे जहन पदस्थापित रही ओहि समयसँ मोनमे विचार उठ लागल जे रहबाक बास्ते किछु जमीन शहरमे क्रय कयल जाय। श्री भरत

प्रसाद सिंह मकान मालिक छपरा बराबर कहैत छलाह रउआ छपरामे एक दुई कठा जमीन ले ली। एक से डेढे लाख रुपआमे हो जाइ। मुदा हमरा छपरामे रहबाक कनेको इच्छा नहि छल। जखन हमर पोस्टिंग हाजीपुर भेल तऽ कतेक गोटे हाजीपुरमे जमीन लेवा वास्ते अनुरोध कएलनि। एतौ जमीन लेवाक मोन नहि भेल। भेल जे विहारमे कतौ पोस्टिंग होयत तऽ पटना मिटींग वास्ते आवऽ पड़त तऽ डेराक सुख भेटत।मुदा यदि पटनासँ अन्यत्र घर बनायब तऽ जेवामे परेशानी होयत।तैँ नीक होयत जे जमीन लय पटनामे घर बनाओल जाय।पटनामे जमीन खोज करय लगलहु।तीन चारि ठाम जमीन देखल मुदा कोनो ने कोनो अबगुन निकलि जाय। अंतमे निराश होइत भगवतीसँ अराधना कएल।जगदम्बाके कहलियनि जे माते की हमरा जमीन रहवा वास्ते नहि हेतैक।हम थाकि गेल छी। प्रयास चलैत रहल। एक दिनक बात अछि। मिथिला कोलनीमे हमर मसियौत भाई श्री भवनाथ प्रतिहस्त रहैत छथि, हुनकासँ आवि भेटि कायल आ सब बात कहलियनि। ओ श्री राजेन्द्र प्रसाद जीक जमीन देखैाला। ई जमीन मिथिला कोलनी जायवला मुख्य सड़क पर अवस्थित अछि जे सड़कसँ पश्चिम मे 44 फीट चौड़ा 93 फीट लम्बा पलॉट अछि पलॉटके दुनू तरफ सड़क अछि। पलॉटसँ गाँधीमैदान-दानापुर मुख्य सड़क मात्र 160 फीट पर अवस्थित अछि। जमीन देखि हम तुरंत पसन्द कयल। एहि जमीनके पुनः आबि स्वयं देखल। लागल जेना जमीनसँ चमराक गन्ध आबि रहल अछि। ओहि ठामसँ तुरन्त वापस हाजीपुर आबि गेलहुँ। मोन छोट भय गेल। भगवतीसँ कहलियनि लगैत अछि जे इहो जमीन नहि होयत।किएक तऽ जमीनके बगल वला जमीनपर चमराके जूता बनेवाक फैक्ट्री अछि जकर गन्धसँ चारू कात गन्ध फैलैत अछि। तैँ ओतय रहब मुश्किल होयत।

लगभग एक सप्ताह तैक निश्चिन्त रही।मुदा एक सप्ताह जहिया पुरल तकर परात लगभग चारि बजे सबेरे एक स्वप्न देखल जे ओहि जमीनपर हम एवं पत्नी लाल वस्त्र धारण कय पूजापर वैसल छी। श्री भवनाथ भाई पूजा करा रहल छथि। पूजा समाप्त भेल ओ जोर सँ कहि रहल छथि जे ई जमीन तोरा धन्य धान्य सँ परिपूर्ण करतौ।

नींद खूजल। पत्नीके कहलियनि जे चलू- चलू भगवती कहि देलनि, ओहि जमीनके विषयमे। पत्नी पुछलनि की जगदम्वा कहलनि। उपर्युक्त सभ बात हुनका बताओल। तुरत हम दुनू गोटे तैयार भेलहु आ गाड़ीपर बैसि भवनाथ भाईके ओहि ठाम अयलहुँ। कहलियनि जे भैया जमीन हमरा पसन्द अछि। शीघ्र एकरा एकरारनामा कराउ। ओ तुरत श्री शत्रुघ्न प्रसादके बजौलनि। पत्नीके नामसँ दू कठा जमीनक एकरारनामा भेल। निर्णय भेल जे जमीनक निबंधन कलशस्थापन दिन हो। सएह भेल।पुनः भगवतीक कृपासँ दू कठा जमीन प्राप्त भेल। मैयाक ई अनुपम कृपा हमरापर भेलनि। आव ओहि पर घर बनेबाक रास्ता बन लागल। श्रीमनोज कुमार अभियन्ता, हाजीपुरमे भैटेलाह। ओ चकौतीके दुर्गास्थानक डीजाइन कयने छलाह। हुनका अपन इच्छा बताओल। तदनुस्वार हुनके द्वारा डीजाइन कैल गेल। आगूसँ नीचा- उपर दुकान, पाछू सँ ग्राउन्ड तल पर आवास, बेसमेन्टमे पारकिंग एवं उपरमे उत्सब हॉलक निर्माणक योजना बनल। हुनके द्वारा विश्वकर्मा सदृश्य श्री बैद्यनाथ जीसँ परिचय कराओल गेल।हुनका द्वारा घरक कार्य अक्टूवर-नबंवर 2005 ई सँ शुरू भेल। घरक सामग्रीह सब उपलब्ध करौलनि स्व०भूषण जी। उत्सव हॉलक नाम 'रूपं उत्सव हॉल' राखल गेल।रू-सँ रूब्बी एवं पं-सँ पंकज। संगहि - रूपं - शब्द दुर्गासप्तशती के मंत्रक रूप मे सेहो प्रयुक्त भेल अछि। एहि हॉलसँ

एखन धरि 200 सँ बेसी विवाह आदि भऽ चुकल अछि। दुकानक संख्या 20 अछि। एतेक दुकान बनेबाक पाछू सोच ई छल जे एहि क्षेत्रक विकास हो, दोसर सोच ई छल जे कोनो समान बास्ते हमरा सभके दूर नहि जाय परए। तहिना भऽ रहल अछि। अखन धरि एहिमे जेनरलस्टोर, चुड़ीदुकान, वाटर-प्योरिफायर, वस्त्र, हार्डवेयर, कपड़ा दुकान, सैलून दुकान ब्यूटीपारलोर, गहना, सिलाइ, कॉसमोटिक एवं ट्यूशनक दूकान खुलि चुकल अछि। हमर जीवनमे भगवतीक महिमाक ई पाँचम उदाहरण अछि।

भागलपुर पोस्टिंगक समय मिथिला कोलनीमे घर आदि तैयार भऽ गेल छल। गृह प्रवेश 30 नबंवर 2006 ई मे भेल। अगस्त 2007 ई कऽ हमर स्थानान्तरण जिला सहकारिता पदाधिकारी भागलपुरके पद पर भऽ गेल। समयक इंतजार कैरते रही, दिनांक 6 अगस्त 2007 कऽ अपन चार्य श्री आर0एन0 पाण्डेयके देल। ओहि दिन पटना डेरा पर सभ समान लावि राखल, वच्चा सभके सेहो हॉस्टलसँ लावि डेरा पर राखि प्रातःकाल भागलपुरके वास्ते प्रस्थान कयल।

भागलपुरमे श्री कवीन्द्र नाथ ठाकुरसँ दिनांक 7 अगस्त कऽ प्रभार ग्रहण कयल। डेरा श्री रजक जीक मकानमे राखल।किराया 1250 रू निर्धारित भेल। भोजन बगलमे एक होटलमे करी।ओतय बड मुश्किलसँ समय कटल। श्रीरजक जीके मकानमे प्रवेश अन्य लोकके नहि छल। ओहि ठाम जे हमर दिनचर्या छल से एहि प्रकार- नित्य प्रातःकाल पाँच बजे उठि जाई। नित्यक्रियाके बाद घरक छत पर आधा घंटा टहली।तकरबाद पैंतालीस मिनट प्रणायाम करैत छलहुँ। स्नानादिके बाद पूजा पाठ करी ई सब कार्य करीब आठ बजे तक भऽ जाइत छल। डेढ घंटा देवीभागवतक

अध्ययन करैत छलहुँ। दस बजे कार्यालय जाइत छलहुँ। कार्यालय कार्य सम्पादनक उपरान्त साढे पाँच बजे डेरा आबि पुनः किछु काल देवीभागवतक अध्ययन होइत छल। तकरबाद मोबाइलमे टेप कायल श्रीकान्त शर्माक भागवतके सुनिते छलहुँ। एवं प्रकारे हमर समय कटऽ लागल। ओहिठाम हमरा एकहि संगे जिला सहकारिता पदाधिकारीके अतिरिक्त सहायक निबंधक भागलपुर एवं नवगछिया, मुख्य कार्यपालक पदाधिकारी भागलपुर क्षेत्रीय हस्तकरघा बुनकर सहयोग समिति लि0, प्रबंध निदेशक, दी भागलपुर सेंट्रल को- ओपरेटिभ बैंक लि, उप निबंधक भागलपुर प्रमण्डलके पदक दायित्वके सम्हारलहुँ। बुनकर संघ एवं को-ओपरेटिभ बैंकमे हमरा द्वारा कतेको महत्वपूर्ण कार्य कएल गेल। क्षेत्रीय हस्तकरघा बुनकर सहयोग संघमे बीस बर्षसँ बोर्ड नहि छल।सर्वप्रथम एकर निर्वाचन कराओल। मो0 ईबरार अंसारी एकर अध्यक्ष निर्वाचित भेलाह। एहि संघके माध्यमसँ भागलपुर सिल्कक जी0 आई0 रजिस्ट्रेशन चिनैईसँ कराओल। बिहारक भिन्न-भिन्न अस्पतालमे चादरक आपूर्ति एहि संस्थाके माध्यमसँ कराओल। एहि संस्थाके यार्न बैंकके स्वीकृति लखनउसँ दियाओल।

11 फरवरी 2011 क हमरा भागलपुर को-ओपरेटिभ बैंक लि0 के प्रबंध निदेशक पदक प्रभार भेटल। एम0 डी0 के पद पर रहैत एकरा बैंकिंगके लाईसेंस दिआओल। पूरा बैंकके कम्पयूटराईजेषन कराओल। ए0टी0एम0 कार्ड ग्राहकके उपलब्ध कराओल। किसानके लेल किसान क्रेडिट कार्ड बनबाओल। ई कार्य पूरा देशमे सहकारिता क्षेत्रमे पहिल छल। आई0 बी0 पी0 एस0 सँ कर्मीके नियुक्ति कराओल। अध्यक्षके सहकारिताके प्रशिक्षणक बास्ते विदेश पठाओल

सम्मान

एक दिन एक पत्र बैंकमे हमरा प्राप्त भेल। ई पत्र बीज्युनेष डेभल्पमेंट एसोसिएषन, नई दिल्लीसँ आयल छल। ओहिमे लीखल छल जे "आपको 'बेस्ट एचीभर्स एवार्ड 'फार कॉपरेटिभ बैंकिंगके लिए चयनित किया गया है। यह सम्मान दिनांक 29 अप्रील 2013 को दिया जाएगा।'' पत्र पढि मन आनान्दाश्रूसँ भरि गेल। विभागके सूचित कएल तथा दिल्ली जाय बास्ते अनुमति माँग कएल। विभाग द्वारा विधिवत अनुमति देल गेल। हम सपरिवार दिल्ली जाय ओहि एवार्डके ग्रहण कएल। एवार्ड डॉ0 भीष्म नारायण सिंह द्वारा प्रदान कएल गेल।

एक दिन श्री कृष्णा नन्द जीसँ कार्यालयमे परिचय भेल । ओ श्री नन्द कुमार मिश्र नन्द जीसँ परिचय करौलनि। श्री नन्द जी बिजली आफिसमे कार्य करैत छलाह। घर छनि बरदाहा मुदा अघुना सेवा निवृतिके बाद सकरीमे घर बना कऽ रहैत छथि। हुनका मैथिलके सहयोग करबामे बड मोन लगैत छलनि।हम अपन पढाइके विषयमे कहलियनि जे 1987 ई मे जे0 आर0 एफ0 परीक्षा पास कएने छी, मुदा पी0एच0डी0 नहि भऽ सकल। कारण एकर कटू अनुभव हमरा भऽ चुकल अछि। हमर पूरा व्याथा जानि ओ हमरा पी0एच0ड0 करेबा बास्ते जीद ठानि देलनि। ओ प्रोफेसर प्रेमशंकर सिंहके ओतय लगेलाह। हुनका सभ गाथा सुनेलखिन।मुदा ओ हमरा पी0एच0डी करेबा बास्ते तैयार नहि भऽ सकलाह।पुनः ओ एक हिन्दीके प्रोफेसर ओहि ठाम लऽ गेलाह।ओहो अपन मजबूरी बता देह झारि लेलनि। तदुपरान्त ओ प्रो0 श्री केष्कर ठाकुर

विभागाध्यक्ष, मैथिली विभागके ओहि ठाम लगेलाह। ओ प्रस्ताव सुनि तुरत अपन सहमति देलैनि। शीघ्र बैठक कऽ हमरा 'आधुनिक मैथिली साहित्यमे मिथिलाक समाजीक जीवन' शीर्षकसँ पी0एच0डी0 करेबाक बास्ते दिसम्बर 2009 मे रजिस्ट्रेशन करबौलनि। आब दिन राति लिखऽ लगलहुँ। नन्द बाबु प्रत्येक दिन प्रगति पुछैथि। हुनक तगेदासँ हम तत्पर रही। देखिते- देखिते हमर थैसिस लिखा गेल। गाइड महोदयके सभ समाचार कहलियनि। ओ चकित भऽ बजलाह अतेक जल्दी कोना लिखि लेलहुँ।हम कहलियनि श्रीमान हमरा सदिखन भय बनल रहैत अछि जे कही एतयसँ स्थानान्तरण ने भऽ जाय।ताहि डरसँ हम सतत लिखैत रहलहुँ, ओकरे ई परिणाम अछि जे थैसिस अतेक जल्दी तैयार भऽ गेल अछि।प्रसन्न भऽ बजलाह जे अखन धरिक सेवामे कोनो छात्र अतेक जल्दी थैसिस नहि लिखने छलाह।आहाँ एकरा दता जीसँ टाइप कराउ। दताजी ओकरा छओ महिनामे टाइप केयलनि।वाइन्डिंग करा ओकरा विभागमे वर्ष 2011 ई कऽ जमा कऽ देल। एहि बीच सहकारिता विभागसँ पी0एच0डी0 करबा बास्ते अनुमति नहि भेटि रहल छल। कतेकौ पत्राचार भेल। मुदा अनुमति नहि भेट सकल। बड निराशा भेल रहए। श्री एस0के0 नेगी प्रधान सचिव सहकारिता विभाग, भागलपुरक प्रभारी सचिव बनलाह। अपन भ्रमणक क्रममे भागलपुर आयल छलाह। हुनका अपन व्याथा सुनाओल तथा थैसिस देखाओल। देखि ओ खूब प्रसन्न भेलाह आ हमरा अनुमति देबाक आश्वासन देय एतयसँ गेलाह। पटना पहुचि ओ हमरा पी0एच0डी0 करबा बास्ते घटनोतर स्वीकृति देलनि एवं प्रकारे 8 सितम्बर 2013 ई कऽ हमर भाइभा भेल आ हम डॉक्टरक अलंकारसँ अलंकृत भेलहुँ। तकरबाद ओहि थैसिसके पुस्तकाकार देमय बास्ते मोन कचोटय

लागल। भागलपुरमे श्री तारा गीता प्रिटिंग प्रेस, गणपति प्लाजा, खलीफाबाग, भागलपुरके द्वारा एकरा मुद्रण 2013 ई मे कराओल। एकर नाम ''मैथिली साहित्यमे मिथिलाक सामाजीक जीवन'' राखल गेल। तिलकामाँझी विश्वविद्यालयके कुलपति श्री रमाशंकर दूबे एक दिन सेमिनार मे अपन सम्बोधनमे कहैत छलाह जे ''आज के समय में छात्र पी0एच0डी0 के लिए मात्र चार या पाँच शोध पुस्तक तैयार करते हैं और डीग्री प्राप्त कर लेते हैं परन्तु उसे पुस्तक का रूप नहि प्रदान करते है"। एहि पर हमर गुरूदेवके नहि रहल गेलनि। ओ शीध्र ठाढ भऽ कहलथिन्ह ''सर मैथिली विभाग में ऐसी बात नही है। अभी अभी 2013 ई मे डॉ. पंकज कुमार झा पी0एच0डी0 डीग्री प्राप्त किये हैं और उन्हों ने 2013 ई में ही पुस्तक प्रकाशित करा लिए है ''। ई सुनि ओ आश्चर्य करैत बजलाह जे ''उनको मैं सम्मानित करना चाहता हूँ। श्रीमान गुरूदेव द्वारा एकर सूचना हमरा देल गेल। 8 सितम्बर 2014 ई कऽ हुनका द्वारा हमरा सम्मानित कएल गेल।

दिल्लीक एक संस्था ''फाउन्डेषन फार एक्सीलेरेटेड इम्पावरमेंन्ट कमुनीटी ''के द्वारा पुनः हमरा राष्ट्र विभूशण एवार्ड हेतु चयन कएल गेल । ई पुरस्कार हमरा दिनांक 29 अप्रील 2014 ई कऽ देल गेल। एहि एवार्ड के श्री के0 एल0 शर्मा द्वारा प्रदान कएल गेल। एहू बेर हम सपरिवार एवार्ड लेबाक बास्ते गेल रही। जेठ बालक श्री निशांत सौरभ इजिनियरिंग कालेज दुर्गापुरसँ आयल छलाह। जखन कि श्री कीर्ति सौरभ बंगलौर इजिनियरिंग कालेजमे अध्ययनरत छथि सेहो उपस्थित भेल छलाह। एहि बेरक विषेशता छल माँ बैष्णव देवीके दर्शन। हम प्रायः प्रति दिन माताके आरती दुनू समय टीभी पर देखैत छलहुँ। तँ प्रातः कालक आरतीमे भाग

लेवाक बास्ते टिकट बुकिंग कराओल गेल। मात्र पचास व्यक्तिक स्थान अछि। अस्तु आरतीमे भाग्यशाली व्यक्तिके प्रवेश संभव अछि। दिनांक 1 अप्रील 2014 कऽ माता बैष्णव देवीक प्रातः कालीन आरतीमे भाग लेल तथा पिंडी दर्शन कएल। आयल छलहुँ कटरासँ पैदल।मुदा जाय काल हेलीकल्टरसँ कटरा गेलहुँ। ई माताके सद्यः कृपा कहल जा सकैत अछि।

भागलपुर अयलहुँ तऽ जानकारी भेटल जे हमरा अन्तर्राष्ट्रीय स्तरक एवार्डक बास्ते चयन कएल गेल अछि। एहि एवार्डक नाम छल एशिया पेसीफिक एवार्ड। ताशकन्दक उजवेकिस्तानमे एवार्ड प्रदान हेतु स्थान चयन भेल छल। विभागसँ जेवाक बास्ते अनुमतिक माँग कएल गेल। मुदा विभाग द्वारा हमरा जेवाक हेतु अनुमति नहि देल गेल।हमरा अत्यन्त दुःख भेल छल। बादमे हमरा ट्राफी कुरियरसँ पठाओल गेल।

एहि बीच हमरा श्री लंकाके ओपेन यूनिभर्सिटीसँ सूचित कएल गेल जे आहाँके दिनांक 15 नबंबर 2014 कऽ डॉक्टरके उपाधि प्रदान कएल जायत। एकर अतिरिक्त इण्डियन सोलीडरिटी कॉसिलसँ सेहो पत्र भेटल जे आहाँके दिनांक 15 नबंबर 2014 कऽ राजीव गाँधी गोल्ड स्टार एवार्ड प्रदान कएल जायत। विभागके दुनू समाचारक सूचना देल तथा ओतय जाय उपाधि एवं एवार्ड ग्रहणके अनूमति माँगल गेल। मुदा विभाग द्वारा एहि लेल अनुमति नहि देल गेल। सहकारिता विभागमे हमरा जनैत कोनो खास कार्य नहि अछि। जतेक कार्य होइत अछि, ओ समिति द्वारा सम्पादित होइत अछि।हमरा लोकनिक कार्य मात्र पर्यवेक्षण टा रहैत अछि। सहकारिता विभाग अथवा अन्य कोनो विभागक पदाधिकारीके एहि प्रकारक सम्मान भेटल हो एकरा विषयमे हमरा केओ नहि कहलक अछि।

किन्तु नहि जानि किएक विभाग द्वारा एवार्ड लेवाक हेतु अनुमति नहि देल गेल। मुदा राजीव गाँधी गोल्ड एवार्ड लेवाक बास्ते आकस्मिक अवकाश लऽ दिल्ली गेलहुँ।एहि बेरक यात्रामे हमर भतीजी सौभाग्यवती मुनचुन, चिरंजीवी ओझाजी एवं चिरंजीवी नाति संग देलनि। हुनके संग हम अक्षरधाम मंदिरक भ्रमण कएल। एहि तरहे माताक कृपासँ हमरा सन साधारण व्यक्तिके पाँच गोट एवार्ड भेटल। दिनांक 11 जून 2015 ई कऽ पुनः एक पत्र प्राप्त भेल।ओहि मे लिखल छल जे आहाँके 20 जुलाई 2015 कऽ सोलिडिटरी ऑफ ईण्डियन काँसिल नई दिल्ली द्वारा विजय रतन गोल्ड अवार्डसँ सम्मानित कयल जायत। दिनांक 17.07.2015 कऽ राजधानी रेल सँ दिल्ली गेलहुँ। संग छलीह धर्म पत्नी एवं पुत्र श्री साकेत। एहि बेर मुनचुनके डेरा पर रहलहुँ। दिनांक 18.07.2015 कऽ प्रातः काल दिल्ली पहुँचलहुँ। बेटी दाईके डेरा पर भोजन भात कए कऽ ओहि दिन हमरालोकनि मथुरा, वृन्दावनक लेल प्रस्थान कएल। दर्शन उपरान्त दिनांक 19.07.2015 रविदिन आठम आश्चर्य ताजमहलके देखलहूँ सायं 8.30 बजे दिल्ली डेरा पर पहुँचलहुँ। दिनांक 20.07.2015 अवार्ड समारोह स्थल पर अप.3.00 बजे गेलहुँ। जतय 57 गोटे अवार्ड ग्रहण कर्ता उपस्थित छलाह। देशक भिन्न-2 भाग सँ ई लोकनि आयल छलाह। विहारसँ एकमात्र हमही छलहुँ। चीफ गेस्ट श्री भीष्म नारायण सिंह, पूर्व राल्यपाल असम, तामिलनाडू, जे0बी0जी0 रामकृश्णमूर्ति, पूर्व मुख्य चुनाव आयोग भारत सरकार, ओ0पी0 बर्मा, पूर्व राज्यपाल पंजाब छलाह। हिनकालोकनि द्वारा हमरा सम्मानित कएल गेल। ट्राफी एवं प्रमाण पत्र लय कऽ दिनांक 21.07.2015 कऽ पटना अयलहुँ।

ई संभवतः माँ द्वारा प्रदत बीज मंत्र जपक प्रभाव अछि।

जगदम्बाक कृपासँ हमर स्थानान्तरण पटनामे जिला सहकारिता पदाधिकारी पटनाके पद पर भेल। 3 जुलाई 2014 ई कऽ हम प्रभार मो0 मुजीबुर्रहमानसँ प्राप्त कएल। एहि जिलामे 331 पैक्स निबंधित अछि जकर स्वच्छ, शान्ति चुनाव करेनाई हमरा लेल एक चुनौती छल। पैक्सक चुनाव 10-11-2014 कऽ शान्तिपूर्ण वातावरणमे सम्पन्न भेल। तकर बाद धान अधिप्राप्ति ढंगसँ हो इहो एक चुनौती भरल कदम छल। इहो कार्य नीकसँ सम्पन्न भेल। समयक धारामे एक एक दिन कटैत जा रहल छल। पटनाके पोस्टिंगके लेल हम लालायित रही एहि दुआरे कि अपन घरसँ आफिस करब। मुदा एहि ठाम विधि व्यवस्था अतेक परेशान करत तकर अनुमान नहि छल। दू वर्ष पटनामे नौकरी करबाक मौका भेटल। किन्तु कोनो दिन शान्ति नहि भेटल। तनावयुक्त समय कटैत छल।

जुलाई 2016 मे हमर स्थानान्तरण सुपौलमे जिला सहकारिता पदाधिकारीके रुपमे भेल। ई जिला पुर्णतः मैथिली भाषी जिला अछि।जाहि कारण हमरा ओतय मोन लागऽ लागल। एहिठाम रहैत हमरा द्वारा सुपौल सहकारिता अधिकोषके स्थापना कयल गेल। ई बहुत पैघ उपलब्धि छल किएक तऽ एकहि संग RBI द्वारा तीन जिला छपरा, दरभङ्गा एवं सुपौलमे सहकारी बैंक खोलबाक मंजूरी देल गेल छल आओर ई कार्य जिला सहकारिता पदाधिकारीके द्वारा गठन करबेनाइ छल। ताहिमे मात्र सुपौलमे हमरा द्वारा बैंक स्थापित कयल गेल। छपरा एवं दरभङ्गामे आइ धरि बैंक स्थापित नहि भऽ सकल यानि ओहिठामके जिला सहकारिता पदाधिकारी ई कार्य नहि करा सकलाह।

मुदा दुर्दिन ककरा नहि देखय परल चाहे भगवान राम होथि, भगवान कृष्ण होथि अथवा राजा हरिश्चंद्र होथि। ई दुर्दिन भोगयके पाछू मुख्य उद्देश्य रहैत अछि ओहि व्यक्ति के यशोगान। एहिना जखन हम सुपौल मे रही तऽ हमरा SIT के द्वारा एक साजिसके तहत जेल पठा देलक। एहि शोकके हमर धर्म पत्नी नहि सहि सकलीह आ स्वर्ग सिधारि गेलीह। एकहि संग दुनू शोक हमर तीनू बाल बच्चाके झकझोरड़ि देलक। किन्तु एहनो विकट स्थिति मे हिम्मत सऽ हमर बेटा सभ परिस्थितिसँ मुकाबला करैत सभ किछुके सहि ढ़गसँ देखैत समय कटलनि। सर्वोच्च न्यायलयके कृपासँ न्याय भेटल तथा परिस्थिति अनुकूल भेल। जुलाई 2022 मे 32 बर्ष सेवा के बाद सेवा सँ निवृत्त भेलहुँ।

विभिन्न पुस्तकके रचना

वर्ष 2013ई०मे हमर प्रथम पुस्तक " मैथिली साहित्यमे मिथिलाक सामाजिक जीवन" प्रकाशित भेल। दोसर पुस्तक "परिश्रान्ता" वर्ष 2021ई०मे प्रकाशित भेल जखन कि वर्ष 2022ई० मे दू पोथी प्रकाशित भेल। "गंगाके किछोर सँ कविता संग्रह" एवं "षडयात्रा"। एकर अतरिक्त वर्ष 2023ई०मे मुख्य सम्पादक के हैसियतसँ " दुर्गा स्मृति स्मारिका, चकौती" प्रकाशित भेल अछि। छठम पुस्तकके रुपमे "हमर गाँव चकौती" प्रकाशित होमय जा रहल अछि। एहिके बाद संघ लोक सेवा आयोगक मैथिली विषयक "मैथिली भाषा आओर साहित्य" भाग -1एवं भाग -2 प्रकाशित होयत।

अधुना हम भारत सरकार द्वारा संचालित भाषिणी प्रोजेक्टमे कार्यरत छी। जकरा ai4bharat के तहत मैथिली भाषा के Reviewer संबंधित कार्य जुलाई 2023 सँ सेवा दऽ रहल छी। एहि प्रोजेक्ट के IIT Madras के द्वारा संचालित एवं पर्वेक्षण कयल जा रहल अछि। हमरा मासिक न्युमनरेशनके भुगतान IIT Madras द्वारा कयल जाइत अछि। एहि तरहे माँ जगतजननीके कृपासँ समय नीक ढंगसँ कटि रहल अछि।

जेना कि हमर बाबा एवं बाबूजीके जीवनी मे पढ़ने होयब जे दुनू गोटेके पूजाके प्रति लगाव रहलनि। तहिना हमर काका एवं भैयाके द्वारा नित्य विनु पूजा पाठ कयने नहि रहि सकैत छथि। अर्थात ई कहि जे पूजा पाठ हमर परिवारिक संस्कार अछि तऽ कोनो अतिशयोक्ति नहि। तहिना बिनु पूजा पाठके हमहू नहि रहि सकैत छी। पूजामे देवी कवच एक एहन वस्तु हमरा उपलब्ध भेल अछि जकरा बिनु अध्ययन कयने हम नहि रहि सकैत छी। मुदा वर्ष 2018सँ हम त्रिकाल संध्या वन्दन करैत आवि रहल छी। एकर बाद 1100 गायत्री के जाप तीनू पहर सेहो करैत छी। दिनांक 25.08.2024 धरि 66, 59, 800 गायत्री मंत्रके जप भऽ गेल छल। देवी भागवतके अध्ययन सँ संध्या वन्दनके एवं गायत्री मंत्रके जपके महत्वके विषयमे जानकारी भेटल अछि। अस्तु सेवा निवृत्तिके उपरान्त शेष जीन्दगीमे उपर्युक्त आराधनामे संलग्न रहबाक इच्छा अछि। ओना श्रीमद्देवीभागवतके अध्ययनसँ इहो जानकारी भेटल जे मानवके देव भूमि, शक्ति पीठ एवं अन्य तीर्थके यात्रा कय दर्शन तथा पूजा पाठ करवाक चाही। एहि आलोकमे हम सर्व प्रथम नैमिषारण्यके दर्शन कयल ई भूमि ब्रह्म देवके कथनानुसार कलियुग रहित जगह अछि। एतय एकहि संग चक्रतीर्थ, ललिता देवी, हनुमान गढ़ी, व्यासपीठ, सूतपीठ आदि पुण्य

दर्शनीय जगह अछि जे गोदावरीके तट पर अवस्थित अछि। तकर बाद मंगला भगवती, गया शक्ति पीठके दर्शन कयने छी। एकर अतिरिक्त विशालाक्षी, अविमुक्त क्षेत्र, बगलामुखी, बैद्यनाथ धाम, बैष्णव देवी, त्रिपुरसुंदरी, कामरुप, आसाम, सर्वानन्देश्वरी पीठ, पटनदेवी, थाबे, गोपालगंज, विन्ध्वासिनी देवी, कालिका जी, दिल्ली, दक्षिणेश्वरी भगवती, कलकत्ता, उचैठभगवती, बेनीपट्टी, छिन्नमस्ता भगवती, रामगढ़, जगदम्बा भगवती, फतुहा के आगू, कालिकास्थान, देवपुरा, अम्बिका स्थान, दिघवारा, छपरा आदि शक्ति स्थलके भ्रमण हम कऽ चुकल छी।

एहिना द्वादश ज्योतिर्लिंगमे अखन धरि बाबा बैद्यनाथ, देवधर, बाबा विश्वनाथ, बनारस, महाकाल, उज्जैन, ओंकारेश्वर एवं ममलेश्वर, इन्दौर, त्र्यंबकेश्वर, नासिक, भीमाशंकर, महाराष्ट्र, घुश्मेश्वर, महाराष्ट्र, बैद्यनाथ, पर्ली, महाराष्ट्र, नागेश्वर, औरंगाबाद, महाराष्ट्र।नागेश्वर महादेव, अयोध्या जी, अशोक धाम, लखीसराय, गंगेश्वर, ब्रह्मपुर, कपिलेश्वर, ककरौर, रहिका, अहिल्या स्थान, कमतौल, गौतमकुण्ड, नरौछ आदि देव भूमिके यात्रा कयल। हालहिमे बागेश्वरधामके यात्रा श्री शत्रुघ्न प्रसादके संग कयल अछि।

जेठ बालक चिरंजीवी श्री निशान्त सौरभ बचपन सँ कुशाग्र बुद्धि बला बच्चा छथि। हिनक प्रारंभिक शिक्षा राँचीसँ सुरू भेल। तकरबाद छपराके ब्रज किशोर इसकुल एवं हाजीपुरक संतपॉल इसकुलसँ मिडिल इसकुल के पढाइ सम्पन्न कएलनि। हाई इसकुलके पढाई बी0डी0 पब्लिक इसकुल सँ तथा +2 के पढ़ाइ DPS, Bokaro सँ सम्पन्न कएलनि। डॉ० बी0सी0राय इजिनियरिंग कालेज दुर्गापुर पश्चिम बंगालसँ इंजिनियरिंग

2014 ई के जूनमे केएलाह। तदुपरान्त ओ इम्फोसिस कम्पनीमे कार्यरत छलाह। पूणामे पोस्टेड छलाह। तदुपरान्त एकोलाइट कम्पनीमे नौकरी करैत कनाडामे पोस्टेड छथि। हिनक विवाह वर्ष 2021मे भेलनि। कनाडामे रहैत एक पुत्र रत्नके प्राप्ति भेलनि जिनकर नाम राखल गेल अछि चिरंजीवी अव्यान सौरभ। हिनक जन्म 1 Dec. 2023 कऽ कनाडामे भेलनि।

माझिल बालक चिरंजीवी श्री कीर्ति सौरभ बंगलौर के एस0जे0भी0आई0टी0 सँ इजिनियरिंग कएलनि अछि। एक वर्ष धरि Tudip Co मे कार्यरत रहलाह। एकर बाद ओ जम्प करैत HCL Co मे गेलाह। ओहि ठाम किछु दिन रहि वर्तमान समयमे सैक सोफ्ट कम्पनीमे कार्यरत छथि। हिनक पोस्टिंग पूणामे छनि। एहिठाम ई अपन मकान 3BHK क्रय कयलनि। हिनको विवाह वर्ष 2021 मे भटरा ग्राम, विस्फी प्रखण्डके मनोज कुमार झाके जेठ पुत्रीके संग भेलनि। हिनको प्रथम पुत्र 25 जून 2023 कऽ भेलनि। हिनकर नाम चिरंजीवी शिवांश राखल गेल अछि।

तेसर बालक चिरंजीवी श्री साकेत सौरभ पश्चिम बंगालके आसनसोल अभियंत्रण कालेज सँ B.Tech कयलनि। हिनक ब्रान्च IT अछि। हिनको VOLKSWAGEN CO. मे नौकरी भऽ गेलनि। हिनक पोस्टिंग दिल्ली गुरगाँवमे छनि। माँ दुर्गाक कृपासँ समय आनन्दपूर्वक व्यतीत भऽ रहल अछि।

सम्प्रति श्री हनुमानजीके कृपासँ प्रतिदिन रामायणके पाठ महावीर जीके सायंकाल सुना रहल छी। एहिक्रममे तुलसीकृत

रामचरितमानसके समाप्त कयल। आब वाल्मीकि रामायणके पाठ चलि रहल अछि। पूर्वमे हमरा द्वारा श्रीमद्भागवत, श्रीमद्देवी भागवत, मार्कण्डेय पुराण, शिवपुराण, नारद पुराण, गरुरपुराण, कूर्मपुराण, उपनिषद, मनुस्मृति, महाभारत आदि ग्रंथके अध्ययन कयल अछि। मनमे इच्छा अछि जे अठारहो पुराणके कम सऽ कम एकबेर पुरा पढ़ी।मुदा बिनु प्रभु कृपा ई कोना संभव।

अध्याय : 11. हरिपाणि मिश्रके वंशावली

दरभंगा महाराजसँ चकौती मौजे भेटलाके बाद हरिपाणि मिश्र आब चकौतीके मालिक छलाह। हिनके सखा - सन्तान काशी बाबू छलाह। हरिपाणि मिश्र द्वारा दुर्गा स्थानसँ पश्चिम पोखरि खूनबाओल गेल छल जकर उपयोग अखनहुँ दुर्गा पूजामे बलिप्रदान वास्ते आयल झागरके स्नान एहि पोखरिमे कराओल जाइत अछि। हिनक वास अत्यंत रमणिक जगह पर अछि। लगभग आठ कठ्ठामे हिनक घराड़ी अछि। घरक रुख पूर्व मुँहक अछि। आगूमे पैघ सन मैदान अछि जकर दू तरफसँ फूलक बगिचा अछि। घरक आगूमे बौलिया नमक जलकर अछि। काशी बाबूके घराड़ीके तीन तरफ रोड जाइत अछि। सभ सड़क पक्का अछि। हरिपाणि मिश्रके वासके सटले रोडके उत्तर सिवदास मिश्रके वास छल। हिनको घराड़ीके तीन तरफ सड़क अछि। बादमे चलि कऽ सिवदास मिश्रके सखा सन्तान उमा मिश्र, गूजन मिश्र, कन्त मिश्र एवं रघु मिश्र लोकनिकेँ घराड़ी अछि।

उमा मिश्र दरभंगा महाराजक सम्पर्कमे आबि गेलाह जाहि कारणे हिनकर आमदनी सभ भाईसँ नीक छल। हिनक सभ सखा सन्तान महाराजके सम्पर्कमे रहलाक कारणे अपार सम्पत्तिके स्वामी भेलाह।

फलतः ई अपन घराड़ी 9 एकड़ मे बनेलाह। गामक मध्य सड़कसँ लय कऽ दुर्गा स्थानक बगल मे लौहरपट्टी धरि हिनक घराड़ी अछि।

गूजन मिश्र एवं कन्त मिश्रके घराड़ी वर्तमान ड्यौढ़ीके उत्तर अछि। गूजन मिश्रके ऑंगनके लम्बाई एवं चौड़ाई वएह अछि जे साविकमे छल। अखनहुँ हुनक सखा सन्तान चुन-चुन मिश्र, शुट्टू मिश्रके सखा सन्तान रहैत छथि। कन्त मिश्रके ऑंगन सेहो वएह अछि जे पूर्वमे छल। हिनकालोकनिक सखा सन्तान कतहु अन्यत्र बास नहि लऽ गेलैथ अछि। बालेश्वर मिश्र हुनके सखा सन्तान छथि जे अद्यावधि ओहि ऑंगनमे रहैत छलाह।

रघु मिश्रक वास स्थान ड्यौढ़ीके उतर बासुकिनाथ मिश्र के घरक दक्षिण अछि जतय हुनक सखा सन्तान पक्षधर झाके घर अछि। इएह हिनक वास स्थल छल। हिनके प्रथम पुत्री के सखा सन्तान सभ टोलवा पर बसि गेलाह जे कालक्रममे पंडितजी टोल कहाओल।

हरिपाणि मिश्रके बिषयमे विशेष जानकारी अप्राप्त अछि। हिनका कतेक बेटा छल वा कतेक बेटी छल से जानकारी अनुपलब्ध अछि ओ अखनहुँ अनुसंधानक बिषय अछि। मुदा ई प्रमाणित भऽ रहल अछि जे हिनकर वंशज सभके बेटीये छल। बाद मे आबिकऽ ओहि कुलमे काशी बाबू भेलाह। काशी बाबूके अपार सम्पत्ति हाथ लागल। हुनक पूर्वज महाराजके देल बहुत सम्पत्तिके बेच देलनि तथापि काशी बाबूके कतेक सए बीघा जमीन विरासतमे भेटल छल। कतेक पीढ़ीके बाद घरमे पुत्रक जन्मसँ परिवारमे खूशी छल। एहन सन प्रतीत भऽ रहल अछि जे एहि खानदानमे पुत्र जीवित नहि रहि पबैत छल तैं बाबा काशी विश्वनाथ सँ माँगि-

चाँगिकऽ काशी कान्त झाके लाओल गेल छल। फलत: काशी बाबू नाम सँ विख्यात भेलाह। ई तेहन दुलरुआ छलाह जकर वर्णन नहि। काशी कान्त झाके पढ़ाइ लिखाइ एकदम सामान्य छल। आरम्भमे ई अपन जीविका जमीन बेचि कऽ चलौलनि बादमे कम्पाउन्डरी पेशाके अङ्गीकार कयलनि, जे जीवन पर्यन्त कयलाह। हिनका संगीतसँ बहुत लगाव रहल। फलत: ई नीक गायन करैत छलाह। दुर्गा पूजामे कलशस्थापन दिनसँ हिनक किर्तन आरम्भ भऽ जाइत छल। हिनक तवालचीके रुपमे सोनेलाल रहैत छल, अन्य कलाकारमे झुना ठाकुर, कछुआके सीताराम झा, झल्लर बाबा आदि अनेक गोटे दुर्गा पूजामे भगवतीके आराधना परिवासँ लगातार करैत छलाह। काशी बाबूके मृत्यु वर्ष 2018 ई०मे भऽ गेल। मृत्युसँ एक साल पूर्व धरि ई अपन गायनसँ दुर्गा माताके प्रसन्न करैत रहलाह। ई अपना पाछू तीन पुत्र छोड़ि गेलाह। जाहिमे कौशल किशोर झा सभसँ जेठ पुत्र छथि। हिनकामे रचना करबाक क्षमता सेहो छल। स्वरचित गाना वेशी गावैत छलाह। हिनक गलाके स्वर विलक्षण छल। ई दुर्गा पूजामे कतेको वर्ष अध्यक्ष रहलाह। दुर्गा माताके प्रति हिनक लगाव अत्यधिक रहल।

एहिटोलमे अन्य कतेको घर अछि जकर जानकारी नही भेट पाओल। कमला कान्त झा एवं सूर्य कान्त झा दू भाइ छलाह। कमला कान्त झाके दू पुत्र भेलनि। श्री रेवती कान्त झा एवं श्री छोटकुन झा जे मोकामा कॉलेजमे लैव टेक्निशियन छलाह कोरोना कालमे कालकलवित भेलाह।हिनका लोकनिक स्वभाव बहुत नीक अछि। श्री रेवती कान्त झाके एक पुत्र श्री शशिकान्त झा संघ लोक सेवा आयोगके परीक्षा उत्तीर्ण कऽ थल सेनाके Dy Commandant छथि। ई गामक नाम रौशन कयलनि। तहिना हिनक घरके बगलमे अनन्त झा छलाह।हिनक पुत्र निरसू

झा भेलाह।ई गाँव सँ बाहर रहि कर्मकाण्डसँ सम्बंधित संस्कार यजमानके पूर्ण करबैत छलाह। हिनक जेठ पुत्र वैदकी छथि तथा बनारसमे रहै छथि। एकबेर हिनका द्वारा दुर्गा पूजा कराओल गेल रहए किएक तऽ आचार्य मदन झाके मरनाशौच भऽ गेल छलनि।

हिनके बगलमे बिष्णु देव झा छलाह।जिनक दू पुत्र छनि। श्री सत्यनारायण झा@पलटू एवं बुल्लू झा।पुरन्धर झाके छोट बहिन मोसोमात सोन दाईके विवाह एहि टोलमे हल्ली झासँ भेल छल। हल्ली झा तीन भाइ छलाह। जेठ बल्लू झा, माझिल मंगनू झा तथा छोट हल्ली झा।

भीम झा शास्त्र पुराणके पूरा अध्ययन कयने छलाह।एहन किम्बदन्ति अछि कि ओ अठारहो पुराणके जानकार छलाह। हिनक बाल बच्चा सेहो विद्वान छथि। एक पुत्र भागलपुरमे अधिवक्ता छथि।अन्यके विषयमे जानकारी अप्राप्त अछि। काशी बाबू घरके दक्षिण शोभा झाके घर अछि।हिनक पुत्र श्री विनोद झा भागलपुरमे शिक्षक छथि। हिनको तीन पुत्र अछि। शोभा झाके घरके दक्षिण हरिमोचन झाके घर अछि। हिनक पुत्र लोकनि बाहर रहि नीक अर्जन कऽ अपन अपन बाल बच्चाके पढ़ौलनि। श्री देवेन्द्र कुमार झा दरभंगामे निज व्यवसायरत छथि। हिनक अन्य परिवारके विषयमे जानकारी प्राप्त नहि भऽ सकल। एहि क्षेत्रमे अन्य कतेको विद्वान लोकनि छथि जिनका विषयमे जानकारी नहि भेटि सकल।

लक्ष्मी झाके वंशावली

काशी बाबूके बौलियाके दक्षिणवारि कात मुख्य सड़कसँ दक्षिण लक्ष्मी नारायण झाके वास अछि। लक्ष्मी नारायण झाके तीन पुत्र छलनि। जाहिमे एक पुत्र कालकलवित भेलाह। दू पुत्र देव नारायण झा एवं गणू झा छलाह। देव नारायण झाके दू पुत्र भेलनि। विश्वनाथ झा एवं श्री फिरन झा। विश्वनाथ झा बाहरमे रहि ट्रकके चालकके कार्य कयलनि। हिनका तीन पुत्र छनि। श्री फिरन झा गाममे रहि खेती वाड़ी करैत छथि। ई सदा दुधारु मवेशीके पालन करै छथि। हिनकर एकपुत्र श्री भास्कर झा छथि।

गणू झाके दू पुत्र छनि। श्री उग्र नाथ झा एवं श्री जितन झा। श्री उग्र नाथ झा बिहार सरकारके निबंधन कार्यालयमे लिपिक पदसँ सेवा निवृत भेल छथि। हिनक सखा सन्तानके जानकारी नहि भेटि सकल जखन कि श्री जितन झाके तीन पुत्र छनि। जेठ बालकके नाम श्री मंगनू झा अछि।

गंगुलवार टोल

काशी बाबूके बौलियाके पूर्वरिया भीड़पर गंगुलवार मूलक ब्राह्मणके वास अछि। एहि परिवारक बीजी पुरुष चतुर्भुज झा छलाह जे चकौतीमे अपन वास बनौलनि। हिनक मूल गंगुलवार सकुरी अछि तथा गोत्र शांडिल्य छनि। ई मूल उत्तम कोटिके मानल जाइत अछि।

चतुर्भुज झाके वंशावली

चतुर्भुज झा - पंडित चतुर्भुज झा उच्च कोटिक ब्राह्मण छलाह। तत्कालीन समयमे जखन महाराज हरसिंह देव द्वारा पंजी कायम कयल गेल तकर मुख्य आधार सनातन धर्मके राह पर चललनिहारके मानलनि अर्थात ब्राह्मणके जे काज निर्धारित छल ताहिके अबलम्वन के कतेक कऽ रहल छथि। हुनक कर्तव्य छल यानी ब्रह्म मुहूर्तमे उठि नित्य क्रिया कयलाक बाद सन्ध्या वन्दन, गायत्री जाप, तर्पण, पूजा पाठ, होम करब, पुनः दूपहरमे मध्यान्ह सन्ध्या वन्दन करब, गायत्री जाप, भोजन, शास्त्र अध्ययन, पुनः सायंकालीन सन्ध्या वन्दन कय गायत्री जाप आदि कयनिहारके उत्तम कोटि ब्राह्मणके नामसँ जानल गेल। चतुर्भुज झा ओहि कटिके ब्राह्मणमे छलाह। कालान्तरमे ओ चकौतीके वास स्थल बना रहय लगलाह।

हिनका तीन पुत्र भेल -

(क) कालू झा (ख) हीरा झा (ग) पुरन्धर झा

कालू झा - के सखा सन्तान अभिराम झा छलाह। हिनके पुत्र प्रभु झा छलाह। वर्तमानमे श्री हरिश्चन्द्र झा जेठ पुत्र छथि जे दुर्गा पूजा के पुजारी छथि। हिनका सँ छोट पुत्र श्री देवचन्द्र झा छथि। तथा एक आओर छोट पुत्र छनि। ई सभ गोटे चकौतीमे रहै छथि।

हीरा झा - हीरा झाके सखा सन्तान भीषम

टोलके अपन वास बनौलनि। हिनके सखा सन्तान। पं० योगी झा, पं० भोगी झा, पं० उमेश झा लोकनि छलाह। पं० योगी झा एवन पं० उमेश झा संस्कृतके शिक्षक सरकारी विद्यालयमे छलाह। संगहि जजमानके ओहि ठाम पूजा पाठ सेहो करवैत छलाह। पं० भोगी झा चि० साकेत सौरभके उपनायन बाबाधाममे करेने छलखिन। पटना डेरापर सत्यनारायण भगवानके पूजा करौने छलाह। जाहिमे हिनक इच्छानुकूल विदाइ भेल छल। पाँच टुक वस्त्र, घड़ी, चप्पल छाता आदि देल गेल छल। ई तीनू भाइके स्वभाव विलक्षण छल।

<u>पुरन्धर झा</u> - ई पंडित मदन कुमार झाके पूर्वज छलाह।

पुरन्धर झाके सखा सन्तानके रुपमे रुपम झा छलाह। जिनकर पुत्र सोनी झा छलाह।

सोनी झाके तीन पुत्र छलनि।

(क) यदुनंदन झा (ख) शिवनन्दन झा (ग) रघुनन्दन झा

<u>यदुन्दन झा</u> - के दू पुत्र छलनि, प्रथम पुत्रके नाम रहनि पंडित लोकनाथ झा तथा दोसरके नाम छल भवानन्द झा। भवानन्द झाके एक पुत्र छलनि जिनकर नाम छल जयकिशोर झा। जयकिशोर झाके बाल बच्चा नहि भेल।

पंडित लोकनाथ झा अपना समयके खूब नमी गामी ज्योतिषी छलाह। दुर्गा पूजाके स्थापना कालसँ आचार्यक कार्यके इएह निभौलनि। तत्कालीन समयमे दुर्गा मंदिर पर संस्कृत पाठशाला चलैत छल जाहिमे ई

संस्कृतक शिक्षक छलाह। ई पूर्ण आयु व्यतीत कए कऽ संसारसँ प्रायण कयलाह।

पंडित लोकनाथ झाके तीन पुत्र छलनि।

(क) पंडित इंद्र कान्त झा (ख) पं० चन्द्र कान्त झा (ग) पंडित मोती कान्त झा

पंडित इन्द्र कान्त झा - अमोली माध्यमिक

विद्यालय, चकौतीमे प्रधानाध्यापक छलाह। एहि इसकुलके प्रधानाध्यापकमे कहिया एलाह से तऽ पता नहि अछि। मुदा हम जखन प्रथम वर्ग (वर्ष 1967ई०)रही तहन ई प्रधानाध्यापक रहैथ। हम सात वर्ग पास कए कऽ ब्रह्मपुर उच्च विद्यालयके छात्र रही तखन ई सेवा निवृत भेलाह। अर्थात 1974 ई० मे सेवा निवृत भेल छलाह। हिनक स्वभाव बहुत नीक छल। अपन मिडिल इसकुलक पढ़ाइके सातो वर्षमे कहिओ हिनका तमशायल नहि देखलहुँ हिनक आकृति 98% आचार्य मदन कुमार झा सन छल। इसकुलक सभ शिक्षक हिनकर अद्भुत सम्मान करैत छल। तहिना गाममे हिनकर सम्मान छल। ई हमरा बहुत मानैथ।

पंडित इन्द्र कान्त झाके चारि पुत्र भेलनि।

(१) स्व० जय कृष्ण झा (२) स्व० देव कान्त झा (३) श्री खगेश झा (४) आचार्य मदन कुमार झा

जय कृष्ण झाके सखा सन्तान नहि भेलनि। जहन कि देवकृष्ण झाके दू पुत्र छनि श्री अजीत झा एवं श्री आशीष झा।

श्री खगेश झा अत्यंत विचारवान व्यक्ति छथि। ई मितभाषी तथा सरल स्वभावके छथि। ई हैदराबादके अपन कर्म भूमि बनौलनि। ओतहि एक बिजलीके कम्पनीमे कार्य करैत छलाह। बादमे ई निजी कम्पनी खोलि लेलनि। ओहिमे खास कए कऽ कन्डेंसरके निर्माण होइत अछि। कम्पनी खूब नीक चलैत छनि। ओहिठाम हिनक जबरदस्त प्रतिष्ठा अछि। प्रत्येक वर्ष ई दुर्गा पूजामे अबैत छथि। ई हमर परम मित्रमे सँ छथि।

हिनका तीन पुत्र छनि। प्रथम पुत्रके नाम डाक्टर रजनीश झा अछि। ई दांतक खूब नीक डाक्टर छथि। हैदराबादमे प्रैक्टिस कऽ रहल छथि। दोसर पुत्रके नाम श्री दीपक कुमार अछि। श्री दीपक कुमार जी B. Tech कयने छथि तथा विदेशमे रहि कार्य कऽ रहल छथि।

तेसर पुत्रके नाम श्री चन्दन कुमार अछि। इहो अभियन्ता छथि। ई अपन Electric Factory के संचालित कय रहल छथि। हिनक पुरा परिवार आनन्दित अछि।

आचार्य मदन कुमार झा - पंडित मदन कुमार

झा सीतामढ़ी जिलाके एक इसकुलमे संस्कृतके शिक्षक छथि। हिनक स्वभाव अपन पितासँ पूरा मिलैत जुलैत छनि। हिनक शिक्षा पूर्ण रुपसँ संस्कृत आधारित अछि। ओहिमे आचार्य कयलनि एवं ज्योतिषके शिक्षा सेहो ग्रहण कयलनि। एहि पर हिनक पकर बहुत नीक अछि। चकौतीके चारु तरफ दस कोशके लोक हिनकासँ जन्म पत्रिका, गृहवासके स्थल जाँच, प्रायः सभ प्रकारक ग्रह शांति, सभ तरहक पूजा पाठ, अनुष्ठान आदि करवैत छथि। हमरा जनैत अपन समस्त कुलमे हिनका

जतेक यश प्रतिष्ठा भेटि रहल अछि शायद ओतेक आओर किनको नहि भेटलनि अछि। हिनका ओहिठाम रवि दिनकऽ लोकक लाइन लागल रहैत अछि। सभ अपन अपन समस्याके समाधान वास्ते हिनकासँ रास्ता पुछैत अछि आओर ई सभक समस्याके निदानक उपाय बताबैत छथिन। ई हाथ सेहो देखैत छथि।

वर्ष 1985ई० सँ ई दुर्गा पूजा सफलता पूर्वक कराबैत आबि रहल छथि। हिनके समयमे माता दुर्गा के मंदिर बनिकऽ तैयार भेल अछि। आचार्य मदन पंडित जी दुर्गा पूजाके विधानक ओहि परंपराके निर्वहन कए रहल छथि जकरा पंडित लोकनाथ झा, एवं पंडित मोती कान्त झा निभौलनि। ई अपन कमाईसँ बहुत भव्य मकान बनौलनि अछि। संयोग सँ दिनांक 4 मार्च 2023 के 12.30 बजे रात्रिमे गोटेक 10 डकैत डकैतीके नियतसँ हिनका घरमे छत पर चढ़ि सीढ़ी घर दय कऽ आयल छल। किन्तु आचार्य जागि गेलाह आ बेरा बारी दसो डकैतके दुर्गा जी के नाम लऽ लऽ कऽ पटकैत गेलाह। सभ डकैत हारि मानि कऽ भागऽ लागल। बादमे लोहाके रॉडसँ हिनका घायल कऽ देलक। भगवतीके असीम कृपासँ ई बचि गेलाह आओर डकैतके कोनो बिशेष बस्तु हाथ नहि लागल। हिनक भय सँ सभ चोर भागि परायल। आचार्यके अदम्य साहस आओर पराक्रमके लेल भरि नगरके लोग बहुत शुभकामना देलक। बादमे पुलिस आबि अपन काज केलक मुदा अखन धरि केओ पकरायल नहि।

आचार्य मदन कुमार झाके दू पुत्र छनि। प्रथम पुत्रके नाम श्री रोहित झा छनि। ई B.Ed कयलनि संगहि शिक्षक भर्ती वला परीक्षा सेहो

पास कयने छथि। दोसर पुत्रके नाम श्री सुमित झा छनि। ई B. Tech कयने छथि तथा एक कम्पनी मे कर्यरत छथि।

स्व० चन्द्र कान्त झा - सभ भाइमे लम्बा छलाह। हिनक मुखमंडल बहुत सुंदर छल। हिनक नाक सुगाके लोलके समान छल। ई चकौतीमे अवस्थित डाक आफिसमे काज करैत छलाह। संगहि ई नित्य दुर्गा पाठ करैत छलाह। जाहि कारण सम्पूर्ण दुर्गा पाठ करवामे हिनका बहुत कम समय लगैत छल। हिनकर स्वभाव सेहो बहुत नीक छल।

हिनका दू पुत्र भेल। स्व हरे कृष्ण झा जे नावल्द छलाह। दोसर पुत्र श्री सुनील झा छथि। श्री सुनील झाके एक पुत्र छनि जिनकर नाम श्री धर्मेश झा छनि। श्री धर्मेश झा बहुत प्रतिभाशाली व्यक्ति छथि।

मोती कान्त झा - पंडित मोती कान्त झा मध्य विद्यालय चकौतीमे संस्कृतके शिक्षक छलाह।

हिनक उँचाई लगभग 6 फीट छल। चेहरा गोल एवं सुन्दर छल। हम शुरुसँ हिनके दुर्गा पूजा करबैत देखैत अयलहुँ। बादमे हिनके स्थान पर आचार्य मदन कुमार झा पूजा करायब शुरू कयलनि।हम सभ हिनका गुरु कहैत छलियनि। हमरा दुनू भाईके बहुत मानैत छलाह। 1988ई० मे हम हिनक हस्तलिखित दुर्गा पद्धतिके टंकन करबेने रही। गुरु नित्य इन्सुलिनके सूई लैत छलाह। हिनक मृत्यु 92 वर्षके आयुमे भेल। 1995ई० मे पूज्य बाबू जीके निदेश पर बाबू जीक श्राद्ध मध्य गुरुसँ सम्पूर्ण दुर्गा पाठ ऑंगनमे करा टेप कयने रही। जकरा हम प्रति दिन सुनी। बादमे ओ खराब भऽ गेल।

ई अपना पाछू तीन पुत्र छोड़ि गेलाह। प्रथम पुत्र के नाम श्री चक्रपाणि झा छनि जे कलकत्ताके कर्म भूमि बनौलनि। दोसर पुत्रके नाम श्री हीराकान्त झा अछि जे चकौतीमे रहैत छथि तथा तेसर पुत्रके नाम श्री शुभकान्त झा अछि। ई सेहो कलकत्ता रहैत छथि।

सोनी झाके दोसर पुत्र शिवनन्दन झाके एक पुत्र छलनि। हुनक नाम छल शिवालाल झा। जखन कि शिवालाल झाके चारि पुत्र भेल।

चारु पुत्रके नाम एहि प्रकार अछि।

(१) स्व० सिद्धीनाथ झा (२) स्व० जगन्नाथ झा (३) स्व० अपूर्व नाथ झा (४) स्व रतन झा

सिद्धीनाथ झा - ई 1951 ई० मे मैट्रिक पास

कयने छलाह। ताहि समयमे ई B.Sc कयने छलाह। हिनक मैथेमेटिक्स बहुत नीक छल। ई ब्रह्मपुर उच्च विद्यालयमे शिक्षक रहलाह। हम दुनू भाई हिनकासँ अध्ययन कयने रही। ई दुर्गा पूजाके अध्यक्ष से हो रहलाह। हिनक लम्बाई खूब बेशी छल। बादमे ई अपन पुरनका घराड़ीसँ बाहर आबि दुर्गा मंदिरके पूरव जमीन क्रय कऽ घर बनाकऽ रहैत छलाह।

हिनका दू पुत्र भेल। स्व० शैलेन्द्र कुमार झा। ई विस्कोमान पटनामे कार्य करैत छलाह। दोसर पुत्र के नाम श्री प्रणव कुमार झा अछि। ई गामे रहि बालू गिट्टी छड़ के व्यवसाय करैत छथि। श्री प्रणव दुर्गा पूजा समिति के कोषाध्यक्ष रहलाह।

सोनी झाके तेसर पुत्र रघुनंदन झाके दू पुत्र छल। प्रथम पुत्रके नाम योगा नन्द झा तथा दोसर पुत्रक नाम शोभनाथ झा छल। शोभनाथ झा काल कलवित भेलाह।

परन्तु योगानंद झाके चारि पुत्र भेलनि जिनक नाम एहि प्रकार अछि।

(१) श्री सुबोध झा (२) स्व० अंजनि झा (३) श्री रमन झा अधिवक्ता छथि।(४) श्री मिहिर कुमार झा। ई सभ गोटे मधुबनी के कर्म भूमि बनौलनि

पं० मोती कान्त झा के वाससँ दक्षिण श्री शिवचन्द्र झाके वास छनि। ई कलकत्तामे शीपयार्डमे कार्यरत रहलाह।हिनक उम्र 87 वर्षके अनुपम अछि। हिनक स्वभाव देवतुल्य अछि। तेहने सूर्य सदृश्य मुख मण्डल अछि।हिनकर मस्तकपर त्रिपुण्ड चन्दन एवं लाल सिन्दूर के ठोप रहैत अछि। देखैत अत्यन्त दिव्य चेहरा छनि। हिनक दर्शन मात्र सँ दिन सुमङ्गल भऽ जायत अछि।

उपर्युक्त जानकारी आचार्य मदन कुमार झा सँ भेटल ताहि लेल हम हुनक आभारी छी।

अध्याय :12. चकौती गामक उच्च योग्यता प्राप्त व्यक्तिके नाम एवं हुनक पदके सूची

चकौती गाँवमे आधुनिक समयमे उच्च योग्यता प्राप्त व्यक्ति अनेक छथि तथा ओ कोन पद पर कार्यरत छथि अथवा सेवा निवृत छथि तकर एक डाटा श्री पंकज कुमार ठाकुर द्वारा तैयार कयल गेल अछि। ओहन गाँवके व्यक्ति जिनकर सूचना कोनो कारणसँ प्राप्त नहि भऽ सकल तिनकर नाम एहि सूचिमे नहि छपि सकल अछि। हमर पूर्ण प्रयास छल जे हुनक नाम एहिमे प्रकाशित हुए। मुदा संवाद हीनताके कारण कतेको गोटेके नाम एवं हुनक सेवाके विषयमे सूचना नहि भेटल तैं संभव अछि जे कतेको व्यक्तिके नाम एहिमे छुटि गेल होयत। जाहि व्यक्तिके नाम नहि आयल हुनका लोकनिसँ हम क्षमा प्रार्थी छी तथा अपेक्षा करैत छी जिनकर नाम छुटि गेल अछि ओ व्यक्ति हमरा सूचना उपलब्ध कराबैथ जाहिसँ हम अगिला अंकमे हुनकर नाम प्रकाशित करा सकी।

एहि सूचिके पढ़ला सन्ता ई स्पष्ट अछि जे चकौतीके व्यक्ति अखनो सभ क्षेत्रमे अपन नाम रौशन कऽ रहल छथि।

Sl. No.	Name	Father's Name	Degree/University Ph.D. Holders	Job Profile/Place	Contact No.
1	स्व. डा. नरेश झा	स्व. पं. दुलार झा	Ph. D. साहित्य	Principal, Varanasi	
2	डा. अभय चंद्र झा	स्व. बालकृष्ण झा	Ph. D	Professor, Deoghar	9304624812
3	स्व. डा. हेम चंद्र झा	स्व. अनिरुद्ध झा	Ph. D. Commerce	HOD, JD College, Begusrai	
4	डा. पंकज कुमार झा	स्व. कमल ना. झा	Ph. D., UGC JRF मैथिली साहित्य	Dy. Registrar Cooperative (Rtrd)	7004405453
5	डा. संजय कुमार ठाकुर	स्व. रत्न काँत ठाकुर	LLB, MBA, Ph. D.	Associate Professor	

				, LNMU	
6	डा. श्रीमति रेणु झा	श्री गोविंद झा	Ph. D.		
7	प्रो. आलोक कुमार	श्री आनन्द मोहन ठाकुर	**PGDM (XLRI),** Ph. D.	**Professor XLRI** **Jamshedp ur**	
8	डा. बिपिन चंद्र झा	श्री कामोद झा	Ph. D. संस्कृत,	आचार्य	
9	डा. विवेक चंद्र झा	श्री कामोद झा	Ph. D. संस्कृत,	आचार्य	
10	डा. रुपा झा	श्री बालबोध झा	Ph. D.	Professor , Gujrat Universiy	
11	डा. जुही ठाकुर	श्री अविनाश ठाकुर	Ph. D.		
12	सुश्री अनुशा ठाकुर	श्री पंकज कुमार ठाकुर	M. Phil. UGC NET & JRF (Clinical	AMH Agra, U.P. Clinical	

			Psychology)	Psychologist	
13	सुश्री स्नेहा मिश्रा	श्री प्रदीप मिश्र	M.Sc. (Eco.) UGC NET		
		Chartered	**Accountants**		
1	श्री सुनील झा	स्व.जयनारायण ठाकुर	C.A.	कलकत्ता	
2	श्री उज्ज्वल झा	श्री अजय झा	C.A.		
			Doctors		
1	**Dr.** अशोक कुमार मिश्र	श्री गोपीकान्त मिश्र	MBBS (DMCH)		
2	**Dr.** मृदुला झा	श्री राधाकाँत झा	MBBS, MD	Grand Medical College, Mumbai	

3	Dr. अनूप ठाकुर	श्री मकसूदन ठाकुर	MBBS, MD Neo-Netal Child Specialist	Sir Ganga Ram Hospital, Delhi	8800565956
4	Dr. गुँजन ठाकुर	W/O Dr. अनूप ठाकुर	MBBS, Guahati		
5	Dr. नीलम झा	श्री विपिन झा	MBBS, Lucknow		
6	Dr. अमित झा	श्री खगेस झा	BDS, Dentist	Hyderabad	
7	Dr. प्रियम	श्री प्रताप मिश्र	MBBS, Pursuing MD		
8	सुश्री वैदेही झा	श्री भाष्कर झा	MBBS Student,	AIIMS New Delhi	
9	श्री कार्तिकेश झा	श्री परमेश्वर झा	CA		

			Law Professional s		
1	श्री शुभ चंद्र झा	स्व. अनिरुद्ध झा	LLB, LLM (IPR), CAIIB	Sr. Manager Central Bank (Rtrd)	981050 4824
2	श्री आनन्द मोहन ठाकुर	स्व० बच्चन कान्त ठाकुर	LLB	Sr. Manager PNB (Rtrd)	
3	श्रीमति भारती झा	स्व. रत्न कॉंत ठाकुर	MA, LLB	Asso. Professor Dept. of Economi cs	B N Manda l Univer sity
4	श्री राकेश कुमार मिश्र	श्री गिरींद्र मिश्र	LLB	जयपुर	

5	श्री आशीस ठाकुर	श्री नागेंद्र ठाकुर	LLB	नई दिल्ली	981137 1959
6	श्रीमति इशा ठाकुर	W/O श्री आशीस ठाकुर	BA LLB	नई दिल्ली	
7	श्री मनोज मिश्र	श्री महाकान्त मिश्र	LLB	दरभंगा	
8	सुश्री वामिका झा	D/O श्री भाष्कर झा	LLB (ILS Pune)	Commer cial Law from LSE London	
9	श्रीमति विनीता कुमारी	W/O श्री निशाँत सौरभ	LLB, LLM		
10	श्री अमित ठाकुर	श्री दिलीप ठाकुर	B.A., LLB		
		MBA &	Profession als		
1	श्री बिमलेंद्र	श्री गोविंद	B. Tech.	CEO	

	झा	झा	(IIT BHU) MBA XLRI	JSW Ltd. New Delhi	
2	श्रीमति शिप्रा झा	W/O श्री बिमलेंद्र झा	MBA XLRI	New Delhi	
3	श्री अजय कुमार ठाकुर	स्व. रत्न काँत ठाकुर	MBA	Sr. Manager PNB (Retired)	
4	श्री सतीश ठाकुर	श्री नागेंद्र ठाकुर	MBA (Finance),	AGM JCDCDV Mumbai	
5	श्री सौरभ ठाकुर	स्व. अमरनाथ ठाकुर	MBA	Sr. Manager Kotak Mahindr a	
6	श्री सुमन ठाकुर	स्व. अमरनाथ	MBA	Manager ICICI	

		ठाकुर		Bank, Patna	
7	श्री अमर लाल झा	स्व. जयभद्र झा	MBA	Dean, IIBM Patna	
8	श्री कन्हैया मिश्र	श्री नागेंद्र मिश्र	MBA		
9	श्री अमन मिश्र	श्री मदन मिश्र	MBA (Finance),		
10	श्री मनीश मिश्र	स्व. शैलेंद्र मिश्र	MBA		
11	श्री सुनीत कुमार झा	स्व. सुधीर झा	MBA		
12	श्री रिशभ झा	स्व. सुधीर झा	MBA (Finance)		
13	श्री अविनाश झा	श्री जीतेंद्र झा	MBA APMP – IIM Calcutta	CEO AWBE Reality,	
14	श्रीमति श्वेता झा	W/O अविनाश	MBA, Pune,	Event Coordina	Amity Schoo,

		झा	B.Ed., CTET	tor	Gurgaon
15	स्व. आलोक चंद्र झा	श्री जीतेंद्र झा	B.E. Electrical Eng., BIT Bhilai	Elecxsign India, Gurgaon	
16	श्री अनुराधा झा	D in Law श्री जीतेंद्र झा	MBA	HR Manager Accentur e india Educatio n	
17	श्री कृष्ण चंद्र झा	श्री जीतेंद्र झा	MBA IIM Indore	Ast. V. P. Arvind Fashion	Bangal uru
18	श्री बँकिम चंद्र	श्री विरेंद्र कुमार झा	MBA	Manager SBI	
19	श्री बँदिश चंद्र	श्री विरेंद्र कुमार झा	MBA	Manager Indian Overseas Bank	

20	श्रीमति स्वाती सुमन	श्री विनोद झा	MBA (HR)		
21	श्री अरुण झा	प्रो. मुनिंद्र झा	MBA (Finance)		
22	श्री अमन मिश्र	श्री मदन कुमार मिश्र	MBA	BIPRO	
23	श्री राजन ठाकुर	स्व. राम नरेश ठाकुर	MBA		
24	सुश्री सुष्मिता सुमन	श्री प्रताप मिश्र	B. Tech., MBA		
25	श्री अभिषेक कुमार	श्री प्रकाश मिश्र	MBA		
26	श्रीमति रश्मि झा	श्री अमर लाल झा	PGDCA & MBA		
27	श्रीमति रंजना झा	श्री अमर लाल झा	MBA, HR Manager	Tech. Waves Netherla nd	

28	श्री विकाश चंद्र झा	स्व. हरिधर झा	MBA		
29	श्रीमति दिव्या श्रुति	श्री अजय ठाकुर	PGDM, CIMP Patna	Manager Axis Bank	
			Engineering Graduates		
1	स्व. चंदन कुमार मिश्र	स्व. मुनेश्वर मिश्र	B. Tech. Electronics	BIT Sinderi	
2	श्री पंकज कुमार ठाकुर	स्व. पुरुषोत्तम ठाकुर	B.E. Civil	R V College of Engineering	9873901455
3	श्री सुरवेन्दू ठाकुर, IRS	श्री नवल किशोर ठाकुर	B. Tech. Mechant Navy	Dy. Commissioner Income Tax	
4	श्री भाष्कर झा	श्री शुभ चंद्र झा	B.Tech - IITR, M.Tech –	DGM, HPCL	

			IITD, MBA	Mumbai	
5	श्री विक्रम झा	श्री शुभ चंद्र झा	**B.Tech. NSIT, MBA (DU).**	Senior Director NTT USA	
6	श्री शरद चंद्र झा	श्री देवेंद्र कुमार झा	B.Tech.	Wipro	
7	श्री आदित्य कुमार झा	श्री अरविन्द कुमार झा	B.Tech.	Manager, RINL Vizag	
8	श्री आषुतोश कुमार झा	श्री अरविन्द कुमार झा	B. Tech.	Manager, Canara Bank	
9	श्रीमति मैयीत्री झा	W/O श्री आषुतोश कुमार झा	M. Tech		
10	श्री अनुराग ठाकुर	श्री पंकज कुमार ठाकुर	B. Tech. NIIT University	Data Scientist IBM	987329 0314
11	श्री कीर्ति सौरभ	डा. पंकज	B. Tech.		

		कुमार झा			
12	श्री साकेत सौरभ	डा. पंकज कुमार झा	B. Tech.		
13	श्री निशाँत सौरभ	डा. पंकज कुमार झा	B. Tech.		
14	स्व. सौरभ झा	स्व. डा. हेम चंद्र झा	B. Tech.	Dell Computers, NOIDA	
15	श्री अँकित आयुष	श्री अजय ठाकुर	B. Tech.	Software Engineer Wipro	
16	श्री विकास कुमार झा	श्री विजय कुमार झा	B. Tech.		
17	श्री विक्रम कुमार झा	श्री विजय कुमार झा	B. Tech.		
18	श्रीमति प्रीति झा	W/O श्री विक्रम कुमार झा	B. Tech.		
19	श्रीमति अपर्णा झा	श्री विकास चंद्र झा	B. Tech, MS (USA)	AMAZON (USA)	

20	श्रीमति आभा झा	श्री विकास चंद्र झा	B. Tech, MS (USA)	CVS (USA)	
21	श्री सिद्धार्थ झा	श्री विकास चंद्र झा	B. Tech.		
22	श्री सुनील झा	प्रो. मुनिंद्र झा	B. Tech., IMBA		
23	श्रीमति स्वेता झा	श्री सुनील झा	B. Tech.		
24	श्री अमित कुमार	प्रो. अरुण ठाकुर	B. Tech.		
25	सुश्री श्रीष्टी मिश्र	श्री संजीव मिश्र	B. Tech.		
26	श्रीमति ऋचा दिक्षित झा	W/O श्री कृष्ण चंद्र झा	B.E. (IT)	**Technical Mgr. HCL Ltd.**	Bangaluru
27	श्री अमन राज	श्री राज कुमार ठाकुर	B. Tech.	Vinati Organics	
28	श्री विनीत झा	श्री खगेश झा	B. Tech.		
29	श्री चंदन	श्री खगेश	B. Tech.		

	झा	झा			
30	श्री दीपक कुमार झा	श्री प्रणव कुमार झा	B. Tech.		
31	श्री राकेश कुमार मिश्र	श्री संजय कुमार मिश्र	B. Tech.		
32	श्री गौरव कुमार झा	श्री अजय झा	B. Tech.		
33	श्री मंजेश मिश्र	श्री दीपक मिश्र	B. Tech. Civil		
34	कुमार शुभम प्रतीक	श्री अमर लाल झा	B. Tech.		
35	श्रीमति सुजाता मिश्र	श्री अमर नाथ मिश्र	B. Tech.		
36	श्री अभिषेक मिश्र	श्री मदन कुमार मिश्र	B. Tech.		
37	श्री मंडलेश्वर ठाकुर	श्री अखिलेश ठाकुर	B. Tech.		

		Techni cal Degree	Holders, MCAs &	BCAs	
1	स्व. रमा कान्त झा	स्व. स्वयंबर झा	Dip. In Engineerin g	IIT Roorkee	
2	श्री परमेश्वर मिश्र	स्व. अमलेंदु मिश्र	Asst, Engineer	Survey of India, Allahaba d	
3	श्री रोशन कुमार झा	श्री बालबोध झा	M. Com., MCA	Sr. Manager, TCS	
4	श्री रोशन ठाकुर	स्व. बलिराम ठाकुर	MCA		
5	श्री धरमेंदु ठाकुर	श्री नवल किशोर ठाकुर	MCA	NewGen Software	
6	श्रीमति कंचन मिश्र	श्री परमेश्वर मिश्र	MCA		

7	श्री विनीत झा	स्व. सुधीर झा	MCA, Dep. In German	Sr. Director Primus Software	
8	श्री निकेत ठाकुर	श्री अशोक ठाकुर	MCA	Working in Paris	
9	श्री आलोक ठाकुर	स्व. युगल ठाकुर	MCA		
10	श्रीमति चँदा झा	श्री नवल किशोर ठाकुर	MCA		
11	श्री मनोज कुमार		MCA		
12	श्री ओंकारेश्वर ठाकुर	श्री अखिलेश ठाकुर	MCA		
13	श्री आदित्य कुमार ठाकुर	श्री अविनाश ठाकुर	MCA		
14	श्रीमति शशिप्रभा झा	श्री अरविन्द कुमार झा	MCA		

15	श्रीमति मिनाक्षी गौड	श्री राधाकान्त झा	B.Sc., MCA Pune		
16	श्री अजीत ठाकुर	स्व. भोलानाथ ठाकुर	BCA, CCA		
17	श्री संजय ठाकुर	श्री मकसूदन ठाकुर	Dip. In Civil Engineering		
18	श्री भाष्कर G. वत्स	श्री गिरिजा नन्दन मिश्र	Dip. In Electrical Engineering		
19	श्री प्रशन्न कुमार मिश्र	स्व. यज्ञी मिश्र	Dip. In Fashion Technology	NIFT (Kolkata)	
20	श्रीमति नेहा नुपुर	श्री अमन राज	B.Sc. Food Technology	Kurukshetra University	

		Post Graduates	Or Working	People	
1	स्व. ब्रम्हदेव ठाकुर	स्व. अमोली ठाकुर	M.A., B.H.U., 1957		
2	स्व. भाल चंद्र झा	स्व. जय चंद्र झा	M.A.		
3	स्व. भवेश झा	स्व. सहदेव झा **नैयायिक**	M.A.	School Inspector Rtrd.	
4	श्री नागेन्द्र ना. झा	स्व. भुट्टू बाबू	B.A.	भू.पु. मुखिया	चकौती
5	स्व. पं. पुरुषोत्तम ठाकुर	स्व. केदार नाथ ठाकुर	B.Sc.	Member National Road Safety Council	Govt. of India
6	स्व. बलिराम ठाकुर	स्व. फूदन बाबू	M.A., Economics	Bihar Universiy	

7	श्री बीरेंद्र कुमार झा	स्व.पं. धनुर्धर झा	M.A. Sociology	Bihar Universit y	
8	स्व. प्रो. अरुण ठाकुर		M. Sc.	HOD in Botany Marwari College	
9	श्री नारायण झा	स्व. बालकृष्ण झा	M.A. सँस्कृत	Professor , Ayodhya	
10	श्री राधाकाँत झा, IFS (Rtrd.)	स्व. स्वयंबर झा	B. Sc. (H)	Foreign Ministry	
11	श्री अरविन्द कुमार झा (BPSC)	स्व. कमल ना. झा	M.A.	Dy. Director Educatio n (Rtrd.)	
12	श्री संजीव कुमार ठाकुर	स्व. केदार नाथ ठाकुर	M.A. Delhi University	Manager Commer cial	Air India
13	श्री प्रकाश	स्व. गुजर	M.A. Dip.	Head	

	चंद्र मिश्र	मिश्र	In Education	Master (Retd.)	
14	श्री सुनिल कुमार मिश्र	स्व. भोलानाथ मिश्र	M.A.		
15	श्री सुमन कुमार मिश्र	स्व. कृपाकान्त मिश्र	M.A., Economics	Manager, PNB	
16	स्व. मनोरमा झा	W/O श्री देवेद्र कुमार झा	B.A., B. Lis.	Librarian , SAIL, Bokaro	
17	सुश्री शिवाँजनी मिश्र	श्री प्रदीप मिश्र	IMA, M.Sc. Clinical Linguistic	Germany	
18	श्री आलोक मिश्र	श्री परमेश्वर मिश्र	M.Sc. (Physics) PG Diploma Edu. Mgt.	Office Superinte nd, Pune	
19	श्री संजीव मिश्र	स्व. राजेन्द्र मिश्र	M.Sc.	Technicl Director, MCI	

20	श्री पं. मदन झा	स्व. इद्र काँत झा	आचार्य	प्रधानाध्यापक	
21	स्व. संजुला झा	W/O डा. पंकज कुमार झा	M.A.		
22	श्रीमति मीरा ठाकुर	W/O पंकज कुमार ठाकुर	M.Sc. Zoology	LNMU	
23	श्रीमति अनिशा झा	W/O आदित्य कुमार झा	M.Com.		
24	श्रीमति श्वेताम्बरी दिग्विजय झा	श्री प्रकाश चंद्र मिश्र	M.A.		
25	श्रीमति मालिनी मिश्र	श्री परमेश्वर मिश्र	M.A.		
26	श्रीमति पूजा ठाकुर	श्री दिलीप ठाकुर	M.A. Psychology	LNMU	

27	श्रीमति जूली झा	स्व. कुमर ठाकुर	M.Com.	LNMU	
28	श्रीमति सरिता झा	W/O विकाशं चंद्र झा	M.A.		
29	श्री ललित कुमार झा	श्री गोकुल झा	M.A.		
30	श्री रोहित कुमार झा	श्री पं. मदन झा	M.Com.		
31	सुश्री कृष्णा कुमारी	श्री प्रणव कुमार झा	M.Com.		
32	श्री शरद सुमन	श्री विनोद झा	M.Sc. Microbiolo gy	Asst. Manager KPMG	
33	श्री अविरल झा	श्री बिमलेंद्र झा	M.Sc. Canada	Working with PWC	
34	श्री सुधीर कुमार	श्री शिवनाथ राउत	M.A., B.Ed. NET	B.D.O.	Bihar Govt.
35	श्री राजीव रंजन	श्री शिवनाथ	M.A.	Bank	

		राउत		Staff	
36	श्री आलोक कुमार झा	श्री युगल नारायण झा	M.A. सँस्कृत UGC NET		
37	श्रीमति रुबि झा	श्री अजय झा	M.Sc.		
38	श्री अनूप ठाकुर	श्री आशा ठाकुर	B.Sc. (H), B.Ed.		
39	सुश्री कंचन झा		MA		
40	सुश्री नीतू झा		MA		
41	श्रीमति स्वेता झा	प. श्री भाष्कर झा	M.A. Psychology		
42	श्रीमति नम्रता झा	स्व. डा. हेमचन्द्र झा	M.Sc.		
43	श्रीमति अंकिता झा	स्व. डा. हेमचन्द्र झा	M.A.		
44	स्व. श्रीमति ज्योति	प. स्व. सौरभ झा	M. Com		

		कार्यरत एवं	अवकाश प्राप्त	व्यक्ति	
1	स्व. सिद्धिनाथ झा	स्व. चोला लाल झा	B.Sc. Science Teacher	ब्रम्हपुर हाइ इसकुल	
2	श्री देवेन्द्र झा	स्व. धनुर्धर झा	B.Sc.	SAIL Bokaro	
3	श्री नागेन्द्र ठाकुर	स्व. राम अक्षेवर ठाकुर	B. Sc.	SAIL Bokaro	
4	श्री जितेन्द्र झा	स्व. गणेश झा	M. Com, Manager (M & M)	SAIL Bokaro	
5	स्व. ळळन सिंह	स्व. राम बच्चन ठाकुर	B.A. (H) Guwahati University	Founder President Chairma n Dumdu ma Town	AASU
6	स्व. गजाधर ठाकुर	स्व. त्रिवेणी ठाकुर	B.A.	भू.पु. मुखिया	चकौती

7	श्री राज कुमार ठाकुर	स्व. केदार नाथ ठाकुर	B.A., REO, Bihar	Trade Union Leader	
8	श्री गिरीन्द्र मिश्र	स्व. विश्वनाथ मिश्र	B.A, Rajasthan Housing Board	Trade Union Leader	
9	श्री मदन मिश्र	स्व. विश्वनाथ मिश्र	Branch Manager NCPC Jaipur		
10	श्रीमति सरिता झा	स्व. कमल नारायण झा	B.A., Sr. CTI Rly	Katihar	
11	श्री राजेश मिश्र	श्री बासुकीनाथ मिश्र	B.A. Superintendent	Central Excise	
12	श्री सुजीत मिश्र	श्री बासुकीनाथ मिश्र	B.A.	CEO, Co-operative	
13	श्री उग्रनाथ	स्व. गोनू	B.A.	Registry Office,	

	झा	झा		Darbhanga	
14	श्री प्रफुल्ल कुमार झा	श्री राजेन्द्र झा	B.A.	SBI	
15	श्री चन्दन ठाकुर	श्री अशोक ठाकुर	B.Com.	ICICI Bank	
16	श्री शैलेश कुमार झा	श्री युगल ना. झा	B.A. Sub Inspector	Bihar Police Inspector	
17	श्री आशुतोष मिश्र	श्री संजय मिश्र (BPSC)	Sub-Registrar	Bihar Govt.	
18	श्री सुभाष चंद्र झा	स्व. हेमचन्द्र झा	B.Com	Branch Manager SBI	
19	श्री विकाश चन्द्र झा	स्व. गोविन्द झा	B.Sc.	Bank Employee	
20	श्री आदित्य कुमार मिश्र	श्री मिहिर कुमार मिश्र	B.A.	P.O. Canara Bank	

21	श्री अनुराग मिश्र	श्री सुनील कुमार मिश्र	B.A.	CAG Auditor	
22	श्री हेमन्त कुमार मिश्र	स्व. ऋशिकाँत मिश्र	B.A.	Teacher	
23	श्री सन्त कुमार मिश्र	स्व. ऋशिकाँत मिश्र	B.A.	MAIT, Eastern Railway	
24	श्री रौशन कुमार मिश्र		B.A.	Steno to GM Eastern Railway	
25	श्री अनिकेत ठाकुर, S.S.C.	श्री देवानन्द ठाकुर	B.A. English (H)	Asst. Section Officer, Govt. of India	Min. of Fonance, Govt. of India
26	श्री शशि	श्री रेवती कान्त झा	B.A.	Dy. Command	Indian Army

	कान्त झा			ant ITBT	Govt.of India

अध्याय : 13. दुर्गा पूजाके इतिहास

वर्ष 1924 ई0 के बात अछि। लूटन झाके पंडित कहलकनि जे यदि अपने माँ दुर्गाक पूजा अचर्ना करब तऽ पुत्रक प्राप्ति होयत। किएक तऽ श्रीमद्देवीभागवतके महात्म्यके प्रसंगमे प्रथम स्कंधके अध्याय - 5 मे कहल गेल अछि जे कोनो महामारी भेला पर, विप्लवके स्थितिमे, राजासँ शत्रुताके स्थितिमे, अकाल भऽ गेला पर, पुत्र प्राप्ति हेतु अथवा अन्य कोनो समस्याके स्थितिमे देवी पूजनसँ एकर निदान संभव थिक।

लूटन झाके दू विवाहके बादो पुत्र प्राप्त नहि भेलनि। हुनका चारि गोट पूत्री छलनि जाहि सँ ओ निराश रहैत छलाह। पंडितके कथनानुसार लूटन झा दुर्गा पूजा करबाक निर्णय कयलनि। चकौती ड्यौढ़ीके लगाव दरभंगा राज परिवारसँ प्राचीन कालहिसँ छल। अस्तु दुर्गा पूजाके सभ विधान वएह राखल गेल जे सभ विधान राज परिवारमे होइत छल। अर्थात दरभंगा राजक दरबारमे जाहि तरहे माँ दूर्गाक अराधना होइत छल ओकरे अनुकरण लूटन झा सेहो कयलनि। एहि वास्ते जमीन खोज कएल गेल। डयोढीके आगू त्रीमोहानी अछि। जे लगभग डेढ वीघाक प्लाट अछि।गाँवमे प्रवेश करवाक वएह स्थानसँ जाय परैत छैक।अस्तु ओहि स्थानके चुनल गेल।ओ जमीन वर्तमान पुजारी जी (श्रीहरिश्चन्द्र झा) के छल। ओहि समयमे हिनक पितामह अभिनाथ झा छलाह जे एहि वास्ते

जमीन देलनि। मुदा वर्तमानमे ई जमीन दुर्गा माताके नाम सँ सरकार द्वारा सर्वेमे नामित कऽ देल गेल अछि। ई स्थान अत्यन्त रमणीक अछि।ओहि भूखण्डके उतर दिशासँ एक सड़क ड्योढी होइत गाँवमे जाइत अछि। दोसर सड़क दक्षिण तरफसँ गाँवमे जाइत अछि। ओहि स्थानके पुरवमे कहियो कमला नदी बहैत छल। अखनो ओकर छारन (नासी) स्पष्ट बुझाइत अछि।एहि ठामसँ दरभंगा जिलाक सीमा आरम्भ भऽ जाइत अछि।पंडित लोकनाथ झा द्वारा ओहि स्थान पर मंदिर बनेबाक स्वीकृति प्रदान कएल गेल। श्रीमद देवी भागवतमे भगवतीके मण्डपके विषयमे विस्तृत वर्णन स्कन्द - 3 के अध्याय 26-27 मे देल गेल अछि। ओहि परिमापके ध्यानमे राखि मंदिर बनल। यज्ञ मंडप सदृश्य दू छत वला मंदिर बनाओल गेल।जकर लम्बाई 40 फीट एवं चौड़ाई 32 फीट राखल गेल। गर्भ गृहके लम्बाई 30 फीट एवं चौड़ई 20 फीट राखल गेल। भगवतीके पधारवाक लेल ओहि गर्भ गृहमे एक फीट उँच सिंहासन बनबाओल गेल। पं० मदन झाके अनुस्वार उपर्युक्त मान दंडक फल कीर्ति एवं सुख होइत अछि। राढ़ीक कुम्हारके दरभंगा महराजक राजनगर डयौढीमे लऽ जा कऽ सभ देवी देवताके देखाओल गेल। तदुपरान्त ओहिठामके फर्मा पर आधारित भगवतीके मुखमण्डल तैयार कयल गेल। सर्वप्रथम गणेश जीके मूर्ति बनैत अछि जे कमलपर बैसल छथि। हुनका चारि गो हाथ छनि। एक हाथमे कमलक फूल छनि। दोसर हाथमे शंख विराजमान छनि। तेसर हाथमे लड्डू एवं चारिम हाथसँ आशीर्वाद दऽ रहल छथि। हिनक शरीरक रंग लाल रहैत अछि एवं पिअर रंगक धोती सुशोभित रहैत अछि। हिनक सवारी मूस अछि।मूस हिनक प्रतिमाके नीचामे रहैत अछि।

तकरबाद भगवती लक्ष्मीके मूर्ति रहैत अछि। ओ कमल फूल पर विराजमान रहैत छथि। लक्ष्मी जीके दू हाथ छनि। दुनू हाथमे कमल फूल रहैत छनि। हिनकर सवारी उल्लू अछि जे लक्ष्मी जीके आसनके समीप रहैत अछि।

माँ दुर्गाके मूर्ति बीचमे रहैत अछि। भगवती अपन वाहन सिंह पर सवार रहैत छथि तथा महिष रूप धारी महिषासुरके छातीमे भालासँ आघात करैत स्वरूप बनाओल जाइत अछि। भगवतीके उँचाई लगभग 6 फीट रहैत अछि। हिनका दस हाथ छनि। पहिल हाथमे तलवार, दोसर हाथमे अंकुश, तेसर हाथमे तीर, चारिम हाथमे चक्र एवं पाँचम हाथमे भाला रहैत छनि। वाम तरफ भगवती के सब सँ उपर बला हाथमे शंख, ओकर बाद बला हाथमे गदा, तेसर हाथमे धनुष, चारिम हाथमे सर्प जे महिषासुरके हाथमे लपेटि कऽ गर्दन पर फूफकार छोड़ैत अछि एवं पाँचम हाथमे ढाल रहैत छनि। भगवतीक साड़ी लाल रंगक रहैत छनि। हुनक केश खूजल छनि। माथ पर चमकैत मुकुट विराजमान अछि।तीन नेत्र मुखमण्डल पर छनि। भगवती नवयौवना प्रतीत भऽ रहल छथि।भक्त लोकनि द्वारा चढाओल गेल आभूशण माँके गरदनिमे हार सुशोभित छनि, माथपर मुकुट, दुनू कानमे झूमका छनि, नाकमे नथिया, लालट पर माँग टीका एवं टिउकली, हाथमे चुड़ी, डॅारमे डरकस, पएरमे पायल शोभा बढा रहल अछि। ई सभ आभूषण भक्तलोकनि द्वारा प्रदान कयल गेल अछि जनिका भगवती मनोकामना पूर्ण कयने छलखिन। भगवतीक ई रूप महिषासुर मर्दनीक रूप अछि। महिषासुरके विग्रह अद्भुत बनैत अछि। महिषासुर जखन अपन रुप महिषके बनेने छल तऽ दुर्गा जी द्वारा महिषके गर्दनिके काटि देल जाइत अछि तखन महिषासुर ओहि रुपके त्यागि अपन

मनुष्यक स्वरूपमे महिषमेसँ निकलि रहल छथि तखने ओकरा पर भगवती दुर्गा अपन चमकैत त्रिशूलसँ प्रहार करैत छथि। महिषासुरके एक हाथमे तलवार एवं दोसर हाथमे ढ़ाल रहैत अछि। महिषासुरके शरीरक रंग प्रिश्याम अछि।भगवती दुर्गाकि त्रिशूलसँ महिषासुरके प्राण नि: सृत भऽ जाइत अछि। एहि रुपके कुम्हार द्वारा निर्मित कयल जाइत अछि आओर हिनके पूजा एतय होइत अछि। एकर बाद माँ सरस्वतीके मूर्ति बनैत अछि। दुनू हाथमे वीणा छनि। कमल आसन पर विराजमान श्वेत स्वरूपमे ई छथि। कार्तिक मोर पर सवार छथि। हिनकर एक हाथमे धनुष एवं दोसर हाथ मे तीर रहैत अछि।तकरबाद माता पारवती एवं भेलाबाबाके प्रतिमाके निर्माण होइत अछि। भोला बाबा बसहा पर बैसल रहैत छथि। बसहाके डोरी पार्वतीके हाथमे रहैत अछि। लगैत अछि जेना पार्वती भोला बाबाके भ्रमण करा रहल छथि। राजा रमन्त अपन टाप मारैत घोड़ा पर सवार छथि। रमन्तके एक हाथमे चाबुक एवं दोसर हाथ मे घोड़ाके लगाम रहैत अछि। मंदिरक प्रवेश द्वार के वाम भाग मे गणेशजी सँ पहिने कलश के स्थापना परिवा कऽ होइत अछि।

पूजाक विधान

आरम्भमे मंदिरक निर्माण लकड़ी- बाँस- खड़सँ भेल। बाँसक झाझनसँ मंदिरक दिवार बनल।ओहिमे तीन दरबाजा छोरल गेल।एक दरबाजा पुरव तरफ, दोसर दरबाजा पश्चिम तरफ एवं दक्षिण तरफसँ मुख्य गेट बनाओल गेल।पूजाक विधान तांत्रिक-लौकिक दुनू विधिसँ होइत अछि। भगवती एवं अन्य सभ देवताक मूर्ति उतरवरिया देवाल पर बनैत

अछि। सभ मूर्तिक मुख दक्षिण तरफ रहैत अछि। परिवा दिन मंदिरके पश्चिम भागमे कलश स्थापन होइत अछि। कलश दोमट माटि पर राखल जाइत अछि। ओहि माटि पर जौ बाग कएल जाइत अछि। कलशके उपर आमक पल्लव राखल जाइत अछि। जाहि पर लाल कपड़ामे नारियलके लपेट कऽ ओहि पर राखल जाइत अछि। द्वितीया दिन रमन्त पूजाक विधान अछि। सम्पूर्ण गाँवसँ पार्थिव महादेव फूल अक्षत एवं प्रसाद अबैत अछि। सायं काल गाँमक प्रायः सभ घरसँ भगवतीके साँझ ललना लोकनि लावि देखवैत छथि। ओहि समयके दृश्यक जे सुन्दरता रहैत अछि ओकर वर्णन नहि कयल जा सकैत अछि। एतय परिवा दिनसँ शहनाई बाजब शुरू भऽ जाइत अछि जे भगवती भसानक बाद खत्म होइत अछि। भगवती स्थानमे शहनाई 5 बजे प्राती गीतक सङ्ग बाजब शुरू होइत अछि।तकर बाद शहनाई आरतीमे, साझक बेरमे एवं अन्य भिन्न भिन्न अवसरपर बजाओल जाइत अछि। परिवा दिनसँ साँझमे स्थानीय कलाकार लोकनि द्वारा कीर्तन कयल जाइत अछि जे प्राय: पँचमी धरि 11बजे रात्रि धरि होइत अछि तकर बाद 9-10बजे धरि होइत अछि तदुपरान्त अन्य कार्यक्रम सभ होइत अछि। षष्ठी दिनसँ भगवतीके जागरण, अल्हाउद्ल, सिनेमा आदिके कार्यक्रम होइत अछि।षष्ठी कऽ बेलनौती होइत अछि। बेलनौतीमे अपार भीड़ जुटैत अछि। आरम्भमे बेलनौती कालमे घोड़ा-हाथी सेहो दूर दूरसँ अबैत छल बादमे एकर अभाव भऽ गेल जाहि कारणे आब बेलनौतीमे घोड़ा हाथी नहि देखल जाइत अछि।प्रारम्भमे बेलनौती डयौढीक खड़िहानपर अवस्थित बेलक गाछपर होइत छल एतय कतेको वर्ष बेलनौती भेल। बादमे ओ गाछ खसि परल तकर बाद यज्ञी बाबूके गाछीमे अवस्थित बेल पर किछु वर्ष भेल। ओहि गाछके समाप्त भेलाके बाद 39 वर्ष धरि

खवासक पोखरिके पश्चिम राजेश्वर कामतके गाछीमे अवस्थित बेलक गाछ पर भगवतीके आवाहन कएल जाइत रहल। विगत 5 वर्षसँ ड्योढ़ीके बरका दरबाजापर अवस्थित छोट छीन गाछ पर बेलनौती भऽ रहल अछि। बेलनौतीक विधानक संबंधमे श्री मदन पंडित कहैत छथि जे एक डारिमे दू बेल एहि प्रकारे हो कि बीचमे डारि आ ओकरा दुनू तरफ बेल हो। अर्थात दुनू बेल आँखिक सद्दश तथा डारि नाक सद्दश हो। ओहने बेल पर बेलनौती होएबाक विधान अछि। एहि प्रकारक बेल भेटब एक चिंताक विषय बनल रहैत अछि। मुदा हमरा लोकनि एकदम निश्चिंत रहैत छी जे भगवती स्वयं एहिके व्यबस्था करतीह आ अखन धरि सएह भेबो कएल अछि। सायंकाल करीब 4 बजे बेलनौती वास्ते पंडित एवं आचार्य आगू-आगू आ तकरा पाछू धड़ी-धंटा-शंख बजबैत भक्त लोकनि आगू बढैत रहैत छथि। शहनाई बादक सेहो अपन टीमक संग वातावरणके गूंजायमान करैत बेलक गाछ तर पहुचैत छथि। बेल गाछक जरिमे माताके आराधना होइत अछि। अस्तु ओहिठाम नीक सँ साफ सुथरा कयल जाइत अछि। तदुपरान्त गायक गोवरसँ नीप कऽ ओहि ठाम अरिपन देल जाइत अछि। तकरबाद पुजारी जी ओहि अरिपनपर पूजा करैत छथि। बेल गाछके नीचाके जे विधान अछि ओहिके आचार्य जी द्वारा पुजारी जीके पढ़ाओल जाइत अछि। ओतयके पूजाक मुख्य भाव रहैत अछि " हे माता भुवनेश्वरी हम समस्त चकौती ग्राम वासी अहाँके आराधना करय चाही छी ओहि निमित्त हमसभ विनती करैत छी जे अहाँ एहि वेलक पत्रिकामे पधारवाक कष्ट करु ताकि हम अहाँके आदरपूर्वक एतयसँ लऽ जाय कऽ मन्दिरमे निर्मित माटिक अहाँके विग्रहमे प्राण प्रतिष्ठा कऽ विधि विधानसँ पूजा कऽ सकी।" पूजाक बाद पुजारी जी सीढीक सहारे उपर चिन्हित बेलके लाल कपड़ासँ बाँधिकऽ

छोड़ि दैत छथि। राति भरि ओ कपड़ा ओहिना रहैत अछि तथा ओकर निगरानी राति भरि चौकीदार द्वारा कयल जाइत अछि।

सप्तमी कऽ प्रातः काल (सूर्योदय) नोतल बेलके समक्ष मन्दिरसँ घड़ी घन्टाक ध्वनि, शंखनाद, शहनाईके आवाजक संग डोलीके कहार ओहि बेल वृक्षके समीप लऽ कऽ जाइत छथि। पुनः बेल बृक्षके नीचामे माता रानीके आराधना कयल जाइत अछि। भगवतीसँ माफी माँगि ओहि पत्रिकाके काटल जाइत अछि आ भगवतीके बनल महफामे राखि खूब स्थिरसँ डोलीके मन्दिर लायल जाइत अछि। पुजारी द्वारा बेल वृक्षसँ मन्दिर धरि लगातार चामर डोलायल जाइत अछि। एकर अतिरिक्त अनेको भक्तके द्वारा अगरवत्ती सँ मार्गके सुगन्धित करैत आगू आगू जाइत छथि।

बेलक गाछ लगसँ पत्रिकाके लेबाक लेल सेहो आदमी निर्धारित अछि। वर्तमान समयमे ई कार्य श्री अरविन्द कुमार झा से. नि. शिक्षा पदाधिकारी एवं श्री वेचन झा करैत छथि। मन्दिर पर सर्वप्रथम डोलीके ओहि स्थान पर राखल जाइत अछि जाहिठाम बलिप्रदान होइत अछि। ओहिठाम बनल माटिक पींड पर पत्रिका के विराजमान कऽ पंचोपचारसँ पूजा कयल जाइत अछि। पूजाके समय सरसोंके अभिमंत्रित कय मन्दिर पर छीटल जाइत अछि। ओहिठामसँ दुर्गा माताके निकट धरि सुन्दर सन अरिपन रहैत अछि। जतय माटिक पींड रहैत अछि ओतय एक अष्टदल बनैत अछि। दोसर अष्टदल मन्दिर के द्वार पर बनैत अछि तथा तेसर अष्टदल भगवतीके समक्ष बनैत अछि। जखन बलिप्रदान स्थल पर पत्रिकाके पूजा भऽ जाइत अछि तकर बाद पत्रिकाके मन्दिरके द्वार पर लायल जाइत अछि आओर पुनः ओतय सेहो पूजा होइत अछि। एहि

स्थलपर पूजाके बाद पत्रिकाके मन्दिरमे राखि डिम्भा देल जाइत अछि। जाधरि पत्रिकाके मन्दिरमे प्रवेश नहि कराओल जाइत अछि ता धरि देल गेल अरिपन के नाङ्घनाइ वर्जित रहैत अछि। डीम्भा कुम्हार द्वारा घर बन्द कए कऽ छागरके सम्मुख राखि देल जाइत अछि। एहिके उपरान्त विधि विधानसँ सभ देवी देवताके प्राण प्रतिष्ठा होइत अछि एवं पूजा कएल जाइत अछि जाहिमे लगभग तीन घंटा समय लगैत अछि। दिनक पूजाके बाद भगवतीके छागरक बलिप्रदान होइत अछि। भोग लगेलाक बाद आरती होइत अछि। परिवा दिनसँ आचार्य द्वारा देवी भागवत कहबाक विधान अछि। एकर समय डेढ बजे सँ निर्धारित रहैत अछि। देवी भागवत सुनवा लेल लोकक भीड़ लागल रहैत अछि। पार्थिव महादेवके पूजा बास्ते अलगसँ पंडित रहैत छथि। भगवतीके आगमनक संग दुर्गा स्थानक चारू कात रंग विरंगक दुकान लागि जाइत अछि। ओहिठाम एकहिसंग मिठाई, चाय-नास्ता, पान, मीना बजार, फल, अनेको लाइ मूरही, लटगेना आदिक दुकान लगैत अछि जकर संख्या शताधिक रहैत अछि। अष्टमी कऽ भगवतीके छागर आम व्यक्ति द्वारा चढाओल जाइत अछि। अष्टमी कऽ प्रति वर्ष लगभग 250 के आस पास छागर चढैत छनि। नवमी कऽ सेहो लगभग 100 छागर चढैत अछि। लोकसँ पूछला पर ज्ञात होयत जे सभ व्यक्ति कोनो ने कोनो मनोकामना पूर्तिके फलस्वरूप माँके छागर चढ़ेलनि अछि।

अष्टमीके मध्य रात्रीमे भगवतीके नीशा पूजा होइत अछि। जाहिमे लगभग 2 घंटा 30 मिनट समय लगैत अछि। नीशा पूजा 11.00 बजे रात्रिसँ आरंभ होइत अछि। एहि पूजामे सर्वसाधारण व्यक्तिके प्रवेश पर रोक रहैत अछि। एहि पूजामे भगवतीक जतेक रूप अछि ओकर आवाहन

कएल जाइत अछि तथा हुनक विधि विधानसँ पूजा कएल जाइत अछि। महिषासुरमर्दनी भगवतीके दसो हाथमे विराजित अस्त्र-शस्त्रके पूजा होइत अछि। शत्रूके बलि देल जाइत अछि। नीशा पूजाके बाद भगवतीके छागरक बलिप्रदान देल जाइत छनि। पुनः भोग लगैत छनि आ आरती भेलाक बाद नीशा पूजा समाप्त होइत अछि। नीशा पूजाके बीच अनेको भक्त लोकनि जपमे लीन देखल जाइत छथि। किछु भक्त दुर्गाशप्तसतीके पाठमे लागल रहैत छथि। नवमी कऽ त्रीशूलनी पूजा होइत अछि। सायं काल हवन होइत अछि। तकरबाद कुमारि भोजन कराओल जाइत अछि। कुमारि भोजनमे दस वर्षसँ कम अवस्था वाली वच्चीके नोतल जाइत अछि। भोजनक समय एहि ठाम अनेको कुमारि अबैत छथि। दशमीके प्रातः काल अपराजिता पूजा एवं जयंती पूजा होइत अछि। ओहिके बाद भगवतीके पूजा होइत अछि। आरती होइत अछि। तदुपरान्त जयंती काटल जाइत अछि आ जयंती भगवतीके संग संग सभ देवताके चठाओल जाइत अछि। एहि विधानक बाद भगवतीक संग संग सभ आवाहन कएल देवी देवता के विसर्जन कयल जाइत अछि। तकर बाद मंत्र पढि तीन बेर कलशक जलसँ उपस्थित सभ भक्तके उपर छींटल जाइत अछि। ओहि ठाम उपस्थित सभ भक्तके प्रसाद स्वरूप अपराजिता एवं जयंती देल जाइत अछि। अपराजिता एवं जयंतीसँ तातपर्य अछि जे कतौ भक्त पराजित नहि होथि आ सतत हुनक जय होइत रहय। सायं काल भगवतीके माथ पर उठा कऽ भसान कएल जाइत अछि। ओहि समय अपार भीड़ होइत अछि।मुदा अखन धरि कोनो प्रकारक अनहोनी घटना नहि भेल अछि। भसानक बाद ब्राम्हण भोजन कराओल जाइत अछि। ओहिके बाद पूजाक समाप्ति होइत अछि। देवी भागवत मे नारद जी एक ठाम कहैत छथि देवी पूजन, कुमारी भोजन,

होम आओर ब्राह्मण भोजन करेलासँ दुर्गा पूजा सांगोपांग भऽ जाइत अछि। अस्तु चकौतीमे दुर्गा पूजा ओहिना कयल जाइत अछि जेना श्रीमद्देवीभागवतमे कहल गेल अछि।

चकौती मे दुर्गा पूजा जहिया आरंभ भेल(1924ई०)ओहि समय आचार्य छलाह लोकनाभ झा, हुनकर बाद हुनक पुत्र पं0 मोतीकान्त झा भगवतीके पूजाक आचार्य भेलाह। पं० मोतीकान्त झा वर्ष 1983ई० धरि दुर्गा पूजाके आचार्य रहलाह। तदुपरान्त वर्ष 1984 ई० सँ लोकनाथ झाक पौत्र पं0 मदन झा आचार्यक कार्य सम्पादन कऽ रहल छथि।

स्थापनाक समय अभिनाथ झा पुजारी जीक कार्य कयलनि। हुनकर बाद हुनक पुत्र प्रभूनाथ झा पुजारीजीक कार्य सम्पादन कयलनि। वर्तमान समयमे हुनक जेठ पुत्र श्री हरिश्चन्द्र जी पुजारी जीक कार्य सकुशल सम्पादन कऽ रहल छथि। हिनका समयमे आबि भगवतीक कृपामे वृद्धि भेल अछि। पं० मदन झा वर्ष 1984 ई० मे आचार्यक कार्य आरंभ कयलनि। तहिना पुजारीजीक कार्य श्री हरिश्चन्द्र जी वर्ष 1983 ई० मे आरंभ कयलनि। हिनका समयमे आबि कऽ पूजाक खर्च, व्यबस्था, मंदिर निर्माणक कार्य आदिमे एका एक वृद्धि भेल ओकर मुख्य कारण पूजाके प्रति आचार्य एवं पुजारी जी द्वारा आस्थापूर्वक कयल गेल भगवतीक अराधना अछि। जाहिसँ प्रसन्न भऽ भगवती सभ क्षेत्रमे चमत्कार कयलनि अछि।

बलिप्रदान बास्ते भगवती द्वारा स्वयं बलिकटा नियुक्त कयल गेल अछि। आरम्भमे बलिप्रदान सरिसवे मूलक ब्राह्मण सदान्द झा द्वारा कयल जाइत छल।

मुदा वर्तमान मे बलिप्रदान सदानन्दके छोट पुत्र श्री देवेन्द्र कुमार झाके द्वारा कयल जाइत अछि।वर्ष 1986 ई० के बात अछि।अष्टमी दिन सदानन्द एवं समितिके पदाधिकारीके बीच छागरक शिराके विन्दु पर विवाद भऽ गेल। हुनक छोट बालक श्री देवेन्द्र बिना सोच बिचार कयने भगवतीके नोतल हाँसु पीढी परसँ उठा लेलक आ कहय लागल जे बापके नवमीके छागर नहि काटऽ देव। तत्पश्चात ओ नोतल हाँसु लऽ कऽ भागि गेल। ओकरा सब रोकैत रहि गेल, मुदा ओ नहि मानलक। मोहन कुमार झा देवी भक्तके जानकारी भेलनि। ओ सदानन्दके बजा कऽ कहलथिन्ह ई घटना असाधारण अछि। बुझि परि रहल अछि जे हो न हो एहि सँ कोनो बहुत पैध अनिष्ट ने भऽ जाय। एकर दुःपरिणाम भोगय ने परि जाय । जाउ ओकरा समझा बुझा कऽ ओ हाँसु लऽ आउ। सदानन्द अपने नीक लोक छलाह। ओ देवेन्द्रसँ हाँसु लावि पीढी पर राखि देलनि। नवमी कऽ सदानंद पुनः छागर कुशलतापूर्वक कटलनि। आनहि बेर जकाँ अहू बेर दियाद सभके शिरा देलनि। किछु गोटे अष्टमीके घटनासँ क्षुब्ध रहबाक कारणे शिरा लेबयमे असमर्थता व्यक्त कयलक तकरा ओ कहलखिन जे एहि बेर शिरा लैत जाऊ। अगिला बेरसँ हम छागर नहि काटब। तहिना भेल। ओहि रातिमे सदानन्दके मोन खराब भऽ गेल। डाक्टरसँ देखाओल गेल। मुदा कोनो सुधार नहि भेल। देखैत-देखैत दशमीके परात हुनक मृत्यु ओहिना भेल जेना छागरके धर सँ अलग भेला पर जीह निकैलि जाइत छैक। गाँवमे हाहाकार मचि गेल। सभ कहय लागल जे ई घटना देवेनन्द्र द्वारा कयल गेल अनिष्टक कारणे भेल। एहि बातके मोहन बाबू द्वारा कहल गेल छल।

बापक श्राद्वके बाद देवेन्द्र बम्बई चलि गेल। पं० मोती कान्त झासँ पूछल गेल जे आब छागर के काटत। पंडित जी कहलथिन्ह जे भगवती स्वयं एकर व्यवस्था करतीह। तहिना भेल। देवेन्द्र बम्बईमे बिमाड़ पैरि गेल। कतेको दबाई आदि करौने छल मुदा ओकरा बिमाड़ी ठीक नहि भऽ सकल। हारि कऽ ओ गाँव चलि आयल। ओहि दिनसँ दुर्गा पूजा एक माह छल। गाँवमे सेहो बुखार ठीक नहि भेल। अपितु आब ओ रंग विरंगक स्वप्न देखय लागल। नित्य ओ सभ बात अपन काका बेदानन्दके कहैत छल। काका हो राति राति भरि हम स्वप्नमे छागर कटैत रहैत छी। प्रायः ओ एक सप्ताह धरि एहि प्रकारक स्वप्न देखैत रहल। जखन एक सप्ताह कलश स्थापनाके रहि गेल तऽ देवेन्द्र कहय लागल काका हो एहि साल हमही छागर कटबै। बेदानन्द ओकरा जोर सँ डटलनि। तोरा खातीर हमर भाइके जान चलि गेल। आ कहैत छैं जे हमही छागर काटब। बजैत लाज नहि लगैत छौ। मुदा ओ अपन बात पर अरल रहल। गाँवमे पुनः एहि बातक चर्चा शुरू भऽ गेल। जे एहि बेर देवेन्द्र छागर काटत। ओहि वर्ष ओकर उम्र मात्र 14-15 वर्ष छल। वर्ष 1987 ई0के दुर्गा पूजाक सप्तमी कऽ ओ लाल धोती धारण कऽ मंदिरमे आबि गेल ओहिना जेना ओकर पिता तैयार भऽ कऽ अवैत छलाह। देवेन्द्र कुशलतापूर्वक सप्तमी कऽ पहिल छागर कटलक। ओहि बेर अष्टमी आ नवमी दुनू एकहि तिथि कऽ परल छल। दुनू दिनक छागर एकहि दिन परल। सभके आश्चर्य लगैत छल जे एतेक कम उम्रमे ओ कोना 300 सँ उपर छागर काटि सकत। भगवतीके सपनौती ओकरा ई वरदान भेटल छल। ई स्पष्ट ओकर चेहरा सँ बुझि परैत छल। गाँमक लोक सभ अष्टमी कऽ ओकर बलिप्रदानके देखबा लेल तांता लागल छल। आरंभ भेल बलिप्रदान एक छागर कटलक, दोसर छागर

कटलक। प्रत्येक छागर काटसँ पूर्व ओ माँ भगवती तरफ आँखि उठाक तकैत छल आ छागर कटैत छल। बुझि परैत छल जेना माँसँ ओ छागर काटबक अनुमति लैत हो।देखैत देखैत ओ सभ छागरके काटि देलक। ओकरा शरीर पर कनेको तनाब नहि छल आ ने पसिना निकलैत छल। एहिसँ प्रमाणित होइत अछि जे माँ दुर्गाक कृपा ओकरा सद्यः प्राप्त अछि। अखनो ओ कुशलतापूर्वक बलिप्रदान कय रहल अछि।

पाँच वर्ष धरि लूटन बाबू भगवतीके पूजा अपन खर्चसँ खूब धूम धामसँ कएलनि। तकरबाद ओ पूजा छोड़ि देलनि आ गँवाके हाथ सौंपि देलनि। ओकर बादसँ पूजा अनवरत भऽ रहल अछि। अधूना ई स्थान सिद्धपीठ जकाँ चमत्कारी भऽ गेल अछि। देवी भागवतमे एक ठाम लिखल अछि "सम्पूर्ण जगत हमर स्थान अछि। मुदा जाहि जाहि स्थान पर शतीके अंग खसल अछि ओहि स्थानपर विषेश रूप सँ हमर उपस्थिति रहैत अछि। एकर अतिरिक्त ओहि स्थानपर सेहो हमर उपस्थिति रहैत अछि जाहि ठाम विधि विधानसँ हमर पूजा अर्चना होइत अछि "। एकर प्रमाण मे भगवती कहैत छथि जे ओहि स्थानसँ सतत सुगन्ध निःसृत होइत रहैत अछि। चकौती दुर्गा स्थानमे एकर अनुभव स्वतः कयल जा सकैत अछि।अधुना ई स्थान मनोकामना प्रतिपूर्ति करय वाला स्थान भऽ गेल अछि। अनेको श्रद्धालू-भक्तके एहि स्थानसँ मनोबांक्षित फल भेटि चुकल अछि। जकर उदाहरण बादमे देल जायत।

चन्द्रधर मिश्र (बच्चा बाबू) पूजाके तारतम के बनेबामे अहम भूमिका निभोलनि। तत्कालीन समयमे ग्रामीण अर्थ व्यवस्था बहुत खराब छल। लोकके दुनू समय भेजन भेटब मुश्किल छल। पूजा कोना होयत ई

बड पैघ समस्या छल। गाँवसँ चन्दा अतेक नहि होइत छल जे पूजा भऽ सकय। एहन स्थितिमे बच्चा बाबू पूजाके भार उठौलनि। कतेको बेर ओ पूजा करौलनि मुदा बादमे जा कऽ हुनको हालत खराब भऽ गेल। ओहन स्थितिमे ओ अपन पत्नीके गहना बंधक धय कतेक बेर दुर्गा पूजा कयलनि। मुदा पूजा लगातार होइत रहल। बादमे जाक ग्रामक सभ लोक एहि पर ध्यान देलनि। प्रति वर्ष पूजा करबाक वास्ते कमिटीके गठन होयबाक प्राबधान भेल।ताहि दिन नाचक व्यबस्था समितिके तरफसँ होइत छल गाँमक युवक सभ नाटकके आयोजन करैत छलाह। भजन कीर्तन परिवा दिनसँ शुरू भऽ जाइत छल जे अखनो चलैत अछि। प्रचीन समयमे नाटकक कलाकारमे मुख्य रूप सँ श्री नागेन्द्र नारायण झा, स्व० काशी कान्त झा, स्व० कृपा कान्त झा, श्री रामनारायण ठाकुर, श्री बल्ली ठाकुर, श्री शुभ चन्द्र झा, श्री बाउ झा, श्री राज कुमार ठाकुर, स्व० ललन ठाकुर आदि छलाह। बाद मे आबि श्री अशोक ठाकुर, श्री दिनेश ठाकुर, श्री अरबिन्द कुमार झा, श्री आशा ठाकुर, स्व0 शैलेन्द्र कुमार मिश्र, श्री पंकज कुमार झा, स्व० हेम चन्द्र झा आदि लोकनि भाग लैत छलाह।

स्व० मोहन कुमार झाक नेतृत्वमे करीब 15 वर्ष पूजा भेल। ओ अपना समयमे प्रथम बेर वर्ष 1977 ई० मे परदा पर सिनेमा लेलाह। ओहिसँ चकौती दुर्गा पूजाके नाम खुब भेल। हुनका समयमे जे लोकक भीड़ जुटल से आब नहि जुटैत अछि। स्व० मोहन कुमार झाके बाद पूजाके लेल अध्यक्ष, सचिव एवं अन्य पदाधिकारी लोकनिके चयन होमय लागल।

जकर विवरण एहि प्रकार अछि:-

क्र. सं.	वर्ष	अध्यक्षक नाम	सचिवक नाम	कोषाध्यक्ष के नाम
1.	1981	स्व० नवीन ठाकुर	श्री दिलीप ठाकुर	
2.	1982	स्व० तारकेश्वर मिश्र (खेली बाबू)	श्री दिलीप ठाकुर	
3.	1983	स्व० तारकेश्वर मिश्र	श्री दिलीप ठाकुर	
4.	1984	स्व० तारकेश्वर मिश्र	श्री दिलीप ठाकुर	
5.	1985	स्व० काशीकान्त झा	श्री दिलीप ठाकुर	
6.	1986	स्व० काशीकान्त झा	श्री दिलीप ठाकुर	
7.	1987	स्व० काशी कान्त झा	श्री दिलीप ठाकुर	
8.	1988	स्व० काशीकान्त झा	श्री दिलीप ठाकुर	
9.	1989	श्री देव चन्द झा	स्व० सुधीर कुमार झा	

10.	1990	श्री दिलीप ठाकुर	स्व० काशीकान्त झा	
11.	1991	श्री गिरीन्द्र मिश्र	स्व० सुधीर कुमार झा	
12.	1992	श्री गिरीन्द्र मिश्र	स्व० सुधीर कुमार झा	
13.	1993	स्व० सिद्धि नाथ झा	स्व० जागेश्वर सहनी	स्व० महाराज ठाकुर
14.	1994	स्व० सिद्धि नाथ झा	स्व० जागेश्वर सहनी	स्व महाराज ठाकुर
15.	1995.	स्व० सिद्धि नाथ झा	स्व० जागेश्वर सहनी	स्व० महाराज ठाकुर
16	1996.	स्व० काशीकान्त झा	स्व० नवीन ठाकुर	
17	1997	स्व० काशीकान्त झा	स्व० नवीन ठाकुर	
18.	1998	स्व० काशीकान्त झा	स्व० नवीन ठाकुर	
19	1999	स्व० काशीकान्त झा	स्व० नवीन ठाकुर	

20.	2000	स्व काशीकान्त झा	स्व० नवीन ठाकुर	
21	2001	स्व० काशीकान्त झा	स्व० नवीन ठाकुर	
22.	2002	स्व० काशीकान्त झा	स्व० नवीन ठाकुर	
23	2003	स्व० गजाधर ठाकुर	श्री विजय कुमार झा	श्री संजीव ठाकुर
24.	2004.	श्री दिलीप ठाकुर	श्री विजय कुमार झा	श्री संजीव ठाकुर
25	2005.	श्री दिलीप ठाकुर	श्री विजय कुमार झा	श्री संजीव ठाकुर
26	2006.	श्री दिलीप ठाकुर	श्री विजय कुमार झा	श्री संजीव ठाकुर
27.	2007.	श्री दिलीप ठाकुर	श्री विजय कुमार झा	श्री संजीव ठाकुर
28.	2009	श्री दिलीप ठाकुर	श्री विजय कुमार झा	श्री संजीव ठाकुर
29.	2010.	श्री दिलीप ठाकुर	श्री विजय कुमार झा	श्री संजीव ठाकुर
30.	2011	श्री दिलीप ठाकुर	श्री विजय कुमार झा	श्री संजीव ठाकुर
31.	2012	स्व० यज्ञी मिश्र	श्री चन्द्रमोहन ठाकुर	श्री प्रणव कुमार

				झा
32.	2013	स्व० यज्ञी मिश्र	श्री चन्द्रमोहन ठाकुर	श्री प्रणव कुमार झा
33.	2014	स्व० यज्ञी मिश्र	श्री चन्द्रमोहन ठाकुर	श्री प्रणव कुमार झा
34.	2015	श्री राज कुमार ठाकुर	श्री चन्द्रमोहन ठाकुर	श्री प्रणव कुमार झा
35.	2016	श्री नागेन्द्र मिश्र	श्री चन्द्रमोहन ठाकुर	श्री प्रणव कुमार झा
36.	2017	श्री नागेन्द्र मिश्र	श्री चन्द्रमोहन ठाकुर	श्री प्रणव कुमार झा
37.	2018	श्री नागेन्द्र मिश्र	श्री चन्द्रमोहन ठाकुर	श्री प्रणव कुमार झा
38.	2019	श्री अरविन्द कुमार झा	श्री बाबू साहेब	श्री बाबू साहेब
39.	2020	श्री अरविन्द कुमार झा	श्री बाबू साहेब	श्री सुबोध ठाकुर

40.	2021	श्री अरविन्द कुमार झा	श्री बाबू साहेब	श्री सुबोध ठाकुर
41.	2022	श्री विजय कुमार झा	श्री बाबू साहेब	श्री सुबोध ठाकुर
42.	2023	श्री विजय कुमार झा	श्री बाबू साहेब	श्री सुबोध ठाकुर
43.	2024	श्री विजय कुमार झा	श्री बाबू साहेब	श्री सुबोध ठाकुर

एकबेर कमीटीके बैठकमे ई प्रस्ताब आयल जे समितिके पदाधिकारी घाटाके बजट पेश नहि करताह। अर्थात जे घाटा होयत ओकर भरपाई अध्यक्ष-सचिव करताह। एक दू बेर तऽ ई व्यबस्थाके अधीन पूजा भेल। जाहिमे अध्यक्ष-सचिवके घाटाके पूरा करय परैत छलनि। परिणाम भेल जे आब केओ समितिके पदाधिकारीके पदपर जाय लेल तैयार नहि होइत छलाह। एहनमे पूजा कोना होयत एक जबर्दस्त समस्या भऽ गेल। एहि विन्दुपर हम एवं पंकज कुमार ठाकुर (मित) विचार कएल आखिर एना कतेक दिन पूजा होयत। किएक ने एहन 100 आदमीके सदस्य बनाओल जाय जे स्वेच्छा सं 101 टका भगवती पूजा लेल आजीवन दैथ। वर्ष 1991 ई के बैठकमे एहि प्रस्तावके रखलनि पंकज कुमार ठाकुर एवं समर्थन कएलनि श्री पंकज कुमार झा। ओहि समय स्व० गजाधर ठाकुर पूजा समितिके अध्यक्ष नियुक्त भेल छलाह। बैठकमे सदस्यता गठनके जबर्दस्त

समर्थन भेटल। ओहि ठाम ढेर लोक अपन नाम लिखेलनि। पहिल नाम हम आ मित लिखाओल तकर बाद अनेक गोटे अपन नाम लिखेलनि। ई निर्णय पूजा बास्ते वरदान साबित भेल। स्व० काशी कान्त झा, श्री दिलीप ठाकूर, श्री अरूण ठाकुर एवं श्री विजय झाके द्वारा अनेको व्यक्तिके आजीवन सदस्य बनाओल गेल। हुनका लोकनिक योगदानके कहिओ विसरल नहि जा सकैत अछि। आइ पूजा खूब धूम धामसँ भऽ रहल अछि।

मन्दिर निर्माणक कहानी

भगवती मंदिरक निर्माणक घटना सेहो अत्यन्त रोचक अछि। लूटन झा झाझनके मंदिर बना कऽ पूजा आरम्भ कयलनि। साले साल लूटन झा ओहि मन्दिरके जीर्णोद्धार करबा कऽ पूजा करैत छलाह। बच्चा बाबू द्वारा पुरान मंदिरके स्थान पर ईंटाक दिवाल बनाओल गेल। चारू कोना पर ईंटाक पाया निर्माण मोहन कुमार झा द्वारा करबाओल गेल। बीच बीचमे लकड़ीके खम्हा देल गेल। ई मंदिर वर्ष 1948 ई० मे बनल। तहियासँ एहि मंदिरमे पूजा होमय लागल। जखन श्री दिलीप ठाकुर पूजा समितिके अध्यक्ष छलाह तऽ हुनका समयमे पुरनका मन्दिरके छतके नव ढ़ंगसँ बनबाओल गेल आ नीक जकाँ खपरासँ छारल गेल। समय बदलल।चारू कात आब पक्काके मकान बनय लागल। भगवतीके मंदिर सेहो पक्काके हो एहि वास्ते आब खूब चर्चा चलय लागल, एहि बास्ते सबसँ बेसी चर्चा करैथ मोहन कुमार झा। डयौढ़ीके लोकके इच्छा रहनि जे मंदिर बनाबी हमही सब। एहि वास्ते अनेको बेर बड़का दरवाजा पर बैसार भेल।वर्ष 1985-86ई०मे श्री गिरीन्द्र मिश्र एवं श्री अरविन्द कुमार झा द्वारा

5000/- (प्रत्येक) राशि देलनि ओ दस हजार रुपैआ महदेइ स्थित ग्रामीण बैंकमे जमा भेल छल।ई राशि जखन मन्दिर निर्माण समितिके गठन भेल तखन समितिके अध्यक्ष स्व० यज्ञी मिश्रके देल गेलनि। मुदा मन्दिर निर्माण हेतु दुर्गा स्थानमे वर्ष 1996ई० मे बैसार भेल। जाहि बैठकमे निर्णय भेल छल "जे दाता ₹5000/- वा एहि सँ अधिक राशि देताह हुनकर नाम शिलापट्ट पर अंकित होयत"। संगहि स्थायी मन्दिर निर्माण समिति के गठन भेल। जकर अध्यक्ष के रुप मे श्री यज्ञी मिश्र के चयन कयल गेल। अन्य सदस्य निम्न प्रकार अछि।

मन्दिर निर्माण समिति सदस्यके सूची

1. श्री यज्ञी मिश्र - अध्यक्ष
2. श्री अरविन्द कुमार झा - सचिव
3. श्री वेचन झा - सदस्य
4. श्री भोलानाथ ठाकुर - सदस्य
5. श्री नवीन ठकुर - सदस्य
6. श्री काशी कान्त झा - सदस्य
7. श्री अरुण कुमार ठाकुर - सदस्य
8. श्री संजीव कुमार ठाकुर - सदस्य
9. श्री आश नारायण चौधरी - सदस्य
10. श्री नागेन्द्र मिश्र - सदस्य
11. श्री पंकज कुमार ठाकुर - सदस्य
12. श्री मोहन कुमार झा- स्थायी
    आमंत्रित सदस्य

13.श्री राज कुमार ठाकुर - स्थायी

आमंत्रित सदस्य

एहि निर्णयके सर्वत्र स्वागत भेल अनेकों दाता 5000/-सँ वेशि राशि देलनि जिनकर सूचि नीचा अंकित अछि।वर्ष 1998ई०सँ मन्दिर निर्माण कार्य आरंभ भेल। श्री भोलानाथ ठाकुर द्वारा एकर पर्वेक्षण कार्य कयल गेल तथा स्थल पर कार्यके देख रेखके संग संग मजदूरके भुगतान आदिके कार्यक दायित्व देल गेल।

भोलानाथ ठाकुरके निधनके बाद श्री यज्ञी मिश्र मन्दिर निर्माणके कार्य देखनाइ आरम्भ कयलनि। हुनक सहयोगीके रुपमे श्री वेचन झा सतत ठाढ़ रहलाह। ई दुनू गोटे रामगढ़ जाकऽ गिट्टी लयलाह।किएक तऽ ओतय सस्ता दर पर गिट्टी भेटैत छल। दुनू गोटे ट्रकपर बैसि कऽ गिट्टी दुर्गा स्थान खसबेने छलाह। तहिना सोन बालू सेहो सोन नदीके कातसँ क्रय कऽ कऽ ट्रक पर बैसि दुर्गा स्थानमे खसबौने रहथि।जहन मन्दिरमे लकड़ीके कार्य शुरू भेल तऽ श्री यज्ञी मिश्र एवं श्री वेचन झा मुजफ्फरपुर जाकऽ सांगवान लकड़ी क्रय कयने छलाह।सेवा निवृत्तिके बाद श्री यज्ञी मिश्रके मुख्य कार्य मन्दिर निर्माण करायब छल। वर्ष 2009ई०सँ भगवतीके पूजा सफलता पूर्वक नव मन्दिरमे भऽ रहल अछि।नव मन्दिरमे पूजाके अद्भुत आनन्द भेटि रहल अछि।श्री यज्ञी मिश्रके निधन वर्ष 2015ई० मे भऽ गेल। मुदा मन्दिरमे कार्य किछु ने किछु बाँकी रहिये जाइत अछि। मुदा तहिना भगवतीके सेवक सभ सेहो आगू अबैत रहैत छथि। श्री यज्ञी मिश्र के

निधनके बाद सँ मन्दिर कार्यक जिम्मा श्री नागेन्द्र मिश्र, कार्यकारी अध्यक्षके देल गेल अछि। हुनका द्वारा मन्दिरके बेसमेंट छतके प्लास्टर करबाओल गेल, पुरना मन्दिरके दिवारके हटा कऽ बैठकमे लेल गेल निर्णयके अनुसार फर्शके पक्कीकरण, फर्शके चारु कात रेलिंग कार्य, गाँवके महिला एवं कुमारि कन्याके द्वारा सायं काल दीपदान भगवतीके कयल जाइत अछि। एहि बास्ते पुरनका गर्भ गृहके स्थान पर सिंहासनके निर्माण कराओल गेल, जतय नित्य बहुत संख्यामे दीपदान होइत अछि। एकर अतिरिक्त मन्दिर प्रांगणके नव क्रय कयल गेल जमीनके भरि कऽ समतलीकरण कराओल गेल, ई कार्य बर्ष 2016-017 मे भेल छल। वर्ष 2023 ई०मे सए बर्ष पूजा के भऽ गेल छल।एहि अवसर पर सरकारी योजनासँ पूरा प्रांगणके ईंटीकरणके कार्य श्री नागेन्द्र मिश्र एवं श्री विजय कुमार झा, वर्तमान अध्यक्ष पूजा समितिके सहयोगसँ भेल। एहि प्रकारसँ भगवतीके मन्दिर सम्बंधित कार्य लेल श्री नागेन्द्र मिश्र तत्पर रहैत छथि।

गाँवके सभ वर्गके लोग कार सेवा कयलनि। सभ ग्रामीणके बीच अद्भुत उत्साह देखल गेल। श्री यज्ञी मिश्र अध्यक्ष एवं श्री अरविन्द कुमार झाके द्वारा लेखा सन्धारणके कार्य होइत रहल। मन्दिर निर्माणके समय चन्दा बास्ते यज्ञी मिश्र टीमके संग अपन गाँवके हरेक टोलमे गेल छलाह। संग संग प्रसादी टोल, मिश्रक टोल, भीषम टोल, पकटोला, राढ़ी आदि जगहसँ सेहो कतेक गोटे एहि मन्दिरमे अपन भाग दान देने छथि। आरंभिक समयके वर्ष वार आय व्ययके स्थिति देखल जाय।

बर्ष *2007-08* तकके मन्दिर निर्माणक आय-व्यय

वर्ष आय - व्यय

2001- 02-2, 37, 613.00

2002- 03-1, 07, 640.00

2003- 04-1, 24, 841.84

2004 – 05-3, 21, 739.25

2005 - 06-2, 01, 145.77

2006 - 07-99, 635.23

2007 – 08-2, 08, 758.00

मन्दिर निर्माणमे श्री संजीव कुमार ठाकुर एवं श्री पंकज कुमार झाक योगदानके कखनो विसरल नहि जा सकैत अछि।ई दुनू गोटे बाहरसँ बहुत रास चॅन्दा वसूल कऽ लेलाह। मोहन बाबू अपन जिबैत कालमे पक्का मंदिरके छतके नीचा पूजा होइत देख लेलाह।ओ वर्ष 2001 ई० के पूजामे बाजल छलाह जे आब मरिओ जायब तऽ कोनो परबाह नहि अछि। किएक तऽ हम पक्का मंदिरमे भगवतीके पूजा होइत देख लेलहुँ।

एहि मंदिरके डिजाइन केएलनि डॉ० श्री मनोज कुमार, अभियन्ता प्रोफेसर एन0 आई0 टी0 पटना ईजिनियरिंग कालेज, पटना।श्री मनोज

कुमार जी सँ श्री अरविन्द कुमार झा सम्पर्क कए कऽ ई कार्य करबौलनि।मनोज जी हाजीपुर के रहनिहार छथि।जखन हम हाजीपुरमे पदस्थापित रही तऽ मनोज जीसँ परिचय भेल। ओ अपन लोमा गाँमक भूइयाँ बाबाके मंदिरके बनबौलनि जकर उँचाइ 85 फीट अछि।ई मंदिर हमरा जनैत बिहारक सभसँ पैघ मंदिर अछि।ई मंदिर वैशाली जिलाके शुभई गाँवमे अवस्थित अछि। चकौती दुर्गा मंदिरके निर्माण कार्य आब पूर्ण भऽ चुकल अछि। अखन धरि लगभग 25 लाख रूपयासँ बेसी खर्च भऽ गेल अछि। वर्ष 2009 सँ दुर्गांपूजा नव मन्दिरमे शुरू भेल। तकर बादो निर्माण कार्य चलिते रहल। अनेको दाता एहन छथि जिनका द्वारा मुक्तहस्तसँ प्रचुर राशि देल गेल। एहि दाताके सूचि सेहो नीचा अंकित अछि।अधुना निर्माण कार्य पूर्ण भऽ गेल अछि।

आब भागवतीके लेल जमीन क्रय हेतु जिज्ञासा जागल। एहि क्रममे अखन धरि लगभग 5 कट्ठासँ बेशी जमीन दुर्गा माताके नाम केवाला भऽ गेल अछि। जमीन क्रयमे दान सेहो अनेक दाता देलनि जकर सूची सेहो अंकित अछि।

वर्ष 2016 ई० मे दुर्गा मन्दिर के बगलमे कछुआके एक व्यक्ति अपन 3.50 कट्ठा जमीन बेचऽ वास्ते तैयार छलाह, जकर जानकारी तत्कालीन अध्यक्ष श्री नागेन्द्र मिश्रके भेलनि। ओ सोचलाह जे कतेक नीक होइत जँ ई जमीन दुर्गा माताके नाम लिखा जाइत। किएक तऽ मन्दिर एवं कछुआवलाके जमीनके बीच वर्तमान पुजारी जी श्री हरिश्चंद्र जीके जमीन परैत अछि। अस्तु हरिश्चंद्र जीसँ ओकरा बदलैन कऽ लेल जायत। ई विचार मनमे सोचि ओ दातासभके खोजबीन करय लगलाह। लगभग 3 कट्ठा

जमीनके क्रय हेतु दाता ड्योढ़ीसँ भेटि गेलनि। बदलेन सम्बन्धी बात हरिश्चंद्र जीसँ पुछल गेल।ओ सहर्ष अपन जमीनसँ कछुआवलाके जमीन सँ बदलवा लेल तैयार भऽ गेलाह। ताकि मन्दिरके जमीनसँ ओ जमीन सटि जाय। तथा पुजारी जी अपन जमीनके बदला कछुआ वला जमीन पर चलि जेताह। तदुपरान्त ई बातके निश्चय भऽ गेल तहन कछुआवलासँ 3.50 कट्ठा जमीन श्री हरिश्चन्द्र झा पिता स्वर्गीय प्रभुनाथ झाके नाम रजिस्ट्री एहि उद्देश्यसँ कराओल गेल जे बादमे श्री हरिश्चंद्र जी अपन जमीनके दुर्गामाताके नाम लिख देताह। रजिस्ट्रीके बाद श्री नागेन्द्र मिश्र पुरा गाँवके सहयोगसँ 3.50 कट्ठा जमीन श्री हरिश्चन्द्र जीमेसँ भरिकऽ दुर्गा मन्दिर प्रांगणमे मिला लेलनि। मुदा अद्यावधि श्री हरिश्चन्द्रजी द्वारा भगवतीके नाम नहि लिखल गेल अछि।ई कार्य हुनका द्वारा भेनाइ बाँकी अछि।

प्रांगणमे मंदिरके आगूमे पैघ सनके स्टेज बनल अछि। पूजामे ओहि पर रंग विरंगक कार्यक्रम होइत अछि। वर्ष 1984 ई मे एहि स्टेजके उदघाटन भेल छल। 'कन्यादान' नाटकके मंचन भेल छल । पूर्वमे स्टेज चौकी राखि कऽ बनाओल जाइत छल। परिवासँ मंदिर पर कीर्तनक आयोजन आरंभहि काल सँ भऽ रहल अछि। झूना झा, सीताराम झा कछुआ, झलर बाबा, काशी बाबू, भज्जू, सोने लाल, आश नारायण कामत, लक्ष्मीकान्त मिश्रा, श्री शिवनाथ राउत अन्य कतेको भक्त लोकनि अपन गायनसँ भगवतीके प्रसन्न कएलनि।

भारतक प्रख्यात अनेको गायक एवं वादक लोकनि चकौती दुर्गापूजामे अपन कार्यक्रम दऽ चुकल छथि। जाहि मे मुख्य छथि श्री रूना-झूना, कूँजबिहारी मिश्र, श्रीमती चमेली मिश्रा, श्री रामचन्द्र उपाध्याय,

पखाउज बादक, श्री शूटू मिश्रा, रेडियो स्टेशनक कलाकार श्री मणीकान्त झा एवं हुनक साथी, श्री गौरी कान्त झा, श्री राम बाबू झा आदि कलाकार विषेश रूप सं उल्लेखनीय छथि। वर्तमान समय मे सीनेमा, भगवतीक जागरण, आर्केस्टा, अल्हा-उदल, गायक, प्रवचन कर्ता आदि कार्यक्रम पूजामे रहैत अछि। एक बात एहि ठाम देखल गेल अछि, जे व्यक्ति अथवा बच्चा भगवती स्थानमे अपन गायन सँ अथवा बादन सँ भगवतीके सेवा कयलक ओकरा उच्च पद भेटल अछि।

चकौती दुर्गा भगवतीक महिमा अपरंपार अछि। हिनका द्वारा कतेको गोटेके मनोकामना पूर्ण कयल गेल अछि। एहि संबंध मे हम अपन आप बिती कहैत छी।

चकौती दुर्गा माताके चमत्कार

जखन पूरा मेहनतके बादो हमरा इजिनियरिंगमे सफलता नहि भेटल तऽ हारि कऽ भगवतीके उपर अबलंबित भऽ गेलहुँ। वर्ष 1988 ईके बात अछि। बिहार लोक सेवा आयोगक 35 वीं संयुक्त परीक्षा देने रही। भय छल जे की होयत। श्री शत्रुघ्न प्रसाद (हमर दोस्त) अप्रील 1989 ई मे देखल स्वप्नके विषयमे बर्णन कयलक। स्वप्नमे ओ देखलक जे एक मंदिर अछि जाहि ठाम बहुत लोक अछि। ओहि ठाम हमरा ओ कहि रहल अछि जे तूँ वि0पी0एस0सीक परीक्षा पास कऽ गेलाह अछि। तहिना भेल। किछु दिनक बाद लिखित परीक्षाक परिणाम आयल जाहिमे हम पास रही। कनिको आशा नहि छल जे हम पास करब। मौखिक परीक्षा अगस्तमे

भेल। ओहि समय मो० एस० एच० हसन साहेब अध्यक्ष छलाह। मौखिक परीक्षा नीक भेल छल। दुर्गापूजामे गाँम पंचमी कऽ पहुचल रही। हेमचन्द्र भाई पटनासँ चकौती षष्ठी कऽ अयलाह ओ दुर्गा स्थानमे भेट भेलाह। गोर लगिते ओ कहला जे लोक सेवा आयोगक परीक्षाफल निकलि गेलह। परीक्षाफलक जानकारी भेलह। हम कहलियनि जे भैया हमरा पता नहि अछि। ई सुनिते हमर होश उरि गेल। तुरत हम भगवतीके घरमे जा कऽ अराधनामे लागि गेलहु। बार बार हम माँसँ प्रार्थना करैत रहलहुँ जे हे माते हमरा यदि भोजनक उपाय भऽ जायत तऽ हम अहींमे लागल रहब। आँखिसँ सतत अश्रू प्रवाहित होइत रहैत छल। दुर्गा माँके दरबारमे बैसकऽ मोने-मोने मात्र एतवे कही। ई स्थिति तीन दिन तैक रहल।हमर मानसिक स्थिति तनावपूर्ण छल पेपर देखब से हमरा फुर्सत नहि छल। नवमी कऽ शत्रुघ्न प्रसाद आयल। ओकरा सभ बात कहलियैक।ओ कहलक जे हम जरूर पेपर ताकि कऽ लायब। दशमी दिन छल।भसानक बाद हम राजकुमारक दुकान पर सभ जन/मजदूरके मिठाई दैत रही एतबेमे शत्रुघ्न आयल पाछूसँ बड़ी जोरसँ चाट मारैत कहलक जे जो तोरा भऽ गेलौक। हम विस्मित भऽ गेलहु। जेना ठकिया मारि दैत छैक तेना अवाक भेल हम मोने मोन सोचय लगलहु जे हमर बात भगवती सुनि गेलखिन।आँखिसँ धारा प्रवाह खूशीक नोर निकलऽ लागल। दुर्गास्थानमे जतेक लोक छल ओ सभ चकित छलाह। ओहि वर्ष श्री सुधीर कुमार झा पूजा समितिके सचिव छलाह एवं श्री देवचन्द्र झा, केप्टन, अध्यक्ष छलाह। **35** वीं बि.लो.सेवाके परीक्षामे मात्र **114** पद छल, जाहि मे **57** पद अनारक्षित छल। हमरा सहायक निबंध्क सहयोग समितिके पद भेटल। जगदम्बाक एहन उपकारसँ हम धन्य छलहुँ। आराधना करैत हम कहलियैनि हे माँ आहाँ हमरा

भोजनक उपाय कए देलहुँ, मुदा एहन करब जे हम सतत आहाँक नाम जपैत रही, आाहाँक महिमाक बखान करैत रही एवं चकौती दुर्गापूजामे आहाँक अराधनाके समय उपस्थित होइत रही। जगदम्बा एहि सभ बातके स्वीकार कएलनि। हमरा प्रति वर्ष पूजामे उपस्थित होयबाक मौक भेटि रहल अछि।

पूर्व अध्यक्ष स्व० यज्ञी मिश्र जिनकर मृत्यु वर्ष 2015ई०मे भऽ गेल। हुनक मृत्यु बाद मन्दिरक अभिलेख ताकल गेल जाहिमे हुनका स्वहस्त निर्मित एक दाताके सूची भेटल जाहिमे Rs 5001 वा अधिक राशि देनिहारके सूची तैयार कयल गेल छल।ओहि सूचीके हम एहि पुस्तकमे अंकित कऽ रहल छी।

विशेष दाताके संग संग दुर्गा माता के नामे जमीन हेतु देल गेल दाताके सूची श्री नागेन्द्र मिश्र पूर्व अध्यक्ष पूजा समिति एवं वर्तमान कार्यकारी अध्यक्ष मन्दिर निर्माण समितिके द्वारा उपलब्ध कराओल गेल।

मंदिर निर्माणके दाता

क्र0 सं0	नाम	राशि

1	श्री गिरीन्द्र मिश्र	Rs. 91, 001
2	श्री अरविन्द कुमार झा	Rs. 60, 001
3	श्री पंकज कुमार झा	Rs. 60, 001
4	श्रीमती चन्द्रकला देवी	Rs. 5, 001
5	श्री शम्भुनाथ झा	Rs. 5, 001
6	श्री भोगेन्द्र ठाकुर	Rs. 5, 001
7	श्री रमाकांत झा	Rs. 5, 001
8	श्री मोहन कुमार झा	Rs. 5, 001
9	श्री जगन्नाथ झा	Rs. 5, 001
10	श्री अमरनाथ मिश्र	Rs. 5, 001
11	श्री देवचन्द्र मिश्र	Rs. 5, 001
12	किसान सेवा समिति	Rs. 13, 101

13	श्री संजीव कुमार ठाकुर	Rs. 5, 001
14	श्री नवीन चंद्र ठाकुर	Rs. 5, 001
15	श्रीमती देवकला देवी	Rs. 5, 001
16	श्री राम कर्ण पांडे	Rs. 5, 001
17	श्री तेजनारायण झा	Rs. 5, 001
18	श्री रमाकांत झा	Rs. 5, 001
19	श्री भोलानाथ ठाकुर	Rs. 5, 001
20	श्री विनय चंद्र मिश्र	Rs. 11, 001
21	श्री शिवचंद्र झा	Rs. 5, 001
22	श्री अमरनाथ झा	Rs. 5, 001
23	श्री धनेश झा	Rs. 5, 001
24	श्री दिनेश झा	Rs. 5, 001

25	श्री धीरेन्द्र कुमार झा	Rs. 5, 001
26	श्री श्यामचंद्र मिश्र	Rs. 5, 001
27	श्री अमरलाल झा	Rs. 5, 001
28	श्री रेवती कांत झा	Rs. 5, 001
29	श्री राम नारायण झा	Rs. 1, 101
30	श्रीमती गिन्नी झा	Rs. 5, 001
31	श्री मुरलीधर झा	Rs. 5, 001
32	श्री सुनील कुमार झा	Rs. 5, 001
33	श्री नरेशचंद्र मिश्र	Rs. 5, 005
34	श्री तृप्ति नारायण झा	Rs. 5, 001
35	प्रो. अरुण कुमार ठाकुर	Rs. 5, 001
36	श्री महादेव मिश्र	Rs. 5, 001

37	श्री मोहन झा	Rs. 5, 001
38	श्री संतोष कुमार झा	Rs. 5, 001
39	श्री राजीव कुमार झा	Rs. 5, 001
40	श्री जीवेन्द्र किशोर मिश्र	Rs. 5, 051
41	श्री जयबोध ठाकुर	Rs. 5, 001
42	श्रीमती आशा मिश्राइन	Rs. 5, 001
43	श्री धीरेन्द्र कुमार मिश्र	Rs. 5, 001
44	श्री रामपृत राम	Rs. 5, 001
45	श्री हरिनाथ प्रसाद	Rs. 5, 001
46	श्री हरिंद्र झा	Rs. 5, 001
47	श्री धीरेन्द्र झा	Rs. 5, 001
48	श्री रेणुका ठाकुर	Rs. 5, 001

49	श्री निरसु झा	Rs. 5, 001
50	श्री प्रकाश नारायण झा	Rs. 5, 555
51	श्री दिनेश ठाकुर	Rs. 5, 101
52	श्री सूर्यकांत झा	Rs. 5, 001
53	श्री पुरुषोत्तम ठाकुर	Rs. 5, 001
54	श्रीमती भद्रकाली देवी	Rs. 5, 505
55	श्री अशोक झा	Rs. 5, 001
56	श्रीमती नर्मदा देवी	Rs. 5, 001
57	श्री हेमचन्द्र झा	Rs. 5, 001
58	श्री केदार नाथ ठाकुर	Rs. 8, 001
59	श्रीमती मधुबाला चौधरी	Rs. 5, 001
60	श्री जगन्नाथ झा	Rs. 5, 001

61	श्री सुबोधकांत मिश्र	Rs. 5, 001
62	श्री बुअन झा	Rs. 5, 001
63	श्रीमती सरस्वती देवी	Rs. 5, 001
64	श्री शोभाकांत मिश्र	Rs. 5, 101
65	डॉ मृदुला झा /	Rs. 5, 010
66	श्रीमती कु0 मीनाक्षी झा	Rs. 5, 011
67	श्रीमती रुणा देवी	Rs. 10, 000
68	श्रीमती कल्पना देवी	Rs. 7, 101
69	श्री वीरेंद्र कुमार मिश्र	Rs. 5, 001
70	श्री रवींद्र कुमार मिश्र	Rs. 5, 001
71	श्री सुधीर कुमार झा	Rs. 5, 001
72	श्री विनोद कुमार मिश्र	Rs. 11, 000

73	श्री राधाकांत झा	Rs. 11, 612
74	श्री चंद्रमोहन झा	Rs. 5, 011
75	श्री मिथिलेश कुमार झा	Rs. 5, 001
76	श्री शैलेन्द्र कुमार मिश्रा	Rs. 5, 001
77	श्री मुनानन्द झा	Rs. 5, 001
78	श्री योगेंद्र झा	Rs. 5, 005
79	श्रीमती रूचि कुमारी	Rs. 5, 001
80	श्री देवचन्द्र मिश्र	Rs.5, 001
81	श्री मुनींद्र झा	Rs. 5, 001
82	श्रीमती बेला ओझाइन	Rs. 5, 001
83	श्री ऋषिकांत मिश्र	Rs. 5, 001
84	श्री संजीव झा	Rs. 5, 001

85	श्री शिव शंकर झा	Rs. 5, 001
86	श्री शुभचन्द्र झा	Rs. 5, 001
87	श्री देवेंद्र कुमार मिश्र	Rs. 5, 001
88	श्री खगेश झा	Rs. 12, 300
89	श्री धीरेन्द्र मोहन झा	Rs. 5, 001
90	श्री रवींद्र कुमार झा	Rs. 5, 001
91	श्री रमाकांत पाठक	Rs. 5, 001
92	श्री राकेश कुमार मिश्रा	Rs. 5, 001
93	श्री जयचंद्र झा	Rs. 5, 001
94	श्री रामविलास झा	Rs. 5, 001
95	श्रीमती गुलाब देवी	Rs. 5, 001
96	श्रीमती दानेश्वरी देवी	Rs. 5, 001

97	श्री नरेश ठाकुर	Rs. 5, 001
98	श्री अजय कुमार वैशाली	Rs. 5, 001
99	श्री रूप नारायण झा	Rs. 5, 001
100	श्री उग्रनाथ झा	Rs. 5, 001
101	श्री ताराकांत झा	Rs. 5, 101
102	श्री जयदेव ठाकुर	Rs. 5, 001
103	श्री रामावतार झा	Rs. 5, 001
104	श्री उमेश झा	Rs. 5, 001
105	श्री पंकज कुमार ठाकुर	Rs. 5, 001
106	श्री प्रकाश चंद्र मिश्र	Rs. 5, 001
107	श्री जयनारायण ठाकुर	Rs. 5, 001
108	श्रीमती नीलम मिश्र	Rs. 5, 100

109	श्री अजीत झा	Rs. 5, 100
110	श्री वीरेंद्र प्रसाद	Rs. 5, 500
111	श्रीमती उषा देवी	Rs. 5, 500
112	श्रीमती किरण झा	Rs. 5, 001
113	प्रो. हेमचन्द्र झा	Rs. 5, 011
114	श्री ब्रम्हदेव ठाकुर	Rs. 5, 100
115	श्री भोलानाथ मिश्र	Rs. 5, 001
116	श्री हेमचन्द्र झा	Rs. 5, 001
117	श्री शशिचन्द्र झा	Rs. 5, 005
118	श्री शिव नारायण प्रसाद मिश्र	Rs. 51, 001
119	श्री सुधीर कुमार झा	Rs. 5, 001
120	श्री सुबोध झा	Rs. 6, 001

121	श्री सुरेंद्र झा	Rs. 5, 001
122	श्रीमती प्रियम्बदा देवी	Rs. 5, 001
123	श्री देवकांत झा	Rs. 5, 001
124	श्री चंद्रशेखर राउत	Rs. 5, 001
125	श्री सुबोध कुमार मिश्र	Rs. 5, 001
126	श्री सुशील ठाकुर	Rs. 5, 001
127	श्री मनीष कुमार मिश्र	Rs. 10, 000
128	श्रीमती मुंद्रिका देवी	Rs. 11, 151
129	श्री कपिलेश्वर ठाकुर	Rs. 5, 001
130	श्री हरिश्चंद्र ठाकुर	Rs. 5, 001
131	श्री राजकुमार ठाकुर	Rs. 5, 001
132	श्री मंजुल मिश्र	Rs. 5, 001

133	श्री दिलीप ठाकुर	Rs. 5, 001
134	श्री राजीव ठाकुर	Rs. 5, 001
135	श्री गोकुल झा	Rs. 5, 001
136	श्री सिद्धिनाथ झा	Rs. 5, 001
137	श्री रवींद्र झा	Rs. 5, 001
138	श्री जगदीश झा	Rs. 5, 500
139	श्री गजेंद्र ठाकुर	Rs. 1, 00, 000
140	श्री नागेंद्र मिश्र	Rs. 5, 001
141	श्री पूजा झा	Rs. 5, 001
142	श्री शिवनाथ राउत	Rs. 7, 500
143	श्री गगन चंद्र झा	Rs. 5, 005
144	श्री अमर लाल झा	Rs. 5, 001

145	श्री आनंद कुमार मिश्र	Rs. 50, 001
146	श्रीमती अल्पना कुमारी	Rs. 5, 001
147	श्रीमती अमोला एवं उषा देवी	Rs. 1, 11, 111
148	श्रीमती सविता संजीव झा	Rs. 10, 000
149	श्रीमती नीता संजीत झा	Rs. 10, 000
150	श्री प्रणव कुमार ठाकुर	Rs. 10, 000
151	श्रीमती नलिनी कुमारी	Rs. 11, 000
152	श्रीमती सरिता झा	Rs. 5, 100
153	श्रीमती शशि प्रभा झा	Rs. 5, 001
154	श्री आदित्य कुमार	Rs. 15, 003
155	श्री आशुतोष कुमार	Rs. 5, 001
156	श्री निशांत सौरभ	Rs. 5, 001

157	श्री देव नंदन महतो	Rs. 5, 001
158	श्रीमती प्रभा देवी	Rs. 2, 101
159	श्री मदन कुमार मिश्र	Rs. 5, 001
160	श्रीमती बंगला झा	Rs. 5, 001
161	श्री बांके बिहारी	Rs. 5, 001
162	श्री श्यामनंदन झा	Rs. 5, 111
163	श्री अमरलाल झा	Rs. 5, 001
164	मो. शहाबुद्दीन	Rs. 5, 101
165	श्रीमती सुन्दरकला देवी	Rs. 25, 001
166	श्री प्रमोद कुमार	Rs. 5, 100
167	श्री गणपति प्रसाद चौधरी	Rs. 5, 100
168	श्री भवेश झा	Rs. 5, 001

169	श्री प्रभुनाथ झा	Rs. 6, 501
170	श्री राय केशरी शर्मा	Rs. 5, 101
171	श्री सुनील कुमार झा	Rs. 5, 001
172	श्री बदरी नाथ मिश्र	Rs. 5, 001
173	श्री राजेश कुमार मिश्रा	Rs. 11, 000
174	श्री रेवतीकान्त झा	Rs. 10, 010
175	श्री शशिचन्द्र झा	Rs. 27, 015
176	श्री शिवनारायण मिश्र, हाजीपुर	Rs.5, 100
177	श्री शिवशंकर सिंह, महुआ।,	Rs.5001
178	श्री धीरेन्द्र मोहन झा, हाजीपुर	Rs. 5001

179	श्री अशोक कुमार साह, भागलपुर	
		Rs.5001
180	श्री कीर्ति सौरभ	
		Rs. 5001
181	डॉ० शत्रुघ्न प्रसाद, राढी	Rs. 5001

	निर्माण कार्य	विशेष दाता	राशि
1	मंदिर के पुवरिया सीढी मे योगदान	श्री पंकज कुमार ठाकुर, पुत्र स्व० पुरुषोत्तम ठाकुर एवं डॉ पंकज कुमार झा, पुत्र स्व० कमल नारायण झा	रु.25000+ रु, 25000= रु.50000/-
2	मंदिर के पछवरिया सीढी एवं दुनू सीढ़ी के स्टील रेलिंग	सुनील ठाकुर CA (पौत्र – स्व. बुदरुक ठाकुर)	
3	मंदिरक गर्भगृह के संगमरमर एवं स्टील ग्रील	श्री अरविन्द कुमार झा, डॉ. पंकज कुमार झा, श्रीमति नलिनी कुमारी एवं श्रीमति सरिता झा (पु.- स्व. कमल ना. झा)	
4	मंदिरक आगा वला ग्रिल एवं गेट	श्रीमति सविता झा, श्रीमति नीता झा, श्रीमति हेमा झा एवं श्री प्रणव ठाकुर (पु.- स्व.पुरुषोत्तम एवं स्व. रेणुका ठाकुर)	रु.100, 000

5	मंदिरक बरामदा के संगमरमर	श्रीमति उषा झा एवं श्री बिरेन्द्र प्रशाद (पुत्री – स्व. सुफल नाथ झा)	रु.100, 000
6	मंदिरक पीलर के टाइल्स एवं दुनू सीढी के संगमरमर	श्रीमति माधवी पति- श्री भगवान ठाकुर (पुत्री स्व. यज्ञी मिश्र)	
7	मंदिर के पूर्ब, पश्चिम आ दक्षिण वला ग्रिल	स्व. गजेन्द्र ठाकुर (शिक्षक मिडिल इसकुल , चकौती)	रु.100, 000
8	मंदिरक बिजली कार्य	श्री शिवनाथ राऊत	
	दुर्गा-मंदिर प्राँगण	मे जमीन क्रय के हेतु दातागण	
1		स्व. चंद्रकला देवी पति	रु.51000

		स्व० कमल नारायण झा	
2		गुप्त-दान	रु.3, 00, 000
3		श्रीमति माधवी पति-श्री भगवान ठाकुर (पुत्री स्व. यज्ञी मिश्र)	रु.3, 00, 000
4		स्व. जनार्दन झा (जंगल जी)	रु.3, 00000
5		श्री गोविन्द झा	रु. 50, 000
6		श्री विमलेन्द्र झा	रु. 50, 000
7		श्री गिरीन्द्र मिश्र, पिता- स्व० विश्वनाथ मिश्र	रु. 50, 000
8		श्री नागेन्द्र मिश्र, पिता स्व० विश्वनाथ मिश्र	रु. 50, 000
9		श्री गोपाल मिश्र, पिता - श्री बासुकिनाथ मिश्र	रु. 30, 000
10		श्री सुमन कुमार मिश्र, पिता - स्व० कृपाकान्त मिश्र	रु. 25000
11		स्व. शैलेन्द्र मिश्र, पिता - स्व०- विश्वनाथ मिश्र	रु. 21000
12		श्री भाष्कर मिश्र, पिता - श्री गिरिजा नन्दन मिश्र	रु. 15000

13		श्री त्रिपुरारी मिश्र, पिता - स्व यज्ञी मिश्र	रु. 15000
14		श्री अतुल मिश्र, पिता - श्री रमन मिश्र	रु. 15000
15		श्री आदित्य कुमार झा, पिता- श्री अरविन्द कुमार झा	रु. 15000
16		श्री आशुतोष कुमार झा, पिता - श्री अरविन्द कुमार झा	रु. 15000
17		श्री हेमँत मिश्र, पिता - स्व० प्रभुकान्त मिश्र	रु. 11000
18		श्री शैलेश कुमार झा, पिता- श्री युगल नारायण झा	रु. 11000
19		श्री संदीप मिश्र, पिता - स्व०नवोनाथ मिश्र	रु. 11000
20		श्री संजीव कुमार मिश्र	रु. 11000
21		श्रीमति कुँजलता मिश्र	रु. 11000
22		श्री अनिल मिश्र, पिता - स्व०-भोलानाथ मिश्र	रु. 5000
23		श्री निशांत सौरभ, पिता - डॉ पंकज कुमार झा	रु. 2001

24		स्व. नरेन्द्र मिश्र, पिता- उदयकान्त मिश्र	रु. 1100
25		श्री अधर मिश्र, पिता- स्व० बहोर मिश्र	रु. 1100
26		श्री शैलेन्द्र झा	रु. 1100
27		श्री देवचन्द्र मिश्र, पिता- स्व० नथुनी मिश्र, भीषषम टोल, कछुआ	रु.10000
28		श्रीमति रञ्जना झा, पति- श्री राम मोहन झा(पुत्री -स्व० विश्वनाथ मिश्र)	रु.11000
29		श्री पुरूषोत्तम मिश्र	1101
30		सुशील झा	501
31		विमल झा	1100
32		जशीलाल कामत	1101
33		मुकेश पा०	1101
34		बालेश्वर मिश्र	5001
35		यशीव झा	501

36		सुशील झा	2100
37		मैना झा	1101
38		जिवछ राउत	2100
39		भरत झा	11000
40		अमीरा देवी	1100
41		स्व० जयनन्दन कामत	1101
42		शंकर कामत	501
43		तिरपित झा	1101
44		मदन झा	1101
45		सज्जन झा	1101
46		रंजीत मिश्र	1700
47		रामसेवक सहनी	501
48		स्व० मगनू झा	501
49		अवशेख झा	501
50		मो० सोनदाई देवी	1100

51		अरुला मिश्र	1100
52		अमरनाथ झा	2100
53		राजेन्द्र कामत	1051
54		किसान सेवा समिति	41000
55		ललित कामत	2100
56		सुघन पासवान	1100
57		दिपक कुमार	1100
58		भगवान झा	300000
59		राजेश्वर रावत	1100
60		अनिल कुमार मिश्र	1100
61		दिनानाथ मिश्र	2100
62		मुनीन्द्र झा	10000
63		प्रेम कुमार झा	11000
64		प्रेम चन्द्र ठाकुर	3100
65		चन्द्र मोहन झा	5005

66		अशोक कुमार झा	2100
67		निरसु झा	1101
68		विजय कुमार झा	1101
69		तेज नारायण झा	1101
70		श्याम बाबू ठाकुर	1100
71		जयचन्द्र झा	1100
72		उग्रनाथ झा	5000
73		संजय झा	501
74		विनोद झा	2101
75		मदन कुमार झा	5100
76		दया झा	2101
77		धनेश झा	2101
78		गणेश झा	1101
79		आशीष झा	501
80		अमीत कुमार झा	1100

81		वैद्यनाथ मिश्र	1100
82		पवन झा	1101
83		हीरा मिश्र	1100
84		श्याम झा	1101
85		महेंद्र झा	1101
86		देवेन्द्र झा	5100
87		मोफिल झा	2500
88		शुकेश्वर कामत	1100
89		आलोक चन्द्र झा	11000
90		नवकान्त मिश्र	1101
91		राधा कान्त झा	11000
92		हेमचन्द झा	5000
93		विमल झा	50000
94		गोविन्द झा	50000
95		राज कुमार ठाकुर	11000

96		नारायण सहनी	11001
97		छोटे सहनी	500
98		विन्देश्वर सहनी	551
99		राम कुमार सहनी	500
100		कन्हाई सहनी	581
101		कमल सहनी	501
102		शकीन्द्र सहनी	501
103		पलटु सहनी	551
104		वीरेंद्र सहनी	551
105		नन्दु सहनी	400
106		गुरकुन सहनी	551
107		सुटाई सहनी	501
108		सुबोध झा	1100
109		देवचन्द्र झा	5101
110		फौदार कामत	1100

111		शोशित राउत	501
112		पिताम्बर झा	2101
113		दरमेश्वर साह	250
114		प्रबोध मिश्र	1101
115		शुभकला देवी	2101
116		विपिन राय	2600
117		मिश्रीलाल कामत	1100
118		रामू दास	501
119		शिवाकांत झा	1101
120		उचित दास	1100
121		कुशेश्वर मिश्र	1100
122		नागेन्द्र झा	1100
123		अजय झा	1100
124		अनिल झा	1100
125		ईश्वर झा	501

126		बटोही मिश्र	1100
127		गिरजा नन्दन मिश्र	1100
128		सुबोध सहनी	1100
129		शिव चन्द्र झा	5001
130		सुबोध झा	4000
131		ललित झा	1101
132		सुजीत झा	1100
133		विपिन झा	500
134		हरिनन्दन कामत	1100
135		सुनीत झा	1100
136		गोपाल झा	1100
137		कामेश्वरी देवी	1500
138		वकील झा	1100
139		रेवती झा	5005
140		कपुरिया देवी	5011

141		लालू राउत	1001
142		प्रकाश झा	251
143		जगदीश झा	2100

144		धीरेन्द्र झा	551
145		मनु कुमार झा	5000
146		बोध नारायण झा	1101
147		गणेश झा	1101
148		रामा शंकर ठाकुर	5101
149		राम प्रसाद ठाकुर	501
150		दिपू ठाकुर	501
151		भोला साह	501
152		कारी ठाकुर	501
153		वैद्यनाथ ठाकुर	1101

154		पवन ठाकुर	2100
155		विन्देश्वर ठाकुर	1101
156		राम दयाल साह	601
157		राधेश्याम ठाकुर	1100
158		प्रेम सागर देवी	1100
159		रघुपति मिश्र	1001
160		ठक्कन राउत	501
161		परमेश्वर राउत	1000
162		संतोष मिश्र	1500
163		मदन झा	1101
164		अमरेन्द्र झा	1100
165		मगनू झा	1101
166		अशोक ठाकुर	1100
167		सुमिरन साह	551
168		मुरलीधर झा	1101

169		शर्मा ठाकुर	1101
170		जगन्नाथ झा	2500
180		राम प्रसाद पासवान	2500
182		बाबूलाल झा	1100
183		रामनन्दन ठाकुर	2100
184		खंजन देवी	5000
185		कामोद झा	1500
186		शिवनाथ राउत	11000
187		ताराकान्त झा	5100
188		सुरज साह	200
189		राम शरण साह	501
190		नरेश चन्द्र झा	2500
191		विजय कान्त मिश्र	1001
192		भवेश झा	1100

193		हरिश्चन्द्र ठाकुर	5100
194		पुनीता देवी	1101
195		देवेन्द्र चौधरी	1101
196		सीता राम साह	1101
197		सीता देवी	900
198		महाकाली देवी	5101
199		शिवनारायण ठाकुर	11001
200		उदय ठाकुर	2101
201		दिगम्बर ठाकुर	501
202		अमोद ठाकुर	1101
203		नुनू ठाकुर	1101
204		चन्दन ठाकुर	501
205		प्रेम नाथ ठाकुर	1100
206		भागे ठाकुर	1151
207		बैद्यनाथ मिश्र	11001

208		स्व० सिद्धीनाथ झा	15001
209		स्व० हँसमुखी देवी	10001
210		धीरेन्द्र मिश्र	11000
211		बबलु मिश्र	11000
212		अभय कुमार झा	11000
213		वीरेन्द्र मिश्र	11000
214		खगेश झा	51000
	शौचालय निर्माण हेतु		
1		स्व. डा. हेमचन्द्र झा	रु. 10000
2		डा. पंकज कुमार झा	रु. 10000
3		श्री मिथलेश कुमार झा	रु. 10000

4		श्री राजेश मिश्र (गोपाल), उत्पाद अधीक्षक।	रु. 10000

!!इति विश्राम!!

www.ingramcontent.com/pod-product-compliance
Lightning Source LLC
LaVergne TN
LVHW060216051026
849517LV00005B/1419